情满
绿水青山

李华章　著

九 州 出 版 社
JIUZHOUPRESS

图书在版编目（CIP）数据

情满绿水青山 / 李华章著. -- 北京 ： 九州出版社，
2018.3（2024.1重印）

ISBN 978-7-5108-6679-1

Ⅰ. ①情… Ⅱ. ①李… Ⅲ. ①散文集－中国－当代
Ⅳ. ①I267

中国版本图书馆CIP数据核字（2018）第 037233 号

情满绿水青山

作　　者	李华章　著	
出版发行	九州出版社	
地　　址	北京市西城区阜外大街甲 35 号（100037）	
发行电话	（010）68992190/3/5/6	
网　　址	www.jiuzhoupress.com	
电子信箱	jiuzhou@jiuzhoupress.com	
印　　刷	成都市兴雅致印务有限责任公司	
开　　本	880 毫米×1230 毫米　32 开	
印　　张	10	
字　　数	216 千字	
版　　次	2018 年 3 月第 1 版	
印　　次	2024 年 1 月第 3 次印刷	
书　　号	ISBN 978-7-5108-6679-1	
定　　价	45.80 元	

自　序

　　"绿水青山就是金山银山。"对于一个作家来说，它就是一座蕴藏丰富的金矿银矿，经过科学地、得法地开采后，是可以从中提炼出五光十色、含金含银量很高的文学作品来的。许多年来，我听从伟大时代的召唤，坚持深入生活，贴近群众，贴近时代，行走于大江南北，攀登一座座名山，跋涉一条条江河，徜徉一个个古镇村寨，饱览一幅幅美丽中国的图画，放情于山水之间，借景抒怀，每到一地，偶有所得，因此，时有散文作品问世。尽管"散文易学而难工"，尤其是自我超越不易，突破更难。但我依旧努力，坚持不懈，无怨无悔，呕心沥血，笔耕不辍，乐在其中，以它来陪伴自己人生的青春和美好。

　　收集在本书中的作品，有的是近两年来的新作，也收有相关题材的旧作。一个鲜明的特色是，都是描写祖国的绿水青山之作，都是描写人与自然环境的生态环保之作。它们先后发表在全国各地几十种大报和大刊上，比如《文汇报》《文艺报》《文学报》《经济日报》《中国旅游报》《南方日报》《广州日报》《中国三峡工程报》《湘声报》《散文》《散文百家》《散文选刊》《长江文艺》《西北军事文学》《鸭绿江》《中国三峡建设》等。分为"忆江南""西行记""南国风""湘西情""三峡梦"五辑，以及附录。书名《情满绿水青山》，初拟于2015年6月，2016年11月再次认可。

正如艺术大师罗丹所说，"美丽的风景所以使人感动，不是由于它给人或多或少的舒适的感觉，而是由于它引起人的思想。"记得俄罗斯大诗人普希金也说过类似的话，散文需要的是思想。舍此任你妙笔生花也是毫无用处的。对于游记散文，散文大家孙犁说得更为具体而经典："游记之作，固不在其游，而在其思。有所思，文章能为山河增色，无所思，山河不能救助文字。作者之修养抱负，于山河文字，皆为第一义，既重且要。"我在漫长的写作生涯中，常常想到这些中外文艺大家的话，把它当作一盏明灯，以推动自己的散文创作达到一个崭新的思想和艺术境界，使之成为一种永恒的景观！

中国古代历史上，屈原、李白、杜甫、苏轼等，都是"走出来"的伟大诗人和作家。"读万卷书，行万里路"。只有当作家诗人与外面世界的诗意相遇时，才能创作出有意境、有思想、有自己独特感受的名诗与美文来。

时间是最好的批评家。人民是文艺作品公正的评判者。一个作家诗人不应靠权力或金钱的推波助澜，闹出些"动静"来。如同青山永在，绿水长流一样，唯有好作品才有生命力！

以上，聊当序言。

李华章

2017年12月2日于宜昌

目录 CONTENTS

忆江南

情
满
绿
水
青
山

西行记

南国风

湘西情

三峡梦

附 录

忆江南

在鲁迅故里"朝花夕拾"

　　窄小的石板巷，留给人以古拙隽永的回味；宽阔的石板街，则给人以开阔自由的感觉。清晨，凭一张通票，我跨进了绍兴鲁迅故里的街头。那"咸亨"的招牌、店面触目可见，倍感亲切。而《孔乙己》描写的靠柜外站着喝酒的那种"曲尺形的柜台"，已经十分罕见了。看来，孔乙己式的旧文人已成了历史的陈迹。现代的新知识分子已扬眉吐气、阔绰多了。私心为之欣喜。

　　面对鲁镇的变化，忽然萌生出一个异想天开的想法。二三十年代，鲁迅身处斗争的漩涡中，前后左右受敌，尤其是从背后射来的冷枪暗箭，几乎防不胜防。大无畏的鲁迅竟只能侧着身子站立，以减少伤害。那宽阔的石板街，是不是家乡父老乡亲的格外体谅呢？由此鲁迅的身子就可以自如地旋转了，鲁迅的视线就可以更开阔一些，眼观四面八方，以增加敌人攻击的难度。

　　鲁迅故居几乎占了大半条街。虽然后来家道破落了，可有如"虎死威犹在"。那中兴时的大户人家的排场依然如前：典雅的窗棂、精雕细刻的花床、油漆锃亮的太师椅、八仙桌和条形的春台等等，无不吸人眼球。

　　我兴致勃勃、脚步匆匆地随着人流，跨进一座大门又一座大门，穿过一个房间又一个房间。祖居的中堂、卧室、厨房、书柜和工具，映像一般地掠影而过……

鲁迅儿时的"乐园"——"百草园"，也是我多年的神往。参观百草园的游人很少，倒留得个清静的环境。我在"百草园"寻觅了好久。一面细心观察；一面对照鲁迅当年《从百草园到三味书屋》所描写的情景。在鲁迅童稚的眼里，一个家的后面有这么一个园子，算是够大的了。"百草园"的名字是相传下来的。我环顾园子，苍翠的皂荚树、紫红的桑葚树，仍点缀其间，但并不高大。想必是老树被砍伐，后来又补栽了。要不近百年的树木，早显出苍老龙钟之态了。那一块块蔬菜地绿油油的，生机盎然。也许是"冬至"了，已过了油菜开花、桑树挂果和夏树蝉鸣的时节，偌大的园子静悄悄的。因为"冬天的百草园比较的无味"（鲁迅）。设身处地一想，年纪尚幼的鲁迅成天困在严厉的"书塾"中，"之乎者也"不绝于口，倘没有这个"百草园"，那是多么地无聊，多么地没有趣味呀，何谈放飞自由的心灵？想到这里，便油然增添了对"百草园"的依恋之情……

鲁迅故居门前，有一条极小的河，是江浙水乡常见的小河。小河的船，比周庄的船更古朴更精巧，名叫"乌篷船"。乌篷船一条紧挨一条，我看得入神。船篷是竹篾编织而成的，涂上了厚厚的油漆，黑亮发光，可以遮风挡雨。天晴时，把乌篷往船头、船尾一推，便开了天窗，照进阳光；夜晚，迎来月亮。这是从前江浙的特有的交通工具，就像北方的马车一样普遍。巧得很，两天前，第四届鲁迅文学奖在绍兴举行颁奖会。据介绍，30多位男女作家，还有评委们乘坐乌篷船，起点就在"三味书屋""百草园"，终点就在鲁迅故里前的游船码头。真是"文学梦想乘着乌篷船而来……"多么富有诗情画意啊！

在鲁迅纪念馆，巡礼一番之后，我在正厅的鲁迅塑像前久久地沉思默想，思绪飞扬。同鲁迅先生走得如此之近，还是头一回，心情激动似钱塘江潮水一样。我在大学时代，就把鲁迅当作光辉的榜样，崇拜的偶像，用了两年的课外时间通读了《鲁迅全集》10卷本；70年代中、后期，我在湖北武汉鲁迅研究小组两年中，成天泡在鲁迅的书海里，"两耳不闻窗外事，一心只读圣贤书"。终于同其他五位师友一起，编著出版《鲁迅论文艺》（1979年湖北人民出版社）。在我学写文学评论中，几乎"文必称鲁迅"。我回忆着伟大的鲁迅诞生于这里，从绍兴乘乌篷船出发，远航。先在日本仙台学医，后弃医学文，辗转于北平、广州、厦门和上海，凭着超人的思想和艺术力量，写出了中国现代文学第一篇白话小说《狂人日记》（1918.5），成为中华民族新文化的一位伟大旗手。"鲁迅的骨头是最硬的，他没有丝毫的奴颜和媚骨。"我伫立在鲁迅塑像前，凝视他手书的诗句：

横眉冷对千夫指
俯首甘为孺子牛

一种崇敬的心情，似潮涌一般奔流而出……

乌镇，我轻轻地来

　　乘坐高铁的快意未尽，向往已久的乌镇又呈现在我眼前了。位居江南水乡六大古镇之首的乌镇，纵横的河面很窄很小，流水也很潺潺湲湲，唯有河上石桥高高地拱立，青石板小巷幽深古朴，明清建筑老宅保存完好，木板铺子古色古香，风韵浓郁而独特。我情不自禁地轻轻说：乌镇，我轻轻地来了！

　　徜徉于青石板街巷，老铺子鳞次栉比，只是开门营业者少，想必早已搬迁到热闹的大街道上去了。此刻，茅盾先生《林家铺子》所描写的人物、故事情节又浮出了脑海：赶市的乡下人一群一群的在街上走过，他们臂上挽着篮，或是牵着小孩子，粗声大气地一边在走，一边在谈话。他们望到了林先生的花花绿绿的铺面，贴着"大廉价照码九折"的纸条，都站住了，啧啧地夸羡那些货物。"林先生坐在账台上，抖擞着精神，堆起满脸的笑容，眼睛望着那些乡下人，又带睄着自己铺子里的两个伙计，两个学徒，满心希望货物出去，洋钱进来。"但是这些乡下人看了一会，指指点点一番，竟自懒洋洋地走到斜对门的裕昌祥铺面前站住了再看。"林先生伸长了脖子，望到那班乡下人的背影，眼睛里冒出火来。他恨不得拉他们回来！"那妒忌的眼睛，那苦着的脸相，那踱回账台的失望，莫不描写得活灵活现。林先生也知道不是自己不会做生意，而是乡下人太穷了，买不起打折后的"贱货"。从而找到了生意清淡的原因所在。沧桑岁月的那一幕幕宛如目前……

走进宏源泰染坊，迎面横竖的高架上，晾晒着五颜六色的印花布，随风轻漾，令人眼睛一亮，忍不住用手轻轻地摸一摸，体验那独特的质感、靛蓝的花色与简洁的图案。让我联想起湘西老家的蜡染印花布来。小时候，家里床上盖的是印花被套；妈妈头上缠的是印花头帕；妹妹们逢年过节、走亲串戚穿的是印花布剪裁的衣衫，看着她们穿得漂漂亮亮标标致致的，"味"死人了。眼前，乌镇传统作坊里的土灶、水桶、染缸……都给我十分亲切与温热之感。随着旅游的人流出入于传统民居、传统商铺、传统文化区，一缕缕思古之幽情油然而生。尤其是那"百床馆"陈列的一张一张古床，暗红色油漆床架，雕花描凤，千姿百态，风格别具，拙中见秀，藏秀于拙，人见人爱，魅力无穷，哪怕在床上打一个滚也会梦里三秋！

乌镇历史悠久，源远流长，7000多年前就有人类在此繁衍生息，文化底蕴深厚，瑰丽璀璨。历来文人荟萃，人才辈出，曾游学或寓居于乌镇的，比如，昭明太子、陈与义、夏同善等；生于斯长于斯的有孔另境、沈雁冰、沈泽民等。中国现当代文学巨匠茅盾，原名沈德鸿，字雁冰。1896年7月4日生于乌镇。1981年3月26日辞世。早在20世纪30年代"左联"时期，就创作出长篇巨作《子夜》、短篇小说《林家铺子》《春蚕》；抗战时期，发表了《腐蚀》《霜叶红似二月花》等中、长篇小说，轰动文坛，声名日盛；解放之后，历任中国文联副主席、中国作协主席、文化部长、全国政协副主席。百忙中还发表了许多文学评论，如《夜读偶记》影响了几代人，出版有《茅盾评论文集》（上、下卷）和回忆录《我走过的道路》等，为中国的文艺事业作出了卓越的贡献。乌镇茅盾故居，位于乌镇观前街与新华路交接处。我走进茅盾故居，二层楼房，砖木结构，四开间两进深，前楼四间临街，底层最东一间为大门；楼房后有一小园子，面积约500平方米，四代同堂居住于此。幼年时期，茅盾和几个堂兄弟在这里读书，由祖父亲自教授；青年时代，茅盾住在这里读书、写作，1935年秋，他在书房里完成了中篇小说《多角关系》的写作。由叶圣陶先生写的"茅盾故居"匾额，挂在墙上，依旧熠熠生辉。我凝视良久，思绪万千。当年茅盾亲手种植的那棵棕榈，而今枝干已超过院墙，高达七八米，郁郁葱葱。

修复后的乌镇茅盾故居，于1985年隆重开放。大门前高悬陈云同志题写的"茅盾故居"匾。几年前，已把故居里的茅盾400余幅照片和反映他的生平及业绩的实物和珍藏品276件，移至毗邻的立志书院，即"茅盾纪念馆"展出，正厅安放茅盾铜像，供人参观瞻仰。那络绎不绝的人流为全国重点文物保护单位增添了浓郁的氛围，也为桐乡市乌镇增光添彩。

我俩站在高高的石拱桥上，放眼远处，田野广阔平展，桑树翠绿成行，江南春雨杏花，小桥流水人家，风景如诗如画。巧遇一位当地老者从石桥经过，他热情地指点，来乌镇还有水乡的茶馆不能不去。这里的人喜欢吃茶、泡茶馆，有"皮包水"的说法。坐在古镇的茶馆，喝的是味，品的是韵，最后连茶叶都吃进肚里，故习称"吃茶"。心想，水乡风情酽如茶，古镇乡情亲似水。江南好，能不忆江南！

　　乌镇啊，我轻轻地来了，但我的心未曾离开，将常常留在我的梦里！

苏州小巷

　　每座城市的大街风景是相同的。每座城市的小巷风貌则是各式各样的。有如北京的胡同，上海的里弄，苏州的小巷，各自别具风韵。

　　几经打问，终于寻找到了姑苏古城的一条原汁原味的小巷。毛毛细雨中我撑着伞徜徉在一条小巷，从心底感觉到一种亲切新奇的美丽，似春风般悠悠地荡漾。那意境，那情调，真像一首美丽的诗。啊，我梦中的苏州小巷！

　　古老的小巷铺着青石板，凹凸中显出光溜，狭窄里透露幽深，轻轻移步便发出响声，像是回响岁月的悠久的足音。默默中我想起原初规划姑苏古城小巷的伍子胥，他曾是大名鼎鼎的楚国大臣，受阖闾之命，在太湖之滨的江南平原上，"相土尝水，象天法地"，选定了城址，规划了城市的布局，包括市民居住的小巷。这座阖闾大城约于公元前508年竣土。城周长47里，城墙高4.7丈，筑有陆门8座，水门8座，超过当时别的地方4门或5门的城池，而成为春秋时吴国的国都，奠定了今日苏州的基础。经过2500多年的历史风云，历经浩劫，砥砺前行，文化积淀深厚，建筑风格独树一帜，不仅为华夏文化史所独有，而且也为世界所罕见。

　　苏州小巷，名副其实，巷子狭窄幽深，两边封火墙极高，房屋粉墙黛瓦，朴素古拙，冷冷静静，行人稀少。我走在小巷里，住户大门紧闭者多，仿佛一户人家就是一个小小世界。其气也清，其人也淡。我踩着无声的细雨，脚步悠闲。忽听一户人家开门，一股煎中药的药香味飘然而出。向前走了好远，药香味还萦回在小巷里。前面走来一个人，轻轻而来，轻轻而去，像历史的回音壁一样，久久地不绝于耳，令人生出美丽的遐想。在尘嚣甚上的城市里，能独享这份清静，实在难寻难觅。越想越觉得久住小巷的人，自然而然地养成一种爱静的性格与心绪，连说话也是柔柔软软的好听。兴许这是苏州人说话与性格的一种写照！

　　霏霏细雨仍在落着，烟雨蒙蒙一片，辨认一块路牌，这便是柳巷。我伫立在一座门楼前，凝视门楼砖头上的砖雕，那精巧雕法，那吉祥如意的图画，活灵活现，典雅精致，让人大开眼界，为之惊叹！仿佛苏州人的审美情趣便从这一块块砖雕上飘逸而出。我忽然顿悟，"苏绣"之所以闻名遐迩，美妙绝伦，那一针一线莫不是她们灵秀心灵的闪光，在她们的血液中流动着小巷深深的文化因子，造就出一代代才人。

　　果不其然，历史上从苏州小巷里走出了50多名状元，涌现出一批又一批文艺名家、名医、专家、工匠。比如陆龟蒙、范仲淹、范成大、唐伯虎、冯梦龙、金圣叹、沈德潜等等；至于当代名人如叶圣陶、顾颉刚、周瘦鹤、范烟桥、包笑天……不胜枚举。他们显赫的名声、辉煌的业绩、经典的作品，为世人所瞩目。这一切莫不与其生存环境、文化底蕴、个人才智密切相关。

　　尤其是苏州小巷的"水巷"，更引人叹为观止。姑苏古城内的"三横三直"水系，互相沟通，像鬼斧神工，似天造地设。城在水中，人在水上，河街并行，两街夹河，一派"小桥、流水、人家"的景象，诗情画意盎然。我漫步平江河沿线，窄窄的小河一边是平行的小街；另一边是临水的民居，高低错落，层次丰富，千姿百态，两岸绿树，垂柳依依，倒映水中。别有一番诗意在心头。

联想到一首唐诗所吟："君到姑苏见，人家尽枕河。古宫闲地少，水港小桥多。夜市卖菱藕，春船载绮罗。遥知未眠月，乡思在渔歌"（杜荀鹤《送人游吴》）。轻轻吟咏中，把人带到遥远的岁月长河中……

我访问水巷一老者。他露出遗憾的神情说：可惜呀，原有的小巷很多很多，叫得出名字的小巷就有1000多条，但大多消失了。越往后会越少，只怕终有一天，难以见到真正的苏州小巷了。老者似性情中人，他手指小河，你看，水巷的小河河水没有从前清亮了，也少了欢畅，令人揪心！我听说市里要搞"碧水工程"。这符合百姓意愿。只见老人家微笑了，倘若碧水工程实现了，那是功德无量的民生工程啊！

时代在飞速前进，古城也正发生日新月异的变化。如何两全其美，既兴建现代化的城市；又不忘掉古老的建筑风格。千方百计地保护苏州小巷，特别是水巷，让碧水长流，水巷常清，为日益稀少的世界文化遗产更添一分惊喜！

毛毛细雨仍在淅淅沥沥的飘落。我撑着伞默默地徜徉，思绪纷飞，心潮起伏。戴望舒先生的《雨巷》诗伴随江南的春风细雨而至——

撑着油纸伞，独自

彷徨在悠长，悠长
又寂寥的雨巷
我希望逢着
一个丁香一样地结着愁怨的姑娘……

啊，我已经忘不了苏州小巷了！她那如诗一般美丽、雅致的情韵，将会长久地流动在我的心里，永远流香！

甪直，一方潇洒地

一次苏州散文笔会安排去甪直参观。对"甪直"这个地名我非常陌生，查阅字典后方知读路，是苏州的一个古镇名字，今作陆直。于是甪直成了我一个难忘的地名。

走进甪直，古老的牌坊露出一脸沧桑的笑颜，古风犹存，风采依旧。适逢江南烟雨，苍茫一片，一条水巷残柳依依，此时此刻，不由涌出缕缕思古之幽情……

江山留胜迹。据介绍，经出土文物证实，大约 6000 年前就有先民聚居在这里。春秋时期，吴王阖闾建离宫于南，吴王夫差建林苑于北。后来，历代留有许多名人遗址：镇东有北宋的白莲花寺；镇西有孙妃墓；镇南有西汉丞相张巷之陵墓；晚唐名诗人陆龟蒙曾长期隐居甪直。另一位名诗人皮日休，有一次看望陆龟蒙时，欣喜地环顾四周，面对景色如画，他不由赞叹：此乃"一方潇洒地。"

而今，我们走进甪直古镇，好像走进了历史的文化长廊。清风送来沉甸甸的文化气息，小巷托出浓郁郁的艺术氛围。我的心一次又一次地被古朴的吴越风情所深深地打动。

唐诗云："水港小桥多，人家尽枕河。"这是对甪直古镇的生动写照。在区区一平方公里的古镇，历史上修建

情满绿水青山

忆江南

有石拱桥 72 座半。现留存 41 座。论石拱桥的密度，远远超过了意大利的水城威尼斯。徜徉在角直水巷，一种为前街后河，家家户户枕河而居，每家修有石级下小河；另一种为两巷夹一河，两边修有石驳岸，每隔不远建有河埠头，居民上下船方便，装卸货物容易。堪称实实在在的一项民生工程。登上石拱桥，桥型多样，有圆形、圆洞形、横梁式的；桥洞分单孔、双孔、多孔，大小不一，风格不同，异彩纷呈。比如和丰桥，建于宋初，以青石为拱圈，以名贵的武康石为桥墩，每块桥面石均有浮雕，图案典雅，雕刻精美。站立拱桥上放眼，可尽收古镇风光。如在古镇住宿，还可尽享古典诗词的浓浓韵味儿，其词美、意境更美——

> 涟漪漾长虹，
> 疑伏江底龙。
> 一轮皎月澈，
> 吐纳碧波中。

那江清波静，那客船桨声，那铮铮丝弦，那悠悠吴歌，无不令人恍如梦中，如痴如醉，斯境美绝矣！

"保圣寺"，系首批全国重点文物保护单位，闻名遐迩。创建于梁天监二年（公元 503 年）。梁武帝萧衍笃信佛教，他一当上皇帝就大兴寺庙。此寺便是"南朝四百八十寺"之一。因为历经劫难，废毁、修复、重建了无数次。我伫立在塑壁罗汉前，神光闪耀，其形貌栩栩如生，平添兴奋之情。

走进保圣寺西的"叶圣陶纪念馆"（赵朴初题），院中有楼有厅，环境十分幽静素雅，花木蓊郁。这是大文学家、教育家、出版家和社会活动家叶圣陶先生工作过的地方。叶老一家几代，诗书传家，声名赫赫，德高望重。我们是读他的童话《稻草人》、长篇小说《倪焕之》长大的，崇敬有加。叶老把甪直称作第二故乡。这里留下了他的足迹、青春和事业，也留下了他同当地人民深厚的情谊。一缕极深的亲近感油然而生。

1977年，叶圣陶老83岁高龄时还满怀深情地重访甪直，重游古寺，欣然命笔赋诗，以记述他当时的深切感受和情怀：

五十五年复此程
淞波卅六一轮轻
应真古塑重经眼
同学诸生尚记名

地以人名，自古已然。我走在纪念馆里，浏览叶圣陶老的生平事迹，凸现出他老人家"一代师表"的崇高风范。我边看边抄，受益匪浅。他教导我们："多活几年，多做些事""松柏有本性，园林无俗情"（题于迪圣书屋）"得失塞翁马，襟怀孺子牛"等等名言，堪称现代中国知识分子的楷模矣！

当我走出江南水乡古镇悠长的历史长河，迎面扑来迅猛发展的外向型经济的强劲东风，心潮似"长虹漾月，吴淞雪浪"。哦，甪直，我难认的一个地名，难忘的一座古镇，诗家眼中的"一方潇洒地"！

情满绿水青山

忆江南

诗画周庄

周庄是昆山市的一个水乡，四面环水，水巷纵横交错，呈"井"字形状，傍水筑屋，因河成街。环境幽雅，古朴秀美。小河、小巷、小桥、石板路，浑然和谐。唐诗宋词里所描写的"小桥流水人家"，真把江南水乡的意境写活了，写绝了。放眼环视，美丽的周庄就是一首古诗，一幅国画。称得上是江南水乡的艺术"绝版"。

走进水乡周庄，我惊喜地发现，家家门前屋后几乎都系有一叶小舟。人说："不到水巷荡漾，枉到周庄一趟。"刚走过一座石拱桥，盎然的情趣还未来得及消减，脚踩小巷石板路的声响又沸腾着人们的心。那风景，那情韵，堪称中华一绝。即便是对"洋男洋女"们也独具无穷的魅力。

小舟身短底宽，方头方尾。乍一看有点笨拙。模样虽比不上湘西小舟那么俊俏，黄瓜底，麻雀尾，高高翘起，行驶时吃水浅，船速快，适合于竞渡；可周庄的小舟自有优势，身短好调头，底宽船平稳，游人安全舒服，穿越拱桥时方便利索。在水巷泛舟，给人以风情万种之美感。坐在小舟，浏览两岸房屋，黛瓦粉墙，花格子窗，古色古香，分外醒目。临河的梁柱上，一盏盏红灯笼高挂，灯笼的形状多样，五光十色，映照得满河灿烂。月色下，小舟穿行，如在画中游……

船过"双桥",宛如一道绝景亮在眼前。在两河交汇处,两座石桥联袂而建,桥面一横一竖,桥洞一方一圆,风韵别具。船娘介绍:它被人比喻成周庄的一把钥匙。过去,它锁住了周庄古朴的风韵;如今,它又打开了周庄对外开放的大门。明月朗照下,小舟穿过拱桥,我们仿佛飞舟上了月球。惊喜的遐想,令人久久地沉醉!

夜色越来越浓,江风送来丝丝凉意。从茶楼的花窗里飘出江南丝竹之声,那吴侬软语,音调格外婉转,深情十分缠绵。这难遇的天籁之音,只有在宁静的周庄水乡才能独享。当我们的游船穿过旋律,载着轻歌,装满星辉,荡漾向前。那袅袅余音萦绕小舟,回响在我们的胸怀。回眸灯光阑珊处,多少丽人美声啊,醉了清风,醉了游人!

驾船的"船娘"是个小妹子。我们故意地逗她说,年龄这么小,怎么被人称作船娘呢?岂不羞煞人?她抿嘴微笑地回答:这是老辈子流传下来的称呼。听习惯了就不介意它。你们看嘛,我照样不是个江南小女子!几句吴侬软语十分地道,也非常动听。她腰系青花蜡染短围兜,更显出苗条婀娜的身姿。朦胧中好似西施站立眼前。船娘手摇橹把,绳子悠悠,橹也悠悠,越发柔柔软软的生动优美。同船中有跃跃欲试者,船娘就教他摇橹。可他怎么摇也动作别扭,那柔柔软软的韵味早就无影无踪了。我顿生感慨:只有心软的江南水乡女子,才能真正摇出橹的软动作来。这大概是天生的缘故吧!一方水土养一方人。西施就只能生长在江南。

小舟随波荡远。我的思绪也越飘越远了。五千多年的中华文化瑰宝,不仅是中国的,也是属于世界的自然文化遗产。像周庄这样富有丰厚文化底蕴的江南古镇，已经愈见珍稀了。一定要处理好开发旅游与保护文化遗产的正确关系，绝对不能掉以轻心！

　　当我再一次回眸周庄，那独自的诗情，那独特的画意，那独具的韵味，永远烙印在胸间。愿水乡周庄碧水长流，古韵长存。再过一千年，也依旧美丽，依旧经典。

始识庐山真面目

庐山，一座神秘的山。"横看成岭侧成峰，远近高低各不同。不识庐山真面目，只缘身在此山中。"苏轼的诗真是写绝了。

记得头一次登庐山，跃上葱茏四百旋之后，我沉醉于处处风景名胜中，竟没有写出任何文字，空空而归，真被苏东坡言中，便有了"不识庐山真面目"之叹。

然而，天缘有份再来游。我这次飞车重上庐山，索性任凭思绪联翩、遐思漫想。比方说，古往今来，有多少英雄伟人曾在庐山演出过一幕幕活剧，又有多少人物亮出了他们的众生相，香炉峰的飞瀑录下了多少人的心声……来到天桥，只见许多游客争相在那里拍照留影。那不过是一块岩石，横空伸出，形似断桥，高约丈余，并不惊险，可通过摄影镜头的艺术处理，竟突出了石桥之天险，不由人不慨叹：艺术高于生活之妙。经导游一介绍，平凡中见出了奇妙。相传，这里曾经是元末郭子兴部将朱元璋勒马的悬崖。朱元璋英勇善战，一次，他与陈友谅大战于鄱阳，被陈部穷追不舍，他一时败逃到此。而眼前却是一条深涧，便仰天叹道：天绝我也！忽然，一条玉龙从天而降，雷鸣闪电中，架起一座石桥。朱元璋因此得救。四年后，朱元

情满绿水青山

忆江南

璋在应天府登上皇帝之位。建国号大明，年号洪武，成为一代风流人物。这神奇的传说，也许没有充分依据，但从某种意义上反映出顺应时代者昌，得道者多助矣！世上好多事不也是有天意的吗？！逆天行道，大约是难以如愿以偿的。

从天桥往前走，过险峰，来到一座小亭。抬头一看，上书"观妙亭"三个大字，顾名思义，这里兴许是观赏庐山名景的最佳处。我绕亭一转，上下打量，见小亭很不起眼，楹联却题写"山川吐纳灵境开。"站立观妙亭，放眼远望，山不奇，川也平，实在无多少灵境可言，比起观鄱亭来逊色多了。在鄱岭与汉阳峰之间，形成一个巨大的壑口，含着鄱阳湖，烟波浩渺，湖光山色，云飞雾绕，融为一体，犹如仙境。那么为何不在这里修建观妙亭呢？导游含笑答道：这是当年蒋介石在庐山时，有一天，他漫游到此，不知怎的，随口称赞"妙哉"！而且连赞三声。尾随他身后的一群军政大员，心领神会。为讨好蒋介石，便在此修建了这座"观妙亭"，以作为蒋介石的永久纪念。末尾，导游添了一句：那都是一些马屁精！一语中的。游客开怀大笑……

庐山大礼堂，这是中国共产党庐山会议会址。在二楼前厅，陈列着解放后中共中央在此召开的八届八中全会（1959年）、中央工作会议（1961年）和九届二中全会（1970年）的各种图片和简介。我们一边参观，一边重温历史。那一件件惊心动魄的重大事件，有的恍如一场噩梦，庐山作证！历史毕竟是公正的。多年的沉冤终于得到昭雪。彭大将军虽被挨了政治的一闷棍，但他依旧威武不屈、刚正不阿，他的崇高形象，永远留在人民的心中。庐山，有的好像一场军事决战，林彪一伙发起对党中央的攻击，"大有炸平庐山之势。"结果，终于被粉碎了。庐山依然可以作证！古往今来，庐山啊，一座英雄的山，战斗的山，政治的山！

炎炎夏日，登临庐山，气候清凉，不仅可以避暑度假，而且可以观赏云海、奇峰、怪松、仙人洞与层层迷雾的历史名胜古迹。如起个绝早，我们将会在汉阳峰上观看喷薄而出的日出。那奇观，那磅礴，那壮景，该是何等不同寻常，令人振奋，叫人沉思！我想，此刻，不由人不发出兴奋的惊叹：而今始识"庐山真面目！"

情满绿水青山

忆江南

心河飞泉

夏日炎炎，庐山风景秀丽，滴翠生凉，胜似仙境。没想到昨夜一场暴雨，给庐山带来洪患，一路时见塌方、断桥、倒树，几乎使游览三叠泉的计划泡汤。可是"不到三叠泉，不称庐山客"的俗话，一而再再而三地鼓动着游人，我的心河也似飞起了"三叠泉"。

我已三上庐山，若再不去观泉、听泉，真不配做庐山客了。若以步代车，颇费脚力，慢慢地走在林荫道上，好似走不尽绿色的长河。同伴的热情召唤，朋友的相扶手臂，帮助我跨过了一道又一道岁月的时空。

进入风景区门口，大雨又滂沱起来，眼前是陡峭的青石石阶，下山底连续1800多磴。同伴中的勇敢者穿上塑料雨衣，已经下山去了。我坐在屋檐下躲雨，心河一波三折。询问观泉的归来者，值不值得下山一看？回答不一，因人而异。有说非看不可的；有说不看也罢的。世上倘发明一种穿心西洋镜的话，是可以津津有味地饱赏我此刻心里的"三叠泉"风景。

"遥看瀑布挂前川，飞流直下三千尺。"庐山的瀑布曾激动过唐代大诗人李白的心。人生在世，不目睹这天下之壮观岂不遗憾？我何不也潇洒地走一回！

终于，我听见了洪钟般的瀑布轰响，声音是那么激动人心，好像天然舞台上一支庞大的合唱团，正高唱着一曲曲激越昂扬的颂歌，空谷回音，令人心潮起伏，奋然前行，再陡峭的山路也阻挡不住我前进的脚步。

三叠泉，汇集了庐山五老峰之泉流，由五老峰背之东注入九叠谷，下龙潭，入鄱阳湖。眼前的三叠泉，势如奔马，腾空跃起，飞落而下。我淋着斜雨，仰起脖子，只见一瀑飞泉叠落，疑似银河落九天。可是在茫茫云烟中，只能观看到第二、三两叠。第二叠在盘石下散而复集，似宽宽的一匹匹白练，那浑厚的力度，那飘逸的轻柔，光彩四射，萦回直泻，极为壮观；第三叠汇为巨瀑，悬空而坠，直挂龙潭，恰似李白的诗句一样，气势磅礴，浑然自如，"飞流直下三千尺"。艺术夸张而令人相信，这兴许就是人间好诗的意境了。

为了一睹第一叠风采，我同许多游人一样，站立雨中，情愿等呀等，心里千呼万唤，可她就是不出来。我不禁骂起这鬼天气来了。可低头一想，忽又释然，不是早有诗云："不识庐山真面目"嘛！

人生好比一条悠远的弯弯山道，难能步步顺畅而无阻。我怀着怏怏而归的心情，默默地踩着石阶，一级一级地向上攀行。忽然，我摸着手提包里的小万花筒，这是庐山特制的小工艺品，尽收庐山风景名胜于其中。欣喜中我拿出红色的小万花筒，轻轻地转动几下，果然发现了其中的三叠泉，如愿以偿地看到了第一叠泉。它有如喷薄飘云灵气十足的落于磐石之上，然后击出晶莹银白的水花，玉洁冰清，风姿飘逸，洋洋洒洒，宛如天女散花一般美丽，完全征服了我的心，禁不住叫了起来：喂！……四周回音响起，我观赏到了大自然一个最美的瞬间。回音再次响起……在这瞬间我似乎尝到了生命的诗味，也似乎看到了人格的伟力！只要有中国梦想的人，奇迹总会是可以发生的。

我欣欣然，陶醉在霏霏细雨中，久久地凝视庐山三叠泉。它既是人们眼睛看的一幅神品画，又是供人们耳朵听的一曲雄壮嘹亮的交响乐。三叠泉啊，永远漂流在我心河中的飞泉……

崀山归来入梦频

一

金秋时节，应邀参加湖南崀山笔会。崀，读浪。崀山位于湘西南边陲的新宁县，与广西比邻。古称夫夷。早在明代，山水诗人陈永猷游览崀山后，曾惊赞："夫夷胜境天成就，携杖归来入梦频。"当代大诗人艾青，1939年9月从桂林来到边城新宁，在这里生活和工作了一年，完成了《诗论》一书，创作了长诗《火把》等作品，他经常沿着县城前的扶夷江写生、作画。弹指一挥间，47年过去了。1986年当他在北京接诗新宁县领导一行时，对崀山的美好印象仍记忆犹新，欣然命笔，题写自己以前的诗句："桂林山水甲天下，崀山山水甲桂林"，并把"甲桂林"改成了"赛桂林"，衷心祝愿崀山风光早日与桂林山水媲美、争妍。1992年，艾青又为崀山风景名胜区题写了"崀山天然公园"几个大字。

崀山的由来，传说很久也很美。相传舜皇南狩时到了这里，发现眼前的一匹匹山、一座座峰，格外雄奇秀丽，十分留恋这方山地，欲赐它一个美名。但一时没有命出更理想的名字。忽然，舜皇灵机一动，随口说出了"崀山"

两个字。岚，从山从良，意会成山之优良者也。从此，岚山佳话传千古！

游览岚山风景区，不能不到牛鼻寨。那天然的巨型石廊，形似银珠飞溅，崖面平整如镜，宽达数万平方米，气势磅礴，雄伟壮观；那幽静的翠竹巷，翠竹婆娑，鸟语花香，让人流连忘返，依依难舍。在鹦鹉岩旁，有一小亭，山风吹来，似听见鹦鹉欢迎的叫声。从这里可以通过典型的丹霞地貌"一线天"群落。进口崖上刻有中国科学院院士、知名地质学家陈国达先生题写的"天下第一巷"。因平生走过的一线天不少，听说又是一线天，颇不以为然。当我侧身而进，伏着身子上爬之中，忽然一抬头，哇！只见一线蓝天，形似悬挂着的一轮弯弯银月，那银月好大好大，好弯好弯，高约 100 米，长达 238 米，真是世界级的奇观！巷道宽仅盈尺，夹壁陡峭，仰望一线天，十分明亮，好一幅雄奇的天然画卷！我惊叹：这才是独特的"岚山月"啊，如诗如画！走在狭长的巷道中，令人思绪万千。如遇地震，则必粉身碎骨矣；倘遇草寇，则一夫当关，万夫莫开也。后来者催促着，赶快向前，快点穿越过去。这真似历尽人生之至险、至艰，别有一番滋味在心头。待穿出奇险的巷道后，我才轻松地舒了一口长气。巷道对面矗立一座偌大的山岩，雄风扑面，山岩似头像，岩壁天生成大小凹进的洞口，名称"七嘴八舌"。它活现出我们穿越天下第一巷的情景。"岚山月"啊，留给我难忘的惊喜！

二

岚山，山奇水美。新宁的扶夷江，是湖南"四水"：

湘、资、沅、澧中资水的正源，江水碧绿碧绿，清亮清亮，细沙轻柔，彩石可见，鱼游浅底，江面宽约 200 米，有险滩，有长潭，弯弯曲曲，两岸风光如画，可与武夷山的九曲溪媲美，亦可与三峡大宁河的小三峡争妍。我们乘坐竹筏，漂流江上，满江秀丽满江情……

县委宣传部文部长兴致勃勃地讲起扶夷江的由来。他手掬一捧碧水说道：这是一位山姑的眼泪汇成的。相传很久以前，有个山里姑娘名叫扶夷，私下爱上了一个打樵的年轻伢子，父母发现之后，活活地拆散了他们自由恋爱。年轻伢子气愤不过，远走他乡。而痴情的山姑思念恋人，每天站在一座山峰等呀等，盼呀盼，哭干了眼泪，泪水终于流成了一条小河。山姑死后，化作一座美女峰。当地百姓为她的真情所感动，就把这条小河取名扶夷江。后来，出走的打樵伢子回来了，已当上了将军。

竹筏掠过一座青峰，漂过一条银滩，在江南岸屹立一座石峰，名叫将军石。他身披铠甲，腰佩宝剑，栩栩如生。将军还乡后，听说自己心爱的恋人思念他，流干了眼泪，化作了山峰，更深深地被感动了，于是也化作了一座巨岩。竹筏经过将军石时，那岩石高达 70 多米，伟哉，大将军！有情人终成眷属。将军和山姑前世未能结成夫妻，后世却浓情依依，永不分离。这个民间流传的爱情故事，感人肺腑。我情不自禁地喝了一口扶夷江的碧水，清纯而甘甜，令人久久地回味！

天空的月亮，忽然从遥远的山峰升了起来，圆圆的、亮亮的，给黄昏的江面镀上了一层银辉，扶夷江波光粼粼，柔情缕缕，辉映着悠悠流动的清流，也映照着我们的心灵……

情满绿水青山

忆江南

竹筏靠岸，柳林间飘出甜美的山歌：

> 妹撑小船载哥哥
> 叫声情哥莫忘我
> 轻舟一片心一片
> 水有几多情几多
> ……

歌声飞出柳树林，掠过扶夷江波浪，远了，远了；而留在我们心中的情意却浓了，浓了……如同诗人陈永猷所吟，崀山归来入梦频。

洞庭芦笛

汽笛一声，欢声笑语掠过无边的空阔，八百里洞庭敞开万顷波光，接纳着我们一颗颗跳荡而向往的心，游艇穿过斜雨苍烟，奇奇幻幻，浓浓淡淡，好一幅幽美的画景。

登上湖洲，放眼望去，荻苇连天，雪浪奔涌，秋风醉了。我们也深深地陶醉于洞庭秋韵之中，惊叹着洞庭湖的博大胸怀。难怪范仲淹远在千里外激情满怀地写下了千古绝唱《岳阳楼记》。

路在茫茫芦苇中，拨开一二丈高的芦苇开路，兴致盎然地折着芦花杆，沐浴着鹅毛似的芦花。每选中一枝银灰色的芦花，便轻轻地剥开如刀的芦叶折了下来。开初，我们只是折着好玩，你折一枝中意的送给我；我折一枝好看的送给你，传递着彼此的欢快和喜悦，慢慢地便觉得爱不释手了，萌生出一个念头，欲带一束洞庭芦苇回家，或给孩子玩，或插在瓶中，摆在书橱上留作纪念。于是，大家挑选得越发精细，优中选优，尤其是几位女作家眼睛更加尖了。向导看在眼里，便自炫起来：芦苇，古称蒹葭，见于《诗经》。其实，芦与荻也稍有不同，芦比荻高，而荻比芦坚实，约成俗成，泛称芦苇。

芦苇在湖洲、在江南一带是一种丰富的植物资源，被

情满绿水青山

忆江南

誉为绿色瑰宝。它的魅力不仅在于美，更在于浑身是宝。芦花可以做棉被絮，可贯枕头芯；芦秆可用来造纸，纤维含量高，是优质凸版纸的主要原料，也可编织各种工艺品，光彩照人；芦根还可入药。随着科技进步，如今它的身价百倍。可是，过去洞庭明的芦苇一望无际，自生自灭，贱生贱长，只当芦柴一烧，还污染环境。如今，湖洲实行人工管理，科学种植，开发利用，"兼葭苍苍，白露为霜"，遍地芦田遍地银，成了金山银山。八百里洞庭湖，萧瑟秋风今又是，换了人间！

　　风趣的向导，是湖洲管理局的干部，也是湖洲的创业者之一。他见我们兴趣极高，便折芦为笛，用半截芦叶作成笛子，吹出一支优美动听的芦苇歌来。于是争相传抄如诗一般的歌词：

　　　　　我们和芦苇一起生长
　　　　　也那么潇洒
　　　　　也那么粗犷
　　　　　袒露宽广的胸怀
　　　　　参与季节的欢唱
　　　　　我们用生命的色彩
　　　　　装点我们可爱的家乡
　　　　　塑造我们的形象
　　　　　……

　　那声声芦笛吹出了洞庭儿女的心声，抒发了湖洲创业者的风采。我沉醉在芦笛中，洞庭儿女不正像那无私的、洁白的芦苇一样，默默地奉献出满地金银。

创业者光荣，创业者更艰辛。"踏遍洞庭三十秋，芦花与我共白头。"这是老一辈湖洲人的歌，发自肺腑。我们来到芦苇深处的一户人家。在墩台上就地取材修建成的一座芦苇房子，苇秆作墙，苇秆作门，茅草盖顶，敷上一层厚厚的泥巴，遮阳避雨，御风挡雪。这是守护湖洲的普通农舍。屋前屋后，种着果木，郁郁葱葱，一片勃勃生机。苦日子过惯了，乐在其中，悠然自得。屋门前，拴着两只猎狗，俨然威风十足的卫士。主人一声招呼，便放松了警惕，摇起了大尾巴。

　　我们坐在一把木椅子上，一边喝着君山产的秋茶（君山春茶闻名中外），一边听主人介绍。从前，湖洲芦苇与荆棘共生，芦苇与钉螺并存，苇林里蛇蝎潜伏，蚊虫滋生，洪水无情，土匪出没，生活在这里的百姓，日子极其艰难……忽然，向导在门外又吹起了芦笛，格调变了，俨然如苦歌，声声含悲散入苍茫的洞庭湖……

　　主人站了起来，走出门外。他手指周围说：如今的湖洲大变样了。春夏芦苇青青似海，秋冬芦花飘飘，像一座座银山闪光。洞庭的芦苇值钱了，湖洲的儿女靠勤劳与智慧脱贫致富了。透过他那满脸盈盈的喜气，我看到了一片绿色的希望，油然生出深深的敬意，创业与改革在历史的岁月砥砺中永恒！

　　在穿越茫茫芦苇中，我选了一枝美丽的芦苇，折下一片芦叶，学习吹起芦笛，一次失败了，又一次失败了。经指正后终于吹出了声音，融进湖洲儿女那悠扬的芦笛声中，飘荡在雪白的芦林，碧绿的洞庭，灿烂的明天……

情满绿水青山

忆江南

情意绵绵云梦泽

　　早在春秋时期，宋玉作《神女赋》，起头一句就是："楚襄王与宋玉出游于云梦之浦"。"梦"，在楚方言中为湖泊之意；"浦"，即湖泊的岸边。因此，"云梦"的名字便不胫而走，风传开来。那时的云梦地域相当广阔，包括湖北的江汉平原、湖南的洞庭湖一带。云梦泽因云梦而得名。

　　今日之云梦，位于古云梦泽之畔，虽属湖北孝感的一个小县，历来名气却很大。我与云梦之因缘是从半个世纪前就开始的，这里是我妻子的故乡。个中的亲缘关系是紧密得再紧密不过了，那浓浓的情感是割舍不开的，无论如何都记忆在我的心底。

　　记得刚结婚的那些年，我在师专、二高任教，每年有寒暑假，不少假期是在云梦度过的。后来，又把小女儿放在云梦由岳母家抚养，靠几个姨妹帮忙照料。不仅来来往往多了，而且心里的牵挂更多了。情是手中缠缠绵绵的一根线，情是架在心河上的一座长长的桥，情是记住乡愁的一条弯弯曲曲的山路……

　　自岳母逝世后，一晃 12 年没有回云梦了。今年国庆节长假，儿女们相约回一趟久别的云梦，若用梦绕魂牵来形容一点儿都不过分。

岳父与岳母的坟都埋在隔蒲乡村的田野上，由于秋雨连绵，田埂泥泞，田里烂泥很深，未能到墓前去家祭，"勿忘"（陆游句）之心，任三杯薄酒在胸中澎湃……

中午，老四一家请客，特意冒着毛毛细雨，步行了几条街巷，面貌一新，选择了一家鱼馆子。我们刚刚落座，老四进厨房打问后，即刻叫大家起身而走。我正犯嘀咕，又进了一家鱼馆子。老四说，二姐夫最爱吃小鲫鱼，在云梦鱼米之乡好吃的鱼多的是，可你偏偏爱吃那多刺的小鲫鱼。每次来云梦时，妈妈总是专找农民去买小鲫鱼。几十年过去了，我们一直都记得。因为头一家鱼馆子没有小鲫鱼，便来了这一家。听了她的这一番话，顿时，我心里深深地感动着。一件陈年小事，却牵挂在亲人的记忆中。

次日早晨，来到城中心一条笔直的大街，一座牌坊矗立于街头，"古云梦泽"四个大字赫然入目，令人精神为之一振，古风盎然。这是老四一家专门带我们去吃"扣脑"（土语），即烧饼。这种烧饼形状奇异，凸出一坨坨小包，似身上长了一个个疙瘩，吃进嘴里又脆又香，风味独具，是小学生之最爱。老四说，这是小时候二姐最爱吃的早点。二姐好多年未回家了，尝尝"扣脑"的味道，可拾回儿时的梦。为"扣脑"这两个字怎么写，我们还津津有味地琢磨了一阵子。

老三家住在电机厂的老宿舍楼，她年过古稀，把请我们吃饭的任务交给她的三女婿去办，小伙子在驾校工作，找了同事开的一家馆子，包了一个包间。还通知二女儿小燕从孝感城坐车赶回来陪客，坐车约需半小时，饭后还要赶回去陪孩子准备高考；大女儿晖晖是开席后才赶来的，她身着工作服，帮人家打工，欢迎声中却掩不住一脸的倦容。看来，各家都有各家的难处。

老五家在城里老宅原址上，凭三寸不烂之舌，赢得了县政府领导的特许，修建了一栋四层小楼房，弟弟一家住一二楼，他们住三四楼。从工厂买断回家后，靠做卖蔬菜为生，后做水果生意，多年不断地穷趴苦做、起早贪黑，竟供养出三个大学生。如今苦尽甘来。节日前夕，小儿子超超从深圳快递寄回大虾、带鱼，孝敬父母。堂屋宽敞明亮，桌上的鲜荔枝、进口石榴也是刚快递过来的。老五笑呵呵地说，快递员开玩笑：我几乎成了你们家的快递专员了，真羡慕您老人家啊！

临离别云梦时，相约到火车站一聚。没想到老三、老五家早在车站门口等候。老四家送了两袋散装云梦鱼面、一包云梦豆皮、一包炸糯米泡。四妹夫虽是棉纺厂退休工人，平时爱好学习，熟悉民俗。他一路上给我"讲古"：云梦盛产鱼虾，鱼面是云梦名特产。它制作讲究，选用青鱼、草鱼、鲢鱼、鲤鱼等鱼肉，和上等白面、玉米粉，再拌上小磨麻油、细盐，经过揉、擀、蒸、切、晒等工序精制而成。看似普通面条，形状呈椭圆形圈子，精细味美。过去有民谣传唱："擀的面像素纸，切的面像花线，下在锅里团团转，盛在碗里像牡丹。"相传，很久很久以前，在云梦城北云台山下有一位王幺姑，有一天做面条时不小心倒错了刚煮好的鱼汤，家人吃了都说味美。聪明的幺姑便在面粉里加些鱼肉，做出第一碗云梦鱼面。后来，约了17个姑娘开了一个鱼面作坊。一天夜晚，月上中天，忽然间一位姑娘脚踩莲花，飞天而上。而她们姊妹17人一个不少。不一会儿，从云中传来歌声："要得鱼面美，桂花潭取水，云台山上晒，鱼在白鹤嘴。"原来，飞上天的是嫦娥，她在暗中帮忙出点子。然后，她们按照嫦娥的指点，云梦鱼面的味道更鲜美。而今成了中国食品之精品。

老五送的正是四盒精装鱼面，好看轻巧，便于携带，价格却不菲，是地道的馈赠礼品。老三独坐在一隅，手上提着两个布袋，沉甸甸的。一边打开来让我看，四瓶小磨麻油，香味浓郁，色泽清纯，是最佳调味品，云梦特产。以云梦长辛店生产的最有名。一边说，我特意托人从那里买来的。因怕安检不过关，我便婉转地请她带回去。只见老三一下子不高兴了。很生气地说，不带我家的东西，三家的东西都不带。我连连点头，都带、都带回去。从她那句气话里，我感受到那浓浓的率真的深厚情意。

动车一声长长的汽笛响了。再见，云梦！那绵绵的情意将永远萦绕在我们的心里！

情满绿水青山

忆江南

西行记

忆念皎平渡

我常常神往于长江上游金沙江。这不仅因为金沙江下游已建成了向家坝水电站和溪洛渡水电站，以及正在建设中的白鹤滩和乌东德水电站，其总装机规模多达4646万千瓦，相当于两个三峡工程，成为长江上又一颗璀璨的明珠；更因为红军长征巧渡金沙江皎平渡的英雄故事深深地打动着我。

深秋时节，我们从乌东德水电站出发，驱车约60公里，就到了红军长征遗址"皎平渡"。我久久地站立江边，金沙江宛如秋水似的平静，而我的心却怎么也不能平静……

往事并不如烟。中国工农红军从江西革命根据地瑞金出发，进行伟大的二万五千里长征。一路上，红军指战员翻千山、涉万水，却遭到了国民党蒋介石军队的围追堵截。1935年4月28日，蒋介石如梦初醒，断定红军"必渡金沙江无疑"。便下令控制渡口，封江毁船。4月29日，中央军委发出速渡金沙江，在川西建立苏区的指示。红一军团接到命令后，立即派红四团向云南的禄劝、武定、元谋三县急速前进。当他们赶到龙街渡口，眼前的金沙江江面宽广、水流湍急，而国民党蒋介石经常派飞机轰炸，或进行低空袭扰，红军战士欲架浮桥过江未能成功。按照中央军委命令，毛泽东、周恩来、朱德和刘伯承等直接指挥，采用声东击西的战术，留下少量部队继续架桥，以迷惑敌军，其余大部队在红军参谋长刘伯承率领下，翻山越岭，一昼夜急行军180多里，于5月3日晚抢占了皎平渡口。国民党将领龙云、薛岳果然上当，他们仍断定红军会在龙街渡江。

红军指战员抢占皎平渡后，幸运地找到了两条木船。原来，一条船是送探子来南岸打探消息的；另一条船是从江里捞上来的。探子玩耍、逍遥去了，船却靠在江边。红军化装后，借这两条木船渡到北岸，敌人哨兵误以为是探子回来了，未引起注意。船上的红军指战员突然袭击哨兵，并一举消灭了江防敌军一个连，迅速控制了皎平渡两岸的渡口，表现出他们的机智与勇敢。

后来，在当地老百姓的帮助下，又找到了五条船。一条大船可渡30人，小船可渡11人。红军一方面大力宣传共产党的政策，晓之以理；一方面关心百姓的切身利益，让船工吃饱吃好，一天发五块银元，动之以情。不久，即请到36位艄公。他们冒着大风大浪的风险，连续7天7夜，帮助二三万红军胜利渡过波涛汹涌的金沙江。正如毛泽东同志在《七律·长征》中所吟唱："金沙水拍云崖暖。"好一个"暖"字，抒发出红军长征时巧渡金沙江后的愉悦心情。

我们走过皎平渡大桥，桥已成一座危桥，两头均已设有障碍。上游200米开外处，新桥的桥墩已经高高地竖立。往下游走一二里，就到了当年指挥渡江的中央军委毛泽东、周恩来、朱德、刘伯承等领导同志住过的山洞。山洞紧挨金沙江边，约10多个，大小深浅不一，系天然生成，洞壁由砂和岩构成，牢固坚硬，不似防空洞，胜似防空洞。蒋介石的飞机是奈他不何的。得道者，天助矣！

山洞直面金沙江的波涛，正好便于直接指挥，每条木船好似穿梭于眼前，任何动向，尽在掌控之中。可惜，没有标出周恩来、朱德和刘伯承同志所住的山洞名字，而留给我们以想象的空间。

唯有毛泽东同志住过的山洞，在那一排山洞的转角处（最边上的一处），斜对着金沙江，坐在山洞里，可以看见一条大江滚滚奔流的远方。我低头沉思，令人回味无穷⋯⋯

叫人吃惊的是，毛泽东同志住过的这口山洞里，满地都是烟头，连洞顶上、洞壁上，都插满了烟头，麻麻密密，数不胜数，似有一阵阵香烟的味道扑鼻而来，清香无比。让我们情不自禁地遐想：领袖与人民心连心，心心相印！过去，有许多人把毛泽东同志"神化"了，非烧高香供奉不可；如今，他已走下神坛。广大老百姓不再把他老人家当作"神"来供奉。自古，人无完人。他不愧为一位伟大的革命家、思想家、军事家和诗人。老人家平生爱抽烟，大家就敬他一支烟吧！

司机小江告诉我们，四年后，乌东德水电站建成了，坝顶高程 998 米，最大坝高 270 米。皎平渡连同红军长征中央军委领导同志住过的那排山洞，将淹没于金沙江里。我心想，皎平渡淹没了，那排山洞也淹没了。却淹不掉中国人民心中的忆念！

一碧万顷向家坝

西陵峡在长江的下头，金沙江在长江的上头，同为我们的母亲河。长江下头有一座葛洲坝，金沙江有一座向家坝。葛洲坝上游另有一座世界十大水电站排名榜首的三峡大坝；向家坝上游还有溪洛渡、白鹤滩、乌东德等梯级水电站，在世界十大水电站中分别排名为第二名、四名和七名。三峡集团在金沙江下游已建和在建的这四座水电站，总装机规模多达4646万千瓦，相当于两个三峡工程，年发电量约1900亿千瓦时，是实施"西电东送"战略的骨干电源，为实现发展大西南经济，保护长江生态，减少环境污染，保持国民经济持续稳定增长的"中国梦"，具有十分重要的意义。于是，我们自然而然地情系美丽的金沙江。

在金秋与深秋之交，我们行走在梦中的金沙江畔，心情非常激动，如海似潮。常常会情不自禁地发出惊赞：伟哉！震撼啊！

向家坝水电站坝址，位于四川宜宾市宜宾县与云南昭通市水富县交界处。上距溪洛渡坝址157公里，下邻水富县城1.5公里，距宜宾市区33公里，为中国已建成的第三大水电站，在世界十大水电站中排名第九。2012年10月10日，正式下闸蓄水，后陆续发电，共安装八台机组，左岸坝后电站四台，右岸地下电站四台。我们站立在左岸的坝顶上，办公室王主任手指上游的碧水，热情洋溢地介绍说，这汪洋似的碧水约有100公里长，"一碧万顷"。秋风吹拂，江面波光粼粼，轻轻荡漾。远看，一望无际，水天相连，衔远山，吞江水，平如镜，绿如蓝，气象万千，风景这里独好。顿时，我脑海里浮现出范仲淹《岳阳楼记》中描写洞庭湖的壮丽景象来。不过，范仲淹未到过洞庭湖的现场。而我们却真真实实地站立在大坝之上。王主任又说，据载，这是金沙江一亿年来首现的"高峡出平湖"之壮观！

原来，金沙江位于长江上游，早在2000多千前战国时期的《禹贡》里将其称为"黑水"。随后，《山海经》里称之为"绳水"。百姓习称为"金沙江"，乃因江中沙土呈黄色而得名。亦有人说，因为沿河盛产沙金而得名。尽管众说纷纭，金沙江水毕竟没有呈现出碧绿之美丽。中原民间曾流传："圣人出，黄河清。"而今，三峡集团及其水电建设者，用他们的超人智慧和艰苦奋斗的精神，在金沙江兴建起一座座水电站，让金沙江水由浊黄变清亮了、变碧绿了。这一天终于盼来了！

他们虽不是"圣人"，却干出了圣人一样的惊天伟业，还神州大地一个绿水青山之崭新面貌。遥看那岁月的沧海桑田，变化万端，放眼那金沙江诗意般的创造，美如图画，我们由衷地为她放声歌唱！

向家坝右岸，飞峙一座大山，虽无高峰，却逶迤而去，为大坝平添了多少气势。我问此山名叫什么？年青同志回答不出来。张总告诉我：这匹山叫马延坡。我一听，兴味陡添。马延，三国人物，东汉末年武将。相传，有一次他率兵三千保护大祖败逃，经过此处，故名马延坡。一座大坝与历史古迹连在一起，自有一种文化底蕴在其中。可出乎意料，在施工过程中发现马延坡边坡出现较大变形，基础不稳定；而坡上又布置有永久建筑物。这可不能掉以轻心！水电大坝是百年大计、千年大计。于是，三峡集团组织专家群策群力，认真探索，采取监测办法，分别对滑坡体外部、裂缝和深部变形，深入开展科研，经过反复实践与处理后，最后取得成功。他们这种勇于探索与创新的精神，是长江三峡水电史上一座永远的丰碑！

入夜，近在咫尺的水富县城，灯火辉煌，把向家坝下照得一片灿烂，金沙江的流水波光粼粼，光彩耀眼，小城荡漾在水中，如诗如画。水富县1981年刚成立。兴许是近水楼台先得月，靠水吃水，靠电吃电，因水而富裕，因电而繁华。一个仅三四万人的小城，因此而安居乐业，因此而风生水起，也因此成为昭通地区唯一一个非贫困县，被美誉为"浪漫水富""温泉之都""万里长江第一港""七彩云南北大门"。先后荣获"国家卫生城市""全国文明城市"的称号，一跃成为金沙江的一颗闪闪发光的明珠。

王主任，名法，引出一阵笑声。系水电世家，是从葛洲坝电厂走出来的年轻中层干部，严于律己，设私宴为我们接风洗尘。从电厂驱车去水富城，过一座金沙江大桥，仅几分钟就到了餐馆，灯火通明，亮堂堂的。桌上的一只土火锅里，煮的是"黄辣丁鱼"，老板介绍，这是水富城的名牌特色菜，土生土长在金沙江里，遍体通黄，无鳞，光滑晶亮，约10厘米长短，味道极鲜美。我因不吃无鳞鱼，就没有这个口福了。主食之一为"燃面"，原名叙府燃面，俗称油条面。它选用水富县优质面条为主料，以宜

情满绿水青山

西行记

宾黄芽菜、小磨麻油、八角、芝麻、核桃、花生、花椒、全条辣椒、豌豆尖等辅料，将面条煮熟，捞起甩干，除去碱味，再按传统工艺加油佐料即成，凸显出浓浓的味道。我们无不称赞水富城这独有的味道……

华灯璀璨，车过金沙江大桥，耳听向家坝电站的涛声，我回望水富城，一座不夜之城。水富港，雄伟气派，灯火明亮，疑是天上银河飞落，不愧为"七彩云南北大门"，不愧为"万里长江第一港"。

万木森森树海行

西双版纳是闻名中外的"植物王国"。那神秘莫测的原始森林，那珍贵独特的热带雨林，那古老稀奇的植物活化石，那四季常开的奇花异卉，无不令人惊叹不已。

在西双版纳旅行，有许多闻所未闻、见所未见的奇景，让人应接不暇。在宽达三千多万亩的自然保护区里，有30多种起源于地史第三纪的古植物，至今还仍然在生长繁衍，连续达一亿年，在别的地方早成了化石。可惜的是，我未能目睹这一亿年前的植物"活化石"的风采。常言道，"独木不成林，单线不成丝。"可是西双版纳独木也成林，这绝不是天方夜谭。就在打洛江边的中缅国境线附近，我亲眼看见了这种独木成林的古榕树，它除了主干之外，还从枝干上生长出许许多多的支柱根来，支柱根插入土里后又成了另一棵树，分不清哪棵是主干，哪棵是支柱根？整个树围宽数十米，树干笔直参天，远远看去，就像一片小树林似的，蔚为壮观。

来到热带植物园，更有"万木森森树海行"（蔡希陶）的新奇感觉。这是在大植物学家、中国热带植物学的开拓者和探索者蔡希陶教授的倡导和领导下，于1959年创建的。伫立在蔡希陶纪念碑前，我的思绪飞涌出诗和远方。

蔡希陶先生用智慧和心血创建的热带植物园，一望无际，蓊蓊葱葱，欣欣向荣，千姿百态，资源丰富之极，他的生命将同眼前的万木一样，千年常青，万古常绿。鼎鼎大名的作家、诗人徐迟曾写下具有轰动效应的报告文学《生命之树常绿》，极其热情地歌颂了他光辉的事迹，一时洛阳纸贵，家喻户晓。蔡希陶的名字将永远刻在西双版纳的热土上，活在中国人民的心中。行走在热带植物园内，那山光水色，光彩夺目，那奇花异木，绚烂多彩，古木参天，遮天蔽日。这里不仅环境优美，有"仙山琼阁"之称；而且荟萃全中国，乃至全世界热带、亚热带植物之精粹，遍地是"金山银山"。蔡希陶生前写下一诗：

> 群峦重叠一豁手，
> 万木森森树海行，
> 一江碧水东折西，
> 勾出半岛葫芦形。
> 咖啡茁壮枝叶茂，
> 木瓜行行成列兵，
> 谁说中华无热带，
> 大好河山满金银。

品味这首诗，我心中油然涌出一缕缕民族的自豪感！

"神秘果"带有神秘的色彩，原产于西非洲，它能使啤酒变甜，使发了酸的面包去掉酸味，吃了这种果子后可以改变人的味觉，使酸味变为甜味，俗称神秘果。神秘果树是一种高约两三米的灌木，一年开两次花，结两次果。当地流传着一则动人的故事：20世纪60年代，周恩来总理访问加纳时，阿普里植物园把这种神秘果送给周总理带回中国，总理便把它送给西双版纳热带植物园。从此，神秘果树就在这里安家落户，成长为一种友谊树。

山里人说，"靠山吃山"。在西双版纳的公路两边，在一座座傣寨屋前屋后，在一栋栋木楼小院，随处可见一种俗名叫"黑心树"的树，学名叫"铁刀木"，傣语叫"埋黑里"，意即铁心树。因树心呈黑色而得名。这种树是傣族人家的薪柴树，生长特快，萌发力极旺盛，寒冷时节可砍下当柴烧，树桩不久又萌生许多嫩枝，三年后可长成10米高、碗口粗的树，再砍，再发芽，再成材。一位傣家老人说，一株黑心树可活到200—400年。轮砍次数越多，再长出的树枝就越多，取之不尽。因为树的质地坚硬、耐磨、抗虫，用来做家具、柱子、房梁，几百年不易坏。当柴烧，易燃，耐烧，炭火好。自古以来，傣家人就是靠种黑心树来解决煮饭取暖问题的。种了黑心树，不愁没柴烧。名字不好听，其实招百姓喜欢。它无尽地燃烧自己，不断地把温暖和光明带给傣族百姓，为人民谋福祉，是一种风格极高的树。尤其是因为种了黑心树，广大傣民从不上山乱砍滥伐，为保护祖国自然生态环境，造福全人类，作出了重大的贡献。我心想，人不可貌相，树木亦如此矣！

我们穿行在茫茫林海里，还可见到一种十分害怕的树，名叫"箭毒木"，又名"见血封喉"，傣语名称"戈贡"。此树之汁有剧毒，呈乳白色，用这种毒浆涂在箭镞上，一旦射中野兽，野兽就会中毒，鲜血凝固，立即倒毙，收到见血封喉之奇效。向导一再叮嘱，千万小心。识别方法是，这种树是一种高大的乔木，能开花结果，果子呈紫红色，树皮纤维柔弱而有弹性。倘若不了解它，不提防它，随心

情满绿水青山

所欲乱拍、乱雕树木，则会遭到大难，甚至危及性命。因此，我们在森林中爱护树木，也是保护自己。

我们旅行在西双版纳，好似在万木森森、茫茫林海中作诗意的徜徉，心旷神怡，尽享祖国西南大自然的美丽。那沧江滚滚奔流，以水衬山，以山显翠，以水映美，以树寓情，令人流连忘返……

镇远古城风韵

黔东南苗族侗族自治州有一座古城镇，名叫镇远，位于舞阳河畔，四周群山环绕，地方不大，约三平方公里，却声名远播，飞出了大山，流出了长河。1986 年被国务院列为"国家历史文化名城"；1988 年国务院又批准镇远舞阳河风景区为"国家级风景名胜区"；2009 年荣获"中国最美的十大古城"称号，排名第五。这三顶桂冠凸显出中国汉字中的古、文、美的风头。

我的故乡怀化市，穿城而过的一条河就是舞阳河，流进千里沅水，汇入烟波浩渺的洞庭湖。镇远城在舞阳河的上头，怀化市在舞阳河的下头，同饮一江水，自有一种深远的因缘在其中。

镇远自秦昭王三十年（公元前 777）设县，至今已有 2281 年历史。元、清两朝为道、府所在地，长达 700 多年，素有"滇楚锁钥，黔东门户"之称。这是一个徒步旅行者的天堂。漫步镇远古城，仿佛一缕缕古风从四面八方包围过来，拥抱着我，轻轻的，恬淡的，甜蜜的来了拂去，去了又回，自由自在，似国画大家的水墨落在纸上，氤氲开去，浓淡相宜，臻于极致。古城里遗存的楼阁、殿宇、寺庙、祠堂、会馆，戏楼等名胜古迹尚有一二百处，风格独具，古韵盎然，遍布城中，让人应接不暇。那一条条古巷，狭长幽深，封火高墙，弯弯曲曲，起起伏伏，交叉衔接，互相通达，错综有序，像生生相息流动的血脉。古井遍布全城，有园有方，有大有小，有深有浅，形状各异。过去，古城没有自来水，生活上用水全靠井，并且划定取井水的人家与范围，各就其井，不可逾越。来到四方井巷的那口四方井，井沿三尺见方，深一二丈许，用吊桶打水，水冰凉微甘，春夏秋冬四季，盛泽而不干涸，游人争相品尝。斜对面那家百年豆腐老字号，兴许得益于这口井水。一座小小古城古镇，毫不夸张地说，完全是由名胜古迹汇成的，堪称一座"传统历史文化之迷宫"。

作为散客，我却紧跟一个团队的导游，一步一趋。当她眉飞色舞地介绍民居建筑特色时，颇自豪地说：镇远最绝的要数"歪门斜道"。大家请看，凡是在小巷路旁的各家各户大门，绝对不会与小巷平行或垂直，小巷也决不与大厅正对，而是有意地将门的朝向转一个角度，斜斜地对着街道，这就是所谓"邪（斜）道。"成为中国建筑史上的奇迹。我打问一位老年居户，他神秘兮兮地说，"歪"与"斜"是遵从风水先生的说法，"以南为尊"，既具富贵之相，又能财不露白。镇远古城居民有汉族与苗族、侗族等10多个少数民族，多少年过去了，百家姓仍在这里茁壮成长，香火延续，生生不息，结成血脉渊源，过着从从容容、家长里短、喜怒哀乐的平常日子，民风高古，且有巴蜀、荆楚、中原、域外多元文化融汇。在"祝圣风雨桥"上，我从廊梁诗画中，知道这里是缅甸、暹逻、印度等东南亚国家的一个重要驿站，那长途跋涉而来的缅甸象队，曾踏碎了"祝圣桥上的晨露夕烟"，成为"南方丝绸之路"

的要津之一。尤为难得的是，虽历经千年风雨沧桑，镇远古城城址至今未变，古建筑风格保留完好，房屋大多贴崖而建，青砖黛瓦，飞檐翘角，挨挨挤挤，雕梁画栋，花格木窗，古风浓郁，古韵盎然，令人油然想起唐诗，想起宋词，想起明清小品。

舞阳河蜿蜒曲折，以 s 形穿城而过，悠悠流去，一水分两城，北岸为旧府城，南岸为旧卫城，远远观看，宛如太极图，有风水奇观"中华太极古镇"之称。舞阳河水碧绿清亮，古城倒影随波轻漾，山色水韵相互辉映。两岸排列着12座历史码头，河床低，水位深，石级高而宽，江上风雨桥多。我伫立古码头上，停泊的游船一只比一只美观，在水上轻轻摇荡，有如花船似的精致。夜幕降临，华灯初上，两岸成了灯的山，灯的河。灯山与天相接，闪闪夺目；灯河波光粼粼，一片璀璨；江上的风雨桥，凌空飞架，不是彩虹，胜似彩虹。放眼美丽的舞阳河，真是一步一景，一湾一画，光彩夺目，流连忘返……

无怪乎古代文学经典《儒林外史》的作者吴敬梓，在50回的篇幅中用了三回专门描写镇远古城。于是，镇远将在我们心中常读常新，风韵流芳！

镇远古城虽然得天独厚，把大自然所造就的山雄水秀融汇成一幅特大的水墨画，浑然天成，鬼斧神工，高高地悬挂在古城头；但镇远人对于历史文化的古迹、古风、古韵非常珍惜，认真地加以保护与传承，在古朴中见珍奇，于淡雅中显神韵，化腐朽为神奇。一个地方的名胜古迹、古风古韵能否保存下来，关键在于人。山高人为峰！

品味西江千户苗寨

一

　　心动之下，我情不自禁地写下了《品味西江千户苗寨》这个标题。在"多彩贵州"中，黔东南的西江千户苗寨是一朵最引人瞩目的奇葩。从凯里下火车之后，搭汽车约一小时即到千户苗寨。

　　四月下旬的一个中午，春雨刚停，阳光温煦，群山起伏，树木葱翠，鲜花绽放。我俩兴致勃勃地走进苗寨，放眼四周，苗家寨子满山遍野，远看房屋成群结队，一排排，一层层，鳞次栉比，屋檐连着屋檐，青色瓦片在蓝天下闪光，金黄板壁在阳光里耀眼，或逶迤上下，或迤逦延伸，错落有序，布局巧妙，匠心独具，非鬼斧神工莫能为之，好似北宋画家、《清明上河图》作者张择端笔下的一幅幅风情画，称之为画中极品也不为过。跟着一位女服务员去住旅馆，近观苗寨的房屋，清一色的吊脚楼，二三层高矮，门口张灯结彩，大红灯笼高挂，一盆盆鲜花夹道，服务台前，笑脸相迎，热言暖语，如沐春风，宛如走进一首首古典诗词的意境中，洋溢出质朴典雅的风韵。

　　走在一条条、一磴磴的石级山路上，宽窄约三四尺，石阶上镶嵌大小石子，防滑度很强，崎崎岖岖，曲径通幽，上下相连，左右相通，盘旋而上，如登云梯，好比羊肠似的弯弯曲曲，旅客过往，砰砰有声，俨然奏起交响乐曲，悠扬地萦回于胸间。驻足远望，山外有山，头上有屋，脚下有屋，云中现屋，绿树掩屋。啊，好大一个苗寨！不说是上千户，就说有几千户，我都会连连点头，谁个数得清哩。倘若说重庆是中国最典型的一大山城；那么西江千户苗寨就是中国苗族地区最奇丽、极致的一大苗寨。与长江三峡的白云生处有人家相比，它稀奇于白云生处隐隐约约现出二三户农家；而西江苗寨人家贵在几百户、千余户聚集于山坡上，和谐相处。两种意境，两种美丽！

二

　　走进西江千户苗寨，随处可见苗家女子头上戴着一朵大红花，汇成一条条花的河流。在湘西，我见过苗家女逢年过节或赶场，有的头戴华丽的银花片头饰，身上服装镶满银饰，迎风走过，叮当作响，悦耳动听，虽很漂亮，但很沉重，据说，这套行装重达好几斤、上十斤。而西江苗家女除节日穿戴银饰之外，平常日子时兴头戴一朵大红花。我询问过她们：你们为什么头上戴一朵大红花？是什么特殊民俗？年轻的妹子说，女人爱美，人之常情，我们头上戴花，是为自己而美，自然也有崇尚自然的意义。花的颜色为红色，分为大红、枣红、粉红等，色彩鲜艳、炫人眼目。为何不戴鲜花呢？若戴自然生长的鲜花，容易褪色、掉瓣，只有用丝线绒布绣制的花朵，经久耐用。戴在头上既简便又美化了生活。无论在商店或是旅舍，只要看见有

情满绿水青山

西行记

戴花的女子，便感到格外亲切，满屋子充满着花的芬芳，流溢出美的味道，立即靓丽许多，让人感受到这是一块多情的土地，一个多情的民族。而今，西江苗族人民的好日子正像花儿一样开放！

在山下的白水河边，遇见一位洗衣的中年妇女，头上也戴着一朵大红花，红花映在水中轻轻荡漾，鲜活水灵，越看越美……我斗胆打问：你好！苗寨的中老年妇女头上也兴戴红花？她微笑地回答：是的。我们苗家女不分年龄大小，不分已婚未婚，一律都戴大红花，这是祖祖辈辈传下来的风俗。自古以来，妇女头上戴红花有崇拜太阳……她迟疑了一下，接着又说，有崇拜太阳的"图腾"意义（图腾二字，对她似有点陌生）。发髻正面的大红花即是天上的太阳；后脑上插的梳子即是月亮。于是，头上发髻便成了苗家人生命中重要的组成部分，在从前头戴大红花，是一件极庄重的事。我望着她头上的大红花，给人以一种特殊的气质。我俩惬意地漫步在山路上，凡遇见头戴红花的苗家年轻女子或中老年妇女，私心里便涌出一缕肃然起敬之情。无论是一种爱美的潜意识，还是一种有图腾意义的崇拜，都给我们留下了深刻的印象与美好的记忆。

三

太阳西斜，山风习习，我俩来回穿过悠悠白水河上的"风雨桥"，桥的名字难记，当地百姓便以一、二、三、四、五号风雨桥代替。黔东南西江千户苗寨的风雨桥，由桥、塔、亭组成，桥面铺木板，宽约四五米，桥顶盖黑瓦片，两边栏杆安装长长的木凳，舒适如坐靠椅，形成长廊式的过道，廊梁上雕龙画凤，诗词书画琳琅满目，堪称一座花桥。桥的塔、亭建在石墩上，多层次，飞檐翘角。风雨桥名实相副，既是行人遮风避雨之所，又是百姓自娱自乐之处。难怪被称为"世界十大最不可思议桥梁"之一。在三号风雨桥上，有一对北方口音的老年游客，坐在桥上休憩，两口子互相捶背，揉揉腿脚，且亲昵地窃窃私语，那情那景令人羡慕。风景这里独好。我用手机偷拍了这个人生的镜头。

穿过四号风雨桥，徜徉在河边特色食品一条街上，人头攒动，旅行帽五颜六色，南北口音混杂，比赶苗集、乡场还要热闹。店子里腌腊肉喷喷香，火熏血肠粑风味独特，竹筒糯米饭热气蒸腾，米豆腐酸辣味扑鼻，游客们边走边看，边走边吃。头戴大朵红花的大姐大嫂，张张笑脸相迎，热情介绍，自卖自夸，生意兴隆，钱包鼓鼓。我心里想，千户苗寨的苗民抓住机遇，开发旅游文化产业，用智慧与巧手脱贫致富，奔向小康，奋力实现中国梦。滚滚流淌的白水河哟，正把这春的信息带向远方……

有几家打糯米糍粑的摊子，引得客人团团围观，里三层外三层，她们把蒸熟的糯米饭装入独木凿成的盆中，木盆约两尺长、一尺多宽、深一尺许，用丁字形木槌，两人轮换举槌翻打，一唱一和，几分钟后，糯米饭被捣成稀烂，拉出绵长的柔柔的块状，然后用手工做成圆圆的年糕粑，现打现卖。我看了许久，流连忘返，似浓浓的年味儿萦回在胸中。转瞬之间，仿佛白白的糯米流出来，白花花的银子（人民币）流进去。这份劳动和工作是何等地美啊！

自信走南闯北，阅过不少人间春色，但这次西江千户苗寨行却给我留下了这么深刻而难忘的印象，为什么呢？

思忖良久，答案兴许就是："以美丽回答一切"（余秋雨题词）。偶然间，我发现一块孤独的石碑竖立于河边行道树中，千户苗寨无比璀璨的灯光辉映着石碑和大字，为美丽的苗寨夜色更增添了一个闪光的亮点！

灵猴 "志愿者"

在"多彩贵州"行走，惊喜一个接连一个，像翻开一部经典名诗名画，似欣赏一部古韵乐曲。镇远古城还在心中沉浮；千户苗寨还在脑海红花绽放；黄果树瀑布还在眼前飞流直下，黔灵山公园已经敞开雄伟的山门，美丽得令人应接不暇。

黔灵山公园，俗称灵山公园，位于贵阳市西北角，距离火车站二三里路，面积 426 公顷，环绕九座山峰，其中大罗岭海拔 1396 米，素有"黔南第一山"之称。经地质学家李四光考察，园内弘福寺寺址属第四纪冰川遗迹。但作为城市公园始建于 1957 年，由三岭湾、猕猴观赏园、弘福寺、麒麟洞、动物园、黔灵湖、风雨桥等景区及盘山步道组成，步道长 13 公里石阶，贯通公园大部分的群山峻岭。公园内以明山、秀水、幽林、古寺、圣泉、灵猴而闻名遐迩。我环视四周，峰峦叠翠，古木参天，松竹葱茏，青翠欲滴，深谷幽潭，清泉怪石，风景确实优美之极，难怪自古是贵州高原一颗璀璨的明珠。

1991 年建成的野生猕猴观赏园，开全国城市公国之先河。在我国，原只有峨眉山有猕猴可以人猴接触，但在城市市区能看到敞养猕猴的公园，只有黔灵山独一处，物以稀为贵。据介绍，贵阳园林部门这一创举，克服了重重困难，先通过有规律的喂食办法作诱导，引猕猴下山；再拉近人与猴之间的距离，逐步使猴子不要见人就逃跑，渐渐地和谐相处，慢慢相熟之后，互不介意，悠然自得，达到人猴嬉戏、同乐。前后经过 10 年践行，功夫不负有心人。由 1980 年的 30 只猕猴；发展到 1996 年的 200 只；2010 年增至 500 只；现已发展到 3000 只，生生不息，园内最大的猕猴群超过 200 只以上。

我们进入灵山公园大门，往前走不远就到了三岭湾景区猕猴观赏园，步道两边，树林茂密，一群群猕猴在树枝上跳跃，表演杂技，动作灵巧之极，有的三五成群在马路上行走；有的在栏杆上你追我赶；有的一跃上树；有的从天而降；有的窥探游人背包与手提袋；有的以闪电式动作蹲立人的肩膀和背上，最爱扑到女孩身上抚弄头发，令女孩惊叫不止；同民以食为天一样，它们的拿手戏是抢夺食物，我亲眼所见，一家人刚从小亭食品店购买几包瓜子、花生，其中小伙子手上的一袋花生，刹那间不翼而飞，被一只猕猴抢走，动作之快，为平生所从未见过。故称呼其为"灵猴"，非常贴切。像这种人受惊、猴抢食的小活剧，几乎随时发生。人猴相嬉，分享惊喜，各得其乐，妙趣横生，仿佛把人带回大自然之中……

但它毕竟是猴子，有本性恶的一面，往往有意或无意发生伤人之事。从一块"温馨提示"牌上知悉，近几年来，受轻、重伤人数已达 4000 多位。故特意给旅客温馨提示：游人要注意与猕猴保持二米距离，不要惹怒猕猴，或故意伤害猕猴，致使遭到报复而自身受伤，云云。我在步道上流连，偶然发现七八米之外，有一只灵猴蹲在一块木牌上，东张西望，姿态憨厚可爱，颇引人注目，如同城市马路上的协警同志和志愿者。原来，那块木牌就是"温馨提示牌"。兴许是由于木牌小、木板薄，猕猴站立久了，身体难受。正当我准备拍摄这个难遇难求的镜头时，那只灵猴却纵身跳了下来。当时，我心里后悔不已。失去了这次抓拍机会，就失去了一张有价值的艺术照片。

我怀着侥幸心情，看看能否出现奇迹，那只灵猴会不会再次蹲在木牌？那希望，那急切，那忐忑不安，那梦想成真，交织在一起，像一把火在心中燃烧，煎熬着我……

突然，天空下起了霏霏细雨，这会不会影响猕猴的兴致？我心想，完了。恰巧一位女导游又带来了一个旅游团，即将经过这里，熙熙攘攘之声不绝于耳。我心里又想，这一下真的彻底完了。

旅游团的人，近了，近了。老天爷呀！然而，天无绝人之路。还是那只灵猴，见势上前快走了几步，轻巧地飞身一跃，端端正正地蹲坐在木牌上，眼睛灵活地转动，好似在向游客"温馨提示"：小心，与我同伙保持一定距离！那态度端庄，表情诚恳，心地善良，令人感受着自然界的温情和诗意。我抓拍到了这个镜头，高兴地跳了起来。题为《灵猴"志愿者"》。

情满绿水青山

西行记

难忘红红的辣味儿

约莫 30 年前，宜昌市文联曾向全市文艺工作者提出一个响亮的口号：写三峡，唱三峡，画三峡，照三峡。于是，我们打起背包深入生活，行走在长江三峡，时而翻山越岭，穿行于崎岖坎坷、忽断忽续的栈道上；时而坐扁舟、乘轮船，风雨里上，浪涛中下。本来郦道元的"自三峡七百里中"，行至奉节、万州就已充其量了，但我们总是抵达重庆为止，然后顺流东下。一来重庆是个大城市，倘站在朝天门喊上几嗓子，陡添一身豪气；二来观看山城人炎夏打起赤膊吃火锅的模样，格外撩人，心里来劲、舒畅。重庆火锅留给我的第一印象，正如家乡溆浦人挂在嘴上的那个"味"（方言，即形容美人、美事、美食、美味）字，有"味"得很！那红红的辣味儿真叫绝了呀！

重庆火锅，又称麻辣火锅、毛肚火锅。它起源于明末清初时期，重庆嘉陵江畔的朝天门码头船工、纤夫的餐饮方式，其特色是格外的粗犷、闹热，很多人围在一起，同吃一只铜锅中的菜肴，原料主要是牛毛肚、牛血旺、鸭肠子、猪黄喉等"下水"；佐料为红辣椒、花椒、生姜等秘制配方；味道又麻又辣又香，且价廉物美，深受底层劳动者的喜爱。后来，原料逐渐高档，有牛、羊、猪肉卷筒，红红的薄纸似的透明，乃至配上海鲜……2016 年 5 月，经市民投票，当选为"重庆十大文化符号"之首，被美誉为火锅的"经典"，天天火爆，月月火爆，年年火爆，闻名遐迩。

平生去重庆许多回，几乎回回都吃过火锅，吃后也就忘了。但记得有两三次吃火锅印象深刻。1993 年春天，西双版纳傣族"泼水节"前后，参加景洪自治州成立 40 周年庆祝大会。归来时途经重庆，市文联《红岩》杂志张主编盛情款待，在红岩村附近一家火锅店宴请。出乎我意料的是，作陪的人蛮多，除了编辑部的新老编辑张胜泽、黄兴邦、刘阳等之外，还请来老诗人杨山先生与文联的负责人、杂文家老篮等同志，团团围坐在一只火锅前，热热闹闹地边吃边聊。张主编反复说，我们同宜昌市文联因为三峡联系紧密，多年来，互相交流，你们帮了我们大忙，常常一个电话，从重庆出发的文朋诗友，出三峡时少不了麻烦你们迎送；而经宜昌来重庆的文坛友人，也是由你们迎接与送上轮船的，确实辛苦你们了。因此，这次我们招待你，应该，完全应该，礼尚往来。虽然是初次晤面，却真是一见如故。这诚恳的话语句句暖人心怀。此刻，我心想，天下文人一家亲。自古"文人相轻"，但文人相亲还是占大多数。在火锅席上，主客坦诚相见，天上地下，文坛里外，谈得投缘，氛围和谐，其乐融融。至于吃了些什么佳肴美味，现已淡忘了。但重庆文友教给我不少吃火锅的技巧。比如，主人劝客人多吃点菜，便说，吃火锅不要讲客气，"多捞多得"；吃牛毛肚，最讲究的是掌握火候。重庆人地道的吃法是，夹一块牛毛肚，在沸腾的红汤里来回荡漾七回，恰到好处，若多荡了一二回，毛肚就变硬了，嚼不

情满绿水青山

西行记

烂，若少荡了一二回，毛肚还未熟，味道就不美；火锅席上，每位面前摆半碗冷香油，每当夹一筷子菜肴，必先放入油碗一过，以免烫了嘴，并且口感醇厚，回味悠长……那次同席吃火锅的师友，无论健在与否，都一直在我心里鲜活着，往事如歌。

去年初冬季节，时隔多年，我因编选《三峡工程史料选编》大型丛书，前去三峡库区收集资料，组织稿件，重走三峡，再上重庆。三峡工程建成之后，沿途变化翻天覆地，搬迁后的新县城，一座比一座美丽；长江大桥凌空飞架，胜似一道道彩虹；巫山神女无恙，一定会惊异世界殊。心里油然想起，今天的重庆火锅又有啥子变化哟？

因为日程安排紧，有的作者是通过电话联系的，只登门拜访了老作家、老教授傅德岷先生，并邀请重庆市散文学会会长、知名散文家邢秀玲女士移步傅老师家里聚会。老朋友相见，彼此十分亲切，叙不完的离别情，讲不尽的知心话，情深似"汪伦"。中午，由傅先生夫妇设宴，地方选在小区附近一家新开张的火锅店，门面气派，档次豪华。比起我吃过的街边火锅来，算是最好的一次了，着实悦目惊艳。方式是自助餐，原料由顾客在一个大转台上任意挑选。四个人各占一方，宽松随意，相互敬酒，摆龙门阵。我望着那红艳艳的汤锅，先是大朵大朵地开花，继之咕咚咕咚地沸腾，更添了几分欢悦之感，热烈之情，无论是那红红颜色的审美，还是那火辣辣的口感，莫不洋溢出浓郁的情致、趣味，足可品尝出酸甜苦辣的人生。重庆火锅最讲究底蕴；但吃火锅的人重在情怀。等到买单时，邢女士抢着付款，总共130元。我轻轻地感叹，物美价廉，重庆火锅"不忘初心"，保持了当年朝天门码头船工、纤夫餐饮的老传统。

　　走出店门，漫步在林荫大道。傅先生告诉我，半年前，重庆举办的"万人火锅宴"，30多万市民聚集现场，10多万人就餐，火锅绵延摆了二三里长，场面宏大，前所未见，成为现代化大城市的一道最撩人的风景，吸引了众多的创业者，深受广大中、低消费者的青睐。经重庆市民投票，重庆火锅当选为"重庆十大文化符号"之首。古今中外，文艺作品经过时间与历史的考验，产生了一些经典作品。那么，重庆火锅也是饮食王国中响当当的经典。如到山城重庆来，不品尝那红红的辣味儿，就辜负了重庆火锅的经典味道！

神奇梦幻三星堆

　　"三星堆"从神话中走了出来，我们从神奇梦幻里走近你人首鸟身的青铜像；"三星堆"从3000年沉醒里醒来，我们从惊讶震撼中观赏你竖眉怪异的眼神。

　　三星堆这个地名，源于三个起伏相连的黄土堆，位于四川广汉市城西约10公里的燕家院子一带（今南兴镇三星村），一条清悠悠的鸭子河由村西南向东流经而过。三星堆在南岸，河相伴的北岸有一个高出地面、两头尖中间弯的地方，形似一轮月牙，俗称月亮湾。这个"三星伴月"之地，就是三星堆遗址的中心。万万没想到，这里曾是3000年前的古蜀王国的政治、经济、文化的都城。《汉州志》上的三星堆，因为出土了大量的陶器、玉石、青铜人像、黄金面罩、海贝等珍贵文物，被定名为"三星堆文化遗址"，把这里所发现的文化现象定名为"广汉文化"这是一支不同于中原文化的史前文化体系。几千年的历史烟云终于从尘封中拂去。我心想，时间可以掩盖许多真正的历史，但是科学可以再显现出古老的历史面目。

　　我走在苍古雄浑、博大精深的三星堆博物馆里，脚步轻轻，步伐慢慢，内心却抑制不住的激动。那一件件从古遗址发掘出的珍稀器物，有如精美绝伦的艺术品陈列在一座神奇梦幻的艺术殿堂，令人目瞪口呆，惊讶万分！

在那尊青铜全身人立像前，我久久地伫立着。这是从二号祭祀坑出土的，年代约在商代晚期，距今3000多年了。据考证，这是世界上古代的青铜像之王，十分完整，相当真人高矮。世界上最早最大的青铜人立像，要数埃及邦拉扎城出土的古埃及第六王朝国王沛比一世的铜像，高约1.75米。时间虽较早，可惜腰部遗失了。希腊出土的青铜雕像，有真人大小，只是时代要比三星堆的青铜像晚四五百年。听完这些解说，我们的心为之震撼，无比自豪。真是考古史上的史无前例啊！

面对"金王杖"，我依恋难舍，流连了好久。这是从一号祭祀坑出土的，用纯金皮包卷而成，长142厘米，直径2.3厘米，重700克。金杖上端有46厘米长的一段平雕纹饰图案，有云有鸟有鱼，有人头的形纹，可能是古蜀国先民的一组图腾，系商代中期的文物，距今3000多年。这柄极珍贵的礼器——王杖，象征当时最高首领的身份和权力，代表着王权，具有极高的历史和艺术价值，乃举世无双之珍品。

一株修复的"青铜树"，以它耀眼的光彩吸引着参观者。我站立面前眼睛发亮。那枝干曲直，枝丫上有10只鸟，形象栩栩如生，似凤一般，翅膀上的羽毛清晰可见；树枝上挂有果实，形似柿子，蒂瓣镂空；树上还有海贝似的铜贝，琳琳琅琅；树的根部是一条龙的形状，上下对照，呈龙凤模样，含吉祥之意。树高约四米，形象非常壮观，堪称世界之最。尽管它的功能如何？专家学者尚有争议，但多数人认为，这是用于祭祀的，上敬天神，祈求吉祥。时代发展到今天，市场经济讲求效益。"摇钱树"似更符合人心。恭喜发财，已经是流行语了。"青铜树"是3000多年前古蜀人自己的创造。他们用青铜和金箔来铸造祖先、首领的身首，以表达其敬意和祭祀之礼，岂不是一种浓郁的人文气氛？！

行至那柄青灰石边璋前，也是罕见的玉器珍品，通长54.4厘米，顶端一为钝角，一为锐角，射部和柄部两面，均阴刻有不同的图案。其雕刻艺术代表三星堆所有玉器的最高水平；而那两组阴刻的图案，解说不一。这也是上千件出土瑰宝中所留下的又一个谜。

我在三星堆博物馆作着梦幻一般的神游，如痴如迷，好像身在峨眉山的云雾中。难怪刘少匆先生称三星堆为"雾中的王国"。要破解这些深奥、有趣的千古之谜，自然还有待于新的考古发现和科学的分析与判断。殊不知这正好可以激发探索者的强烈欲望。而科学的真理也正是从这不断地探求中发现的，科学发展永无止境。

三星堆，"沉睡三千年，一醒惊天下。"当我满脑子还萦绕着青铜像中的高鼻、竖眉、深眼的怪异模样和大量海贝由来的种种疑团中，梦幻似的随着人流走出神奇的艺术殿堂，穿过广场，站在气势恢宏的仿古祭祀台上，沐浴秋阳和金风，环视四周，只见眼前的建筑群一派古典风格。那极富独特神韵的博物馆外形，那屋顶上的三脚立架，顶天立地。三足好似古代常见的陶盉，尖角犹如青铜的鸟形饰。蓝天白云下，像三颗星星永远闪耀，映衬伟大民族的灿烂辉煌。金风送爽，一股浓浓的原始意味和现代气息扑面而来，给人以极大的观赏的愉悦和艺术的想象。

遥望三星堆啊，我心底涌出一种奔腾不息的民族自豪感！

妩媚的丽江

　　彩云之南的丽江，纳西语叫"依古堆"，意即金沙江转弯的地方，是一座美丽的古城。在我没有亲临其境之前，怎么也想象不出它竟有那么的妩媚。丽江古城的碧水妩媚，小桥妩媚，丽江的女人妩媚，丽江的街巷更多姿多彩。

　　下午从大理启程，到达丽江古城，已是披星戴月之时。在车上，导游征求意见，大家乘车辛苦了，今晚就不安排游览古城。因为古城之夜，游客人山人海，街道小巷纵横如织，倘若一走散，就难以转得回来，便改为明天清晨去游。一好逛街穿巷；二好观景看水；三好照相留念。终于举手表决通过了。当晚，我未能入睡，连做了几个古城的梦……

　　黎明的丽江古城，安宁静谧，悄无声息。我们轻快的脚步踩响了五花石板街，我们小声地赞叹飘散在湿润的空气中，我们相机的快门声应和着屋檐上的鸟语，我们的笑容映在清亮的碧水中，为了让游客记下一个标志，在小溪河边安装了两架圆盘大水车，旋转得有滋有味。石桥下，分流出三条溪河，即东河、中河、西河。中河是自然河，东河、西河为人工挖掘而成的。水的源头是玉龙雪山融化的雪水和山泉，积聚成黑龙潭，再从黑龙潭流淌而来的水，在这座石桥一分而三，像玉带似的淙淙地流向古城深处，分成几十条清清小溪，网络一般的密布全城，或急或缓，或隐或现，或低吟浅唱，或窃窃私语，沿街临巷，穿墙入院。像大地母亲的乳汁，哺育着世世代代古城纳西族儿女；似人体的血液，流通在条条脉管里，让人们舒筋活络健康地生长。我心想，丽江古城如果离了玉河般的水，恐怕早就是荒滩坝子上的一片残垣断墙了。

丽江古城的水，流在人家的楼下、门前，穿过院内、后墙，淌过花前柳下，好似纳西少女的妩媚清纯。溪河的两边，都用大大小小的石头砌成，石头岸上，或布满厚厚的青苔，或在石缝中长出萋萋芳草，任凭碧水的轻漾，宛如纳西女子轻歌曼舞的婉转多姿。倘不是亲眼所见，无论如何我也想象不出丽江古城的水如此妩媚啊！水是丽江古城的魂；而古城的水源自玉龙雪山。这是江南小镇所没有的，只有源清才能流洁。

我徜徉丽江古城，真像吟诵唐诗宋词，韵味无穷。那小桥流水人家的意境深深地感染了我。导游告诉我们，游览古城只要记住"顺水进，逆水出"，就不会迷路。有水就有桥，丽江古城的小桥，多达近 100 座。位于中河上的大石桥，堪称众桥之最。这座双孔石桥，因玉龙雪山的倒影映在桥下的水中而得名映雪桥。清亮碧波中的古桥雪影，美丽极了。土司首领木府前护城河上的单孔石桥，名叫玉带桥。据说是仿天安门前的金水桥而建，帝皇之心不小。绝大多数小桥，掩映在溪河的垂柳绿树中，阳光透过枝叶照在水面，像无数金针闪耀，波光粼粼，美不胜收。还有令人惊奇的是，架在两户人家大门口的石板桥，小巧而优雅，古老而天成，真不像是架在水上，倒像是架在人的心上。这一道道古拙的风景，把纳西族儿女纯朴的民风和盘地托了出来。我油然打心底里涌出一种感动，一种美丽，一种遐想……

古城的街道小巷，别具特色，窄窄幽幽的，曲曲折折的，多达四五十条，像八卦图似的。街巷铺的都是五花石，人工凿成高高低低，凹凸不平，由于时间的磨砺、行人的踏踩，闪闪发光，不适合走车，只适宜步行，只适合穿布鞋走，不适宜穿高跟鞋的女人走。初来乍到的我们，在五花石街巷逛了几小时后，觉得脚板底生疼，但不久又感到按摩似的舒服，令人惬意的不可开交。

走到古城中心，导游说这就是著名的"四方街"。街道由此伸延开去，通向四方，这里好比是古城的心脏。自明朝以来，因为曾是商贾云集之地，四方街名扬四方，声名赫赫。不仅西藏、青海、四川的藏胞对它很熟悉，而且连印度、缅甸、泰国、尼泊尔的一些巨商也无不熟知。"四方街"是因为姓木的土司王，仿照自己的四方大印来建造的，取其"权镇四方"之意。纳西族的头领被赐姓木，"木"字四围，就成了"困"字，自然犯了讳。故大研镇（今丽江古城）没有修筑东西南北城墙。在中国古代，这算是独特的。因此，丽江古城多了几分开明、包容、豁达、接纳的大开放气度。要不，从古至今，怎么会这么热闹繁华呢？！这么吸外中外游客前来观光呢？！

环顾四方街广场，脚踩清洁如洗的五花石，顿生一个疑问：昨夜人山人海，清晨为何这么清爽？导游说，古城的街道铺的五花石，凹凸不平，不便于环卫工清扫。她手指远处，街西有一条河设有水闸。每当收市人散后，工人把水闸一关，河水上涨，漫上街道，顺着坡面，把街道上

情满绿水青山

的垃圾排到暗沟里去，每条暗沟又与广场四周铺面后院的下水道相连，形成一个完整的排污系统，保证了四方街随时整洁清爽干净，令我们啧啧称赞，这真是近水楼台先得月。

今日丽江，已戴上三顶桂冠，即世界自然遗产，世界文化遗产，世界记忆遗产。其中，那象形文字的活化石——东巴文，尤为珍贵。倘我们能认识几个"天之语"的话，更是不虚此行矣！

纳西女人的"披星戴月"

五十六个民族，五十六朵花。而七彩云南占了二十五朵。我们走进滇西北的大理和丽江，民族之花争奇吐艳，民族风情别具异彩。

祖祖辈辈生息在丽江的纳西族，是一个肤色微黑的漂亮民族，"以黑为贵，以胖为美"。称女子为"胖金妹"，谁得到这个称呼谁自豪；叫男人做"胖金哥"（或阿鹏哥）。当我们听说青年男人结婚时，双方要"过秤"，无不感到新鲜，忍不住开怀大笑。纳西族的男人"主内"，在家管教小孩，以学习琴棋书画、品味烟酒茶为荣；凡戴眼镜的胖金哥，被视为有学问者，更受人尊重。纳西族的女人"主外"，担当田间劳作，春耕秋收；他们腰上挂一大串钥匙，背上饰以"披星戴月"的图案。

春天的一个清晨，我们在丽江古城的街上，碰到了几个穿纳西族民族服装的中年妇女，他们背上披的那块"七星羊皮"，格外引人注目。那是一张油黑的绵羊皮，外表镶嵌着一字儿横排的七个精美图案，色彩绚丽，呈圆形状，像孔雀开屏的羽毛一样美丽。那七个圆形的图案似天上的星星一样，明亮夺目；那张羊皮形似半轮月亮，纳西人管这叫"披星戴月"。意思是纳西族女人一生勤劳的标志。

他们一年四季辛勤劳动，常常起早摸黑地干农活，披着星星，戴着月亮，为温饱，为致富，抚老养幼，夜以继日地劳动着。正因为有了这样勤劳的女人，纳西族人民的生活才美好，日子才兴旺。这独特的民族习俗、民族风情，至今仍令人惊叹！

自古以来，中华民族是一个伟大勇敢勤劳的民族。不仅男人可做中华的脊梁，女人同样可做中华的顶梁柱。正是各民族共同撑起中华的同一片蓝天，才源远流长，屹立于世界民族之林。我久久地凝视纳西女人"披星戴月"的背影，她们渐行渐远，留下欢声笑语，而带走我的一缕情思……

我好奇地问当地导游：纳西族女人老了，是不是还背上"披星戴月"？她回答道：是的。即使到了享清福的年纪，儿媳妇进了门，可阿妈、老太太仍然闲不住。她们勤劳一生，勤俭持家，习惯了，凡事无不操心。祖传的"披星戴月"伴着他们的人生，活到老，做到老，坚韧到底。他们把"披星戴月"看作是人生的一种职责，一种光荣，他们苦中有乐，乐在其中。

纳西族女人年轻时都要学会酿酒。酿酒技术的高低、好坏，是评价他们是否能干、是否出众的一个重要标准。酿酒是既劳力又劳心的事。但等到自己酿出的酒饮进嘴里、甘甜心田的时候，他们会油然地感到高兴而自豪。每当我想起纳西女人一生无比勤劳的形象，我就更敬爱每一位含辛茹苦的母亲，做儿女的怎能不竭尽心力来孝敬母亲呢！纳西女人的"披星戴月"，我为你感动，为你歌唱！

苏马荡流淌出的美

　　家乡的一个侄子，在利川市苏马荡风景区林海云天买了新房，邀请我和他高中的几个同学前去享受清凉。

　　我乍一听"苏马荡"的地名，十分陌生，也很好奇。原来，它是 1700 年的巴楚古驿，地处长江南岸，海拔 1460 米，面积 20 平方公里，夏季平均气温最高 22 摄氏度，原始生态植物蓊郁丰富，特色鲜明，堪称天然绿色园林。苏马荡是土家族语的一句方言。它的意思是："老虎喝水的地方"。土家族崇尚白虎，视它为图腾，水则是老虎的生命之源，足见这方水土的珍贵与至高。

　　炎炎夏日，漫步林海云天中，只见天格外的蓝，云非常的白，四周森林苍茫，一望无际，完全被绿色所包裹，放眼尽是绿色，十分养眼。林海云天负氧离子的含量，比城区高达 208 倍。好像生活在"天然氧吧"与"养生仙境"里。在苏马荡这个小山村，人口约 1000 人，而 80 岁以上的寿星就有 30 多位。这当然要归功于大自然给予的恩赐。

　　我们走在林荫道上，气候凉爽，空气清新，环境幽静，隔三岔五碰到休闲的老者，度假的中青年人，有的扶着老人；有的携着小孩；或窃窃细语；或笑语欢声，连树上的画眉、蜂鸟、山喳子也叽叽喳喳的称赞不已，情趣盎然。

小张、小谭两个妹娃引导我们边走边看，那一条条步道七弯八拐，曲径通幽，令人心态怡然、平和、谐美。好似在吟咏一首首山水诗，观赏一幅幅中国画，于不经意间在林海深处接受一次心灵的洗礼。

站在那株古水杉前，陡添一缕林海豪情，涌出一种顶礼膜拜的冲动。树高35米，树冠22米，树龄已超过600年，枝繁叶茂，绿荫如盖，饱经风霜，气象非凡。我们五个人牵手合围，却惊叹抱不住。经植物学家鉴定，这是目前世界上树龄最长、树径最大的古水杉，名副其实的"天下第一杉"，素有"水杉王""活化石"之美称。心想，在恩施州谋道镇苏马荡，如果没有这株"水杉王"，整个景区，乃至中华大地都会减色不少。据调查，这里的水杉母树有6000多株。望着那树枝上系扎的红丝带，在悠悠的山风中起舞，也似在我们心里飘扬。一株树能活到这个份儿上也真值了啊！在诗人心目中，兴许它就是诗的一座高峰；在散文家眼里，兴许它就是美的一块丰碑；在老百姓心里，它就是祈福的一株"神树"！

每次穿行在林海中，以我的植物学知识，就不时地发现有红豆杉、珙桐、黄杉相思树、水红树等世界一、二类珍稀植物。令人回味的是，身在林海创业的梁总、张总，树木是不会缺的。可是，他们却不忘在开辟的大路与步道两边，精心地栽种一排排桂花树、杉木树、松柏树等，在每栋楼前楼后也有计划地种植果木、花卉，蔚然成片。倘若施工中万不得已砍挖一棵树，那就种植两棵、三棵来补偿，千万不能对大自然有动斧动锯的残酷。过去"前人栽树，后人乘凉"；而今更是为了保护中国的生态环境，实现美丽的"中国梦"。

苏马荡还拥有华中地区、武陵山片区规模最大、种类最多、野生杜鹃花林，生长周期上百万年。其中，这里的"银花杜鹃"群落，分布最集中、保存最完好，连片面积超过一万亩以上，称得上"杜鹃长廊"。而平生所见的杜鹃（映山红）多为红杜鹃、紫杜鹃，唯独未见过"银花杜鹃"，银白花瓣，花蕊呈淡黄色，远看银光闪闪，灿烂无比，灼灼耀眼，仿佛落了一场"六月雪"，在世界上称得上一绝。高山杜鹃开花在每年的五至六月。这次虽未看见杜鹃花开的妖娆，但她永远留在我美丽的思念中。

　　鄂西恩施州是中国的"硒都"。位于自治州境内的苏马荡也得到大自然的独特地利，拥有丰富的富硒土壤和富硒泉水，通过植物的生长吸收，变成更利于人体吸收的有机硒。苏马荡独特的高山海拔，秀水灵溪，清新空气，未受污染的富硒土壤，孕育出营养丰富、口味甜美的高山有机蔬菜。清晨，我们逛农贸市场，发现土鸡、土鸡蛋、野生枞菌、土豆、包谷、蔬菜，品种多，水灵灵，活鲜鲜，是远非别的地区长出的蔬菜所能媲美的；提篮或背篓的农妇、大爷，没有小贩的叫卖声，一脸的憨厚淳朴，收钱小心过细，称秤却大方洒脱。在苏马荡吃的菜、喝的水都是最放心、最环保的绿色食品，也是硒含量最高的，它远远高出我国成人日平均硒的摄入量，真是名不虚传！

　　在山坡的一眼山泉处，我们用手掬一捧泉水，非常清亮洁净，甘甜可口，清凉入心，泉底为洁净的石英沙地，汩汩地喷涌而出，有"苏马神水"之美称。此刻，我久久地凝视山泉，浮想联翩，从苏马荡流淌出的是水美、山美、人美……

　　难怪北京央视记者称赞："苏马荡，中国最美的小地方。"

青山遮不住

　　一个最小的地方，名叫苏马荡，土家语中意即"老虎喝水的地方"，当地习称药材村。原有农民一千余人，散住在茫茫林海里，以水杉、松树为主，堪称典型的山大人稀，大自然赋予它美丽的风光。白云飘浮于蔚蓝的天空，大地开满了鲜活的山花，散发出醉人的芬芳，抚慰着人的心胸，使之精神振奋，更令人尽情享受的是它那清凉的气候，炎夏时节，气温在23℃左右。既清凉，不潮湿，无蚊蝇。徜徉于苏马荡的林海云天，令人情不自禁地高呼：大自然是伟大的艺术家。能寻找到这片幸福之地，便感到进入了一种神奇的境界。

　　近两年来，这里成为渝鄂两省市多地区百姓向往的"凉城"，七八月高峰期，前来避暑度假的人猛增至20多万。即使是崇山峻岭，也遮不住苏马荡流淌出的美。

　　我眺望雄奇的齐岳山，连绵起伏，山顶排列着数十里长的风电，让人看到无限光明的未来。我目送那条川鄂古盐道崎岖坎坷的远去，好像一根巨大而苍劲的葡萄藤上结出一串串酸酸甜甜的葡萄，明珠似的多彩而醉美。利川这片神秘的土地，"外得长江三峡之利，内拥崇山峻岭之奇"，异彩纷呈，风情万种，神韵浓郁。

齐岳山以长城一般的雄伟之躯，阻挡住热带高温气候的吹拂，造就了谋道镇苏马荡景区的清凉仙境。当我来到柏杨坝镇的水井村，眼前的齐岳山，又以它如诗如画的阴柔之态，谨慎而完好地保存了"大水井古建筑群"，被誉为鄂西土家族历史文化的瑰宝，成为国家重点文物保护单位，时间早在 2002 年。

一个盛暑季节的清晨，我们从大水井游客接待中心出发，沿着弯曲的小路行走，天气晴朗，蓝天白云，凉风轻拂，穿过绿油油的荷塘，虽未见到大朵的荷花，却绿意盎然；路边的花果、闲花、野草绽放，梨子熟透，浓郁的乡村风味扑面而来。大水井古建筑群由李氏宗祠、李氏庄园和李盖武石刻题字等三部分组成。"李氏庄园"是李氏祖先李延龙第五代孙李清亮的旧宅，修建于清代中期至新中国建立前夕。在大门匾额"青莲美荫"前，我伫立良久，浮想联翩。看来，庄园主是以唐代大诗人李白的后代自诩的，借此光耀门庭之心显而易见，自古有之。从李氏祖先的名字李延龙、李延风来看，李氏属湘籍李姓的"延"字辈，其排序为延、佑、启、永、显……辈分。由此，联想起我祖父的名字李佑高为"佑"字辈；父亲名字李启贤为"启"字辈。在异乡遇乡里，不觉惊喜，出乎意外，越想越感到格外亲切。

徜徉在李氏庄园中，整座建筑"楼宇相连，阁楼高耸，雕栏玉砌，拱圈回廊，中西合璧"。这是渝鄂边境古民族建筑之经典。尤其可喜的是，至今保护完好，似凝固了一部土家民族的建筑文化史。亲临现场，见证了土家族人固有的心智所展示出的文化底蕴，欣喜之心油然而生。

大凡一座古建筑中有一两个或两三个天井，已敞亮出主人的心态。而李氏庄园竟有 24 个天井，足见李氏祖孙开放、发财梦想之博大、之广阔，值得为之叫好！

随着参观的人流行进，那不少房间里的一张张雕花床、工艺精湛、十分讲究。从暗淡的光线中依旧熠熠闪光，光彩照人。人们怀着浓厚的兴趣从这间房进，从那间房出，楼板发出乒乒乓乓之声，节奏变化有序，宛若聆听一首优美的土家民歌。登楼环视，那层层叠叠的黑瓦高低错落，承接着多少岁月的沧桑，承接着多少暴风骤雨和风花雪月。李氏庄园的兴衰也许都隐藏在那一片片瓦砾之中。顿时，一阵神秘之感涌出心头……

从李氏庄园右侧的边门走出，步行 100 余米，就到了"李氏宗祠"。眼前别是一番景象，城墙巍峨，据介绍，总长约 400 米，高 8 米，厚 3 米。墙梯依山势逐级增高，傲然雄踞。墙面均由整块青石砌成，还依次布设枪炮眼108 个，森严壁垒，严密的封锁着所有通道，用固若金汤形容，似不为过。其建筑风格与南方汉族的祠堂大同小异，占地 8000 平方米，建筑面积 3800 平方米，房屋 60 余间，主体建筑建于清代道光二十六年（1846 年）。这是当年教化族人，祭祀祖先，商讨政务、军务、族务的活动中心。在一副醒目的楹联前：八龙绕井烟村门户腾贵气，百凤朝山草野文章存世家。不少游客反复吟诵，流连忘返；那一幅幅木雕石刻精美之极；那一帧帧彩瓷浮雕，匠心别具，琳琅满目；墙壁上的"忍"和"耐"两个大字，赫然在目，一笔一画无不凸显出中国古代文化的内核，使整个宗祠异彩纷呈，一片辉煌！李氏宗祠由先祖李延龙四子李祖盛主持修建。

在祠堂正面东侧，穿过两排马厩，沿石阶而下，一口古色古香的水井浮现于眼前。比我原来想象的要小，井沿约两米，呈长方形，一条石阶向水井延伸，给人以深不可测之感，望而却步。我蹲在井边，虽说是坐井观天，但头上的那片天无比高远，蓝得极致，那故乡情怀依旧如前。

更奇特的是，这口水井的四周围墙高耸，封闭式的，由许多水管里外连接，既供应祠内用水，又供应墙外百姓的用水。有同伴掬一捧而饮，连赞泉水清凉甘甜。这口水井一年四季从不干涸。井虽不大，但受益人众多，小井非小，乃生命之泉，故誉为"大水井"。我们站在高高的围墙外面，久久地凝视"大水井"三个大字，遒劲有力，名实相称。石刻大字由李氏最有一位族长李盖五书写，好似一幅不朽的版画，永远铭刻在鄂西土家族人民、中国人民的心上。

我极目远望：天，是那样的蔚蓝蔚蓝；云，是那样的洁白洁白；山，是那样的苍翠苍翠；田野，是那么的葱茏茁壮。回眸大水井古建筑群，雄浑与娇美同生，奇峻与自然景观映衬，古朴与西式合璧，交相辉映，自然天成。尽管有人炒作"苏马荡之殇""大水井不大""交通拥堵"，却依然遮挡不住它光芒四射的魅力。

情满绿水青山

西行记

石门河行记

　　春光明媚，万物复苏，迎来了踏青、寻幽、探奇的春潮。位于鄂西建始县高坪镇的石门河，好似藏在深闺人未识的美女，令人神往。从宜昌出发，飞车318国道，约莫两个半钟头就到达了石门河风景区。

　　文人往往咬文嚼字。心想，石门者，山岩中会有洞如门，往来人出入门以为路也。果不其然！在数百米深涧之上架起一座吊索桥，上铺木板，有点摇晃，我们蹑足而行。过桥之后，万峰盘回，峭壁上有溶洞，奇奥似鬼斧神工，谲诡不可名状；再上又一溶洞，洞口垒石为二门，即石门，有一夫据关之险。过往人马，皆穿洞出入，好像破空而出，云蒸霞蔚，状若飞仙。俯视崖下，幽深千丈，宽窄容一芦苇，名称河，实则一谷底山涧小溪，但气势非凡，好似大江大河，流水湍急，滚滚滔滔，起伏跌宕，吼声如雷鸣般惊天动地，与昔日滩多流急的西陵峡神似。因此，石门为古代楚蜀咽喉，为省、府出入要冲，有"石门关"之称。清代乾隆四十年，四川铜梁举人贾思谟出任施南（今恩施）宣恩县知县，途经石门，于石门右侧崖壁上题刻："施南第一佳要"，成为千古奇境。

　　而今，时代巨变，开发就是力量，开发才能脱贫致富。

这里的土家百姓因地制宜，靠山吃山，利用自然天成的山水资源，发展旅游文化事业。他们在千峰万峰、峭壁巉绝的半山腰，开通一条栈道，长约六公里，宽一米有余，水泥板铺路，曲折通幽，平陡相间，崎岖上下，磴道整齐，鳞次有序，下下又高高，步步引入胜。"行走不看景，观景停脚步。"让人倍感提示温馨。我掉队之后，跟当地一家老小五人同行。建始土家人质朴热情幽默，沿途指点介绍，受益匪浅。我忽而抬头看天，千峰万峰高插入云，林木郁郁葱葱，满山苍翠遮天蔽日。松树、杉树、黄杨树，红花、白花、黄花、紫花，既历历在目，又朦胧缥缈，悬崖峭壁上，藤萝蔓垂，望若仙女秀发。据介绍，山上有一种"穗花杉"，属常绿小乔木或灌木，号称"冰川元老"，是世界稀有的珍贵植物。好多年前，曾有专家考察，这里的"石门、石臼、石眼、石书"，被称之四大地质奇观，为二亿多年前的遗迹，令人骇然吃惊。观石门，雄奇无比；看石眼，状如人眼，炯炯放光；望石书，整整齐齐，似写满春秋；石臼则朴拙沧桑。这都是恩施山区喀斯特地貌所形成的"险、奇、秀、古"之特征，与自然文化水乳交融于一体，留下了这千古绝美之丰富资源。徜徉其间，恍如远隔尘世，成为人们游玩与养生的天堂！

　　来到"喊歌台"，我想起唱红大江南北的民歌《黄四姐》，就出自建始县民间。于是便循循诱导同行中的一对年轻夫妻，欢迎她们喊两嗓子鄂西情歌。出乎意料，她们爽快地点头答应，两口子一番交头接耳之后，说：那我们就献丑啦。

隔山隔岭隔山岩

> 山山岭岭当歌台
>
> 郎唱山歌抛过山
>
> 妹唱山歌甩过岩
>
> 歌声搭桥走拢来

我热情鼓掌称赞：末一句真精彩，画龙点睛！

没想到，她们的孩子竟要求爸妈再唱一首。于是她们又喊出声了：

> 大河涨水小河浑
>
> 半边浑来半边清
>
> 河里还有两样水
>
> 世人也有两样心
>
> 不知哥心真不真

我连赞土家族男女嗓子好，歌词有意思，唱得情真，蛮有味道。

前面栈道上有一处岔路，我问继续往前走，还是往下沿河行呢？只见五岁的孩子骑在爷爷的脖子上当马儿，神情自在而幸福。爷爷调头问孩子，孩子用手下指。爷爷笑着说，那就照孩子的意思。古语云："仁者乐山，智者乐水。"我说，你的小孙子将来一定很聪明。老人微笑，借你吉言。眼前的这一幕，让我依稀看到了 20 世纪 70 年代诗人流沙河《哄小儿》那首诗来，"乖乖儿，骑马马……"，但他只能"关在小小屋中，去到门外有人骂"。情景虽相似，可诗人的心境却迥异，饱尝了多少世人的伤痛……

我手扶仿木拦杆俯看，溪河窄处不足一二尺，浪拍石壁，卷起雪浪，使劲噬咬，两岸岩石凹凸不平，奇形怪状，千姿百态，而岩之表面却打磨得光光溜溜，呈乳白色，太阳一照，灿烂发光；溪河宽处，流水平缓，或形成一个小潭，水色碧绿湛蓝，可与九寨沟海子的水媲美，清澈见底，两岸奇石、树木、花卉倒映水中，结构自然天成，美丽如画。倘若春汛来了，到处将是山花绚烂飘浮的洪流。远远地看见石磴路旁那株独立高大的古树。它就是神奇的"紫薇王树"，树龄已高达两三百岁。我站立树王下用手一抱，恰好合抱，没有树皮，主杆光溜溜的；树枝细小，时节未到，没见树叶，亦尚未开花。对比平日所见的紫薇，真是庞然大物，奇奥似大自然的神奇造化，虽历尽暴风骤雨、冰冻霜打，依旧挺立在大山之上，闪烁在森林之中，成为大地母亲最坚强的儿子。顿时，我眼前像发射出光芒来了。民间流传这株紫薇树王还能"显灵"，专门惩处贪财的坏人……宛如童话一般，让人从中读出无言的"高尚"来，油然生出虔敬！

　　鄂西建始的石门河，其山、其水、其色、其景如此多娇，实不多得也。我久久地徘徊，直到日头西斜，依恋难舍，真是千古奇境看不足。难怪古人曾吟："痴心订归路，三日石门宿。"

情满绿水青山

西行记

家有芬芳

　　过往好多年的事，忽然被眼前的触动而历历在目，实属一桩幸事。我为"家有芬芳"而喜、而欣慰。

　　大约 21 世纪之初，我去云梦为岳母娘病逝奔丧，住在姨妹老五家。老五夫妇都从国有企业、集体单位下岗了，生活清贫，十分拮据，靠在街口摆一个菜摊过日子。每天大清早，天刚麻麻亮，便拖着板车赶到 10 多里外的隔蒲乡下，从农民手里批发新鲜蔬菜，再运回云梦城关零卖。一年到头，无论刮风下雨落雪，日复一日，年复一年，男人进货，老五卖菜，哪管天寒地冻，脸破手肿，真像唐代诗人白居易的《卖炭翁》一样，"可怜身上衣正单，心忧炭贱愿天寒。"一直坚持了十几年。他告诉我，这中间若是几天不卖菜，就维持不了一家人的生计。这句话中含有多少辛酸的眼泪呀！

　　老五头一胎生了个女娃，取名儿黄芳。已经读高中了，长心不长个儿，可学习很用功，听父母的话，能帮助做家务事，一旦坐下来读书，便聚精会神，全神贯注，其成绩优异。她的理想是，一定要考上大学，大学毕业后，再读研究生，以不辜负父母的养育之恩与殷切期望。

　　兴许是想再有一个男孩，以养儿防老。时隔八年之后，她们又偷偷地超生了，竟是双胞（龙凤）胎，喜忧参半。就一家人的生计而言，无异于雪上加霜，难上加难。原想，每家都是独生子女。女儿一落地，就抢占了个"芳"字，黄芳这名字念起来好听、顺当、又有味。没想到的是，命里又多生了二女儿，不得已便取名叫黄芬。按汉字排序习惯，一般是芬芳。"芬"应该是老大的名字才好；"芳"应该是老二的名字更合心意。这是意料不到的事。以小见大。人生总有意料不到的事儿发生。

两夫妇仅靠卖菜的收入不够了，多两口人多两张嘴。于是，摊子上又附带卖水果，忙得不可开交。家务事儿更加重在大女儿身上，黄芳除读书外，还要照顾好小弟妹。比方，她读书、做作业时，要安排好小弟妹坐在身旁，约法三章，不淘气、不哭闹、讲文明。父母常说的一句话是，读书第一，但不指望你读书当好大的官。一个人一定要学好本领，靠本事成家立业，坚守勤俭简朴的作风，对人对事都要有爱心。终于，她考上了武汉船舶学院；毕业前夕，在激烈的竞争中，又考取了母校的研究生，后合并成武汉理工大学。

以大姐为榜样，龙凤胎弟妹的学习也刻苦用功，在穷困的家庭条件下，养成了勤俭节约的好习惯、好品行，埋头苦干，不与人攀比，为人谦让，立下志愿，发愤图强，结果双双都考上了一般的高校。大学毕业后，弟弟黄超远走高飞深圳，自奔前程！

老话说：穷人的孩子早当家。兴许穷困比别的什么更有力量，穷则思变。姨妹老五一家，并非"书香门第"，夫妇俩文化水平都不高，硬是凭着自己勤劳的双手与传统的美德，十几年如一日，靠卖蔬菜、卖水果的那股子心劲，盘出（培养）了三个大学生。功夫不负有心人。而今，三个子女都有了工作，她们家已经脱贫，正开始在富裕的道路上起步……

这次，我们路过重庆，相隔10多年未见面的亲戚欢聚一堂，有如梦境一般。

"床前明月光，疑是地上霜。"昨日云梦泽，今夜嘉陵江。更有缘的是，恰逢老五正住在重庆，既是她一次安享天伦之乐，又是她发挥晚年的一点余热。我们无论徜徉在花园式的小区里，还是漫步在马路对面宽阔的公园里，屋里房外都闻到花儿的芬芳。触景生情，年过花甲的老五，头发斑白，可说起她家的芳芳、芬儿来，喜上眉梢，皱纹舒展，笑口常开。黄芳读研究生毕业之后，一个人来到重庆，进了重庆理工大学管理学院教书，现在一边工作，一边在成都读博士，明年毕业。生有一个男孩，快6岁了，由婆家爹妈与老五轮流照料。俗话说得好，家有老人是个宝。这是黄芳人生中又一个关键时刻。她的确太忙了，生活节奏飞快。每次陪伴我们，总带着一部大16k的厚书，书名《管理学》，争分夺秒地看书学习。她那股子向上的顽强的心劲儿，叫我暗喜。这或许是她爸妈传下来的。我心里想，中国古代名人的"家训"是写在书本上的；而老五家的"家训"却是流淌在血液里的。

黄芳在重庆立住了脚跟之后，便把刚毕业的妹妹带来了，找关系，凭本事在一家医院实习。她个子高挑，讲话轻声细语，举止礼貌斯文，心地纯朴善良，学习用功虚心，机灵聪明，深得指导老师的喜欢，像发现一颗好苗子似的。在一次实习生集会上，会议主题结束后，那位女专家医生，突然在会上开玩笑地宣布：黄芬同学我看上了，她是我家未来的儿媳妇。大家吃了一惊，哄然大笑而散会……

原来，那位专家医生是重庆陆军医院牙科的莲主任，牙科权威，医术高明，远近闻名。她的独生儿子刚从日本留学回国，一表人才。这从天而降的喜讯，改变了一个刚走向生活的女孩子的命运。于去年结了婚。婚房是由婆家购买的，装修完美。结婚前，莲主任还送她到一所医科大学牙科进修。结婚后，在小区临街购了两层楼的门面，注册了"莲某某牙科工作室"，交由黄芬主持牙科诊所工作，莲主任每逢周末亲自来诊所看门诊，深受患者的信任与好评，经济效益与社会效益都很不错，前景可观。严师出高徒。婆婆的言传身教，加之聪明好学，责任心强，使黄芬的牙科技术得以大大提高，能独当一面工作，牙科世家的名声指日可待。"莲某某牙科工作室"的发展规划，也胸有成竹。这一切，我们听来仿佛童话一般的美丽！

走进牙科诊所，黄芬正在为患者看病。我们和老五慑手蹑脚地在楼上楼下参观，设备崭新，楼房明亮，环境肃静，几次经过她手术的地方，她都全神贯注，没有同我们照面，没有同亲人打一声招呼，在灯光下，屏声静气，全心全意地为患者服务，万物招引，无动于心。这不正是医生的职业道德所在，不正是医生精益求精技术的关键之一。在整个诊所里，我们闻到了一股浓郁的温馨的芬芳……

让信仰之花绽放

　　由肖华将军作词，晨耕、生茂、唐诃、遇秋作曲的《长征组歌》，一直响彻于蓝天白云之上，久久地回响在中华儿女的心中。堪称一曲崇高之境、磅礴之气、大美之音的史诗般的雄壮乐章。每听一次都使人心潮澎湃，每朗诵一遍都令人豪情万丈，胸中的信仰之花璀璨地绽放。

　　兴许是年岁过了不惑之后，人生观日臻完善的缘故，已养成了一种良好的阅读习惯，每逢十月份，我几乎都重温一遍《长征组歌》的歌词：第一曲《告别》，由于王明"左"倾错误路线的指导，遭到第五次反"围剿"失败，在历史的紧急关头，中共中央决定战略转移，领导中国工农红军进行二万五千里长征。当革命根据地"男女老少来相送，热泪沾衣叙情长。……乌云遮天难持久，红日永远放光芒。"第二曲《突破封锁线》，"路迢迢，秋风凉。敌重重，军情忙。""跨过五岭抢湘江"，"突破四道封锁墙""不怕流血不怕苦，前仆后继杀虎狼。"第三曲《遵义会议放光辉》，"英明领袖来掌舵，全党全军齐欢庆。"第四曲《四渡赤水出奇兵》，"横断山，路难行……战士双脚走天下，乌江天险重飞渡，调虎离山袭金沙，毛主席用兵真如神。"第五曲《飞越大渡河》，"铁索桥上显威风，勇士万代留英明。"第六曲《过雪山草地》。第七曲《到吴起镇》。第八曲《祝捷》。第九曲《报喜》。第十曲《大会师》，"军也乐来民也乐，万水千山齐歌唱"。长征组歌凡十曲，曲曲精彩，至真至情至美，乃描写红军长征作品中的经典之最，永放思想与艺术的灿烂光芒！

在纪念红军长征胜利80周年的日子里，我耳听长征组歌，仿佛重走了一遍红色的长征路：红旗飘，军号响；路迢迢，秋风凉；横断山，路难行；水湍急，山峭耸；雪皑皑，野茫茫，炊断粮……30万红军走过的地方，跨越五岭，四渡赤水，勇夺泸定，奇袭金沙，攀登六盘山，飞越大渡河，好似红了松林，红了田野，红了浪涛，红了草地。为了苏维埃政权，为了广大的穷苦老百姓，为了打出一个新天下，取得中国革命之胜利，他们的革命理想坚定不移，信仰之花始终在心中绽放。长征路上一边要对付反动势力的追击与围堵，顽强拼搏，奋勇前进；一边还要播撒革命火种，扩大前进根据地，宣传复兴中华的革命理想。

特别是"过雪山草地"的那一幕幕，悲壮惨烈，惊天撼地，历历宛如目前。那白雪皑皑，冰封大地，那高原凛冽，草毯泥毡，风雨侵衣，那野菜充饥，树皮填肚，甚至煮起皮带来啃，人世间所有的最苦与最累、最悲与最痛都溶于这里了。但每个红军将士同甘共苦，万众一心，不怕艰难险阻，个个都像钢铁汉一般，危险处摔倒了爬起来，依然挺起胸膛迈开脚步，或抬起担架前行；身陷泥潭中，战友不顾生死手挽手地把他拉上来，宁死也不落泪……这种种惊人的力量源于什么？一句话，源于革命信仰和革命理想。红军过雪山草地，凭着一颗颗向党的赤心，冲开云，荡开雾，带着身上的弹伤，脚踩冰雪，顶天立地，千难万

情满绿水青山

险挡不住！革命没有回头路，唯有胸中的一束信仰之花在雪山草地绽放！

革命征途路漫漫。从 1934 年红军开始二万五千里长征，到 1936 年红军在陕北会宁胜利会师，最后只剩下了三万红军。但星星之火可以燎原！伟大的中国共产党不改初心，又迈步向前，迎接一次次新的"长征"，迎接新的"大渡河"、新的"金沙江"、新的"雪山草地"……把"红军不怕远征难"的伟大长征精神，永远弘扬光大！

八十年后的今天，想一想红军长征的伟大征程，想一想红军过雪山草地的千难万险，摸一摸自己的胸口，我们的心仍在剧烈地跳动，二万五千里长征，人们不会把你忘却！历史定将永远铭记！望一望红军走过的山与水，当年盘旋的羊肠小道与天堑，已变成一条条高速公路，架起了高铁的大桥在飞奔；当年驻扎的一座座营盘与一顶顶帐篷，已变成一片片麦浪与稻花香在阳光下荡漾；放眼当年红军跋涉的雪山草地，已变成牛羊成群的绿色草原、鲜花绽放的海洋……啊，变了，一切都变了！只有那当年红军坚定沉重的脚步声与《长征组歌》的雄壮旋律，依然还在千山万水间回响，还在中华儿女的心中萦绕，久久地，久久地……

南国风

澳门，绽放金灿灿的莲花

　　澳门早已在我心中。谁不为《七子之歌》的深挚真情所打动。在中国的版图上，它是一个独特的城市，面积很小很小，不到 20 平方公里，名副其实的弹丸之地。而住在澳门半岛上的人口约 50 万，加上上百万的流动人口，想象中应是个人山人海、喧嚣异常的地方。但漫步在大街和海边，却意外的是毫无拥挤之感，车流迅捷有序，行人文明礼让。导游介绍：澳门是采取立体式的球形管理办法，把人分散到圆球形的各个空间，比都挤在一个平面上显得松散多了。

　　澳门回归祖国怀抱之后，广大澳门同胞对特别行政区长官口碑很好。在"一国两制"政策的指引下，依据《澳门基本法》，实行高度自治，既保留了澳门的社会特色，又繁荣发展了澳门的经济，其人均收入名列亚洲的前几位。妈祖阁的古朴，大三巴牌坊的雄伟，大炮台的冷峻，葡京大赌场鸟笼式的奇特建筑，妈祖像的晶莹洁白，面容慈祥……中西文化在这里交融共存，充分证明中国政府有能力、有办法管理好这座国际化的都市。

　　澳门一日，如同三秋。葡京大赌场沸沸扬扬的惊狂浪涛，瞬间已在我的脑海平息；赛狗会上起起伏伏的加油欢呼，霎时也在我心中消逝了。唯有综艺馆前广场上的那朵金莲花，鲜活地在我梦里绽放。1999 年 12 月 20 日，澳门回归祖国的这一天，由钱其琛副总理代表国务院赠送给澳门的"盛世莲花"，落成在金莲花广场，把澳门特别行政区的区旗莲花雕塑化了。她由花茎、花瓣和花蕊组成，造型极其美观，采用青铜铸造，表面贴金，其三层基座由 23 块红色花岗岩相叠组成，形状似莲的叶子，寓意澳门三岛——澳门半岛、凼仔岛、路环岛，雕塑总高 6 米、莲花直径 3.6 米，蔚为壮观。这朵绽放的金莲花，象征着澳门永远繁荣昌盛。

我下榻的金城酒店，就挨近广场的旁边，徜徉在金莲花广场，遥望大海，仰看蓝天，心旷神怡，广场中的那朵金莲花，流光溢彩，闪耀着夺目的光芒，一下子点燃了我心中的缕缕情思。清晨，迎着冉冉升起的太阳，她把美丽的生命之光，与之融化为一体，灿烂至极；黄昏，在落日的余晖中，暮霭渐合，迷蒙笼罩，她氤氲着蓝色波涛中的灯火……

我久久地流连着，无论远看、近读和细品，总感觉有千丝万缕的情丝萦绕着我的心，扯不断、拉不散，仿佛她要同祖国的每个亲人相亲相爱、相拥相吻。

忽然间，我联想到澳门由一个小渔村，历经风雨沧桑，千般欺凌，发展成一个国际化的都市；由一个受葡萄牙人统治的殖民地，千呼万唤，终于回归祖国的温暖怀抱。她在 400 多年的风雨人生中，郁积着太多太多的话语和情结想倾诉出来。传说，澳门是由一位名叫娘妈（少女）的中国女神，在狂风雷暴的危急关头，挺身而出下令风暴停止！于是大海恢复平静，渔船才平安地划到了海镜港。上岸后，

情满绿水青山

南国风

女神朝妈阁山走去，在一轮光环的照耀下，女神化作一缕青烟……后来，当地渔民为纪念她，就在她登岸的地方修建了一座庙，供奉这位娘妈。至今，妈祖庙朝拜者络绎不绝，我伫立庙门，香火缭绕不断。心想，中国的澳门之所以能有今天，似全靠了这位善心的娘妈的神灵保佑，冥冥中幻如一位神女袅袅飘飘，轻移莲步而来，对着伟大的祖国、伟大的人民微笑，倾诉她回归后的无比喜悦。

我凝听海涛，海涛汹涌澎湃，变幻莫测，但娘妈那颗金子般的心是永远不会变的，她永远情意绵绵，跳动着美的光辉，盛开在澳门这片土地上。

夜幕降临。我在皎洁的灯光下，举起照相机，走近去，再走近去，对着金莲花按下快门。海风中，我屏声静气，仿佛一次又一次地倾听到她丝丝绽放的响声。金莲花天长日久经受着风吹、雨打、日晒，但只要有强大祖国的护卫，有中国人民的呵护和关爱，那颗金灿灿的莲心，一定会永远闪耀！

澳门，我心中的澳门，将会更加光辉灿烂！

台湾游记（四题）

东海的"巧手"

  台湾，我梦中的岛。这次一踏上宝岛，我便先游览了野柳风景区，又叫野柳地质公园。位于新北市万里乡的北海岸，是一个突出海面的狭长岬角，长约 1700 米，宽仅 250 米。远望宛如一只大海龟蹒跚离岸，昂首拱背，力托千钧。沿着海滨的步道而行，顾不得八九级的狂风与飘飘洒洒的细雨，一路尽览美妙奇特的地质景观，称得上是台湾长长海岸线的一颗璀璨明珠。据说，2000 多万年前，台湾仍在海里，由福建一带冲刷下来的泥沙，一层层堆积出砂石层。600 万年前的造山运动，把岩层推挤出海面，造成台湾岛，野柳是其中的一部分。后来，经过千百万年的风雨、海浪的不断侵蚀、冲击和拍打，以及地壳的继续上升，造成野柳多姿多彩的奇石怪岩。置身其间，即使是举止再斯文的人也会随时惊叫。那脖子细长的"蕈状岩"，长得像洋菇似的模样，谁都不忍心去碰它一下。那圆柱形的几十只"烛台石"，酷似一只只烛台，造型优美，称它举世无双也不为过。每一支烛芯的形状大小不同，仿佛被风吹动的蜡烛，火苗或明或暗，闪闪烁烁，令人联想起蜡烛精神，无时无刻不在感动人心。那"龙头石"抬头张嘴，呈金黄色，活灵活现，栩栩如生；那"生姜石"，呈老姜状，粗壮喜人；那"大象石"，三面临水，漂浮海中，似在洗澡，悠然自在；那"台湾石"非常像一幅台湾省的地图，像从古至今都牢牢挂在中华儿女的心中；那"仙女鞋"直叫人去试穿一下，合不合脚，鞋上的几条裂纹，留下了饱受磨难的印痕，凸显出历史的沧桑感；其他如"风化窗""拱状石""炭烤鸡腿""情人洞""珊瑚礁岩""豆腐岩""地球石"等等，或形似，或神似，或形神兼备，个性独具，令人兴味盎然。野柳地质公园曾被评为中国最美的六大奇异地貌之一。耳听由远而近的阵阵涛声，雪浪飞卷，冲力无比，惊天动地。我好似幻化出一双双灵巧的手，以开阔的视野与博大的胸怀，正蘸着东海的湛蓝碧水作颜料，一笔一画地描绘、雕刻、加工，不舍昼夜，辛勤耕耘，精心架构，饱蕴丰富的文化内涵，为人类留下了极宝贵的世界自然遗产。

往回走时，在一片芳草地上，竖立一座"女王头"石，颇吸引我的眼球，好像巫山神女亭亭玉立在我的面前一样，让人心动。眼前的女王头，一切都是自然天成的，雍容尊贵，颈子修长，脸部轮廓美丽，脑后的发髻高高翘起，明晰的线条似华贵的饰品，嘴唇自然地抿着，头稍稍地昂起，姿态悠雅端庄，气质非凡。难怪人们称她为女王的头。虽近在咫尺，却可望而不可及。我环绕她久久地凝视，油然惊赞：东海的一双双"巧手"，真乃鬼斧神工！可是，由于千百万年的风雨侵蚀，风化严重，她的颈子越来越细，令人堪忧：会不会发生意外事故？据介绍，这已引起地质专家的重视。有的人认为，应赶紧采取措施补救，加固颈脖。而这已有断臂维纳斯的前车之鉴。有的人则主张，在附近另塑造一座女王头。那新的雕塑像似弄巧成拙，引不起游人的兴味。另有人敢冒天下之大不韪，认为可让其自然而然，任她自然发展变化。我走拢去过细欣赏，发现女王头历经人生沧桑之后，不仅脖子在慢慢地变细；而且额头上已显露出密密的痘点斑痕，非涂上厚厚的美容霜不可了。一个活生生的人能美丽几十年上百年就足可自慰了。那么女王头石呢，既有其生长之时，将来也会有消逝之日。她生命延续的长短，唯有人们对她的关爱和呵护！此乃"石道人道，以石悟道"（苏轼）也。

如诗如画日月潭

日月潭早就荡漾在我的心中。读小学语文课本便留下了美好的记忆。这次，我在台湾环岛漫游，好像行走在梦里似的。那首熟悉的"阿里山的姑娘美如水，阿里山的少年壮如山"的歌声，一路回响在我的耳边……

我终于亲眼看到了日月潭。位于西部南投县的日月潭，四面环海，群山环抱，竟然天生一个全岛最大的淡水湖泊，海拔高 748 米，面积 116 平方公里，比杭州西子湖略大，令人不能不格外惊喜。眼前的日月潭，湖面辽阔，清澈晶莹，在晨曦里，水汽氤氲，波光粼粼，薄雾如纱，风吹涟漪，游船仿佛在湖上溜冰，轻盈如飞。我环顾四周，极目远望，层峦叠翠，绿意盎然，秀丽之极。人到壮年的船老板热言热语地介绍，过去的日月潭，像一面大圆镜；后来，因光华岛所隔，湖的南边弯弯的像月牙，湖的北边圆圆的像太阳，"日月潭"因此而得名。大家看，潭中有一个小岛，好像浮在水面上的一颗珠子，被称作"珠子屿"。我情不自禁地手掬一捧捧碧绿清亮的湖水，然后慢慢地让它从指缝间滴下，连成一丝丝、一线线，宛若日月潭年轻姑娘的秀发一样轻柔飘逸。

站立船头，码头就在对面。一字儿排成一条街，店铺相连，优雅宁静；青山拥碧水，山峰映湖中。记得清人曾作霖称它是："山中有水水中山，山自凌空水自闲。"好一个"闲"字。正当我沉醉在如画如诗之中，船老板告诉游客一个真实的故事：几十年前，日月潭玉山下有一户人家，母女俩相依为命，为了生活，让女儿来到湖边摆摊，专卖卤鸡蛋。一年到头，不管刮风、下雨与日晒，从不歇业。兴许是从小喝日月潭湖水长大的，天生丽质，眉如水，眼似波，秀色可餐。辛苦几年之后，生意见好，便搭起一个寮篷，遮阳挡雨。有一次，宋美龄女士在山上别墅疗养，偶然来到湖边，发现寮篷里有个卖卤鸡蛋的小姑娘，水灵乖巧，便好奇地询问了几句，顿生邻爱之情，就命随从人员送一笔台币给小姑娘，让她开一爿小店。这一消息传开后，新开张的小店生意兴隆。逢旅游旺季，每天能售出几千个卤鸡蛋。而今已成了日月潭的一家"老字号"。

热心快肠的导游小姚，满口承诺送我们团（30 多人）每人一个卤鸡蛋尝鲜。游船一靠岸，他就快步向小店奔去。我好奇地跟着向前。店铺虽小，顾客却很拥挤。当年的日月潭小姑娘已近八旬，面前的这位女儿也已经成了半老徐娘，可风韵犹存。历经岁月沧桑过后，不以日子富裕了而改变勤劳善良的本性。她卤的鸡蛋的确味美芳香。有人向她探问其中的奥秘，只见她礼貌地莞尔一笑。那温文尔雅的微笑，多像日月潭清澈晶莹的湖水，永远荡漾在我的心里！

拥抱红桧

从嘉义市上阿里山的公路弯弯曲曲，汽车掠过不少悬谷、峭壁与瀑布，行驶约两个多小时才进入阿里山风景区，然后换乘高山森林铁路的小火车，穿山越岭，飞涧跨桥，沿途巨木参天，插入云霄，好似进入"台湾森林的宝库"。

我站立神木站的铁路边，忘情地环视四周，满山遍野都是苍翠蓊郁的红桧。这是台湾的特产。阿里山的环境气候得天独厚，雨量充沛，在海拔1500米以上的云雾山中，其湿度大，土沃松软，很适合红桧木生长，长成大材，蔚然连成一片，很是壮观。抬头仰望，树干高大挺拔，树枝平展，枝叶扁平，细看树的裸露处呈红褐色，散发出松柏的香味，宛若沁入心脾。浏览眼前那块木制《神木颂》的招牌，方知阿里山中有一棵红桧被当地人誉为"神木"，生长三千余年，历史悠久。1997年，那棵因在暴风雨中被雷击烧伤的红桧神木，为了游客安全起见，有关部门已于几年前把它放倒，现半躺在地，直径6.5米，树干高57米，需要16个人张开臂膀才能环抱。我走拢去瞻仰，深鞠一躬，情不自禁地拥抱那棵阿里山神木。顿时，心血涌动，豪情奔放，仿佛气壮山岳一般。

我们沿着高架木栈道漫游，观赏着800—1900年的巨桧树群，亮丽于眼前的约有20多棵，奇形怪状，千姿百态。比如，"象鼻木""凤爪木""三兄弟木"等，形神兼备，各自成趣，令人情趣盎然。尤其是那棵"三代木"，极富传奇性。第一代是横倒在地上的老树根，树龄有1500年；它枯死250年后，一粒红桧种子飘落在根上面，又生出第二代树苗；等二代红桧木根老枯萎后，又遇红桧种子飞落其上，300年后再又生长出第三代，枝叶茂盛，巍巍乎，茁壮擎天，神奇之至。因三代同根，枯而复生，长出新的红桧，故称"三代木"，驰誉天下。红桧材质细密，坚韧耐用，不易腐烂，且红润华贵。喜看那一片连着一片、雄奇壮美的红桧林群，耳边似响起"高山青，涧水蓝……"的优美旋律。真是"不到阿里山，不知阿里山之美"。

在行走中，导游手指附近的一些古松桩、红桧桩说，这是日本侵略者掠夺古松与千年红桧后留下的历史罪证。据记载，日本侵略者从1895年占据台湾起，到1945年无条件投降，50年间，在阿里山砍伐的古木约9千公顷，合400多万立方，整个阿里山的红桧几乎被砍尽伐绝。原先，阿里山生长着古红桧30多万棵，其中超过"红桧神木"的为数不少。而今，只剩下30余棵了。真令人义愤填膺！我心想，日本鬼子不仅是屠杀中国人民的战争罪犯，也是毁坏阿里山原始森林、掠夺台湾自然资源的刽子手，罪孽深重，铁证如山！小日本鬼子强迫老百姓做苦力运送巨木下山，然后把阿里山的红桧古木运回日本，除了兴建皇宫、城楼、豪宅和做家私外，还用红桧古木建造神社。现在，供奉东条英机等侵华恶魔、甲级战犯的"靖国神社"，就是用阿里山千年红桧木建造的。对一个侵略者和战争狂人，我们绝不可放松警惕！返回神木车站后，我身在云海心在动，依依难舍，再一次放眼那苍翠茂密的红桧林群，四处残留着古老的红桧树桩，千疮百孔，伤痕累累，经过年久日深风雨的洗礼与时光的磨砺，整个树桩上，有的地方像峭岩；有的似断壁；有的沟壑纵横；有的俨然雕刻。但她如同牺牲的战士一样，死不瞑目，好像永远不屈服侵略者的屠刀，催人泪下。我和夫人走近一棵千年红桧树桩，轻轻地抚摸，手牵着手，又紧紧地拥抱着她！

山风吹拂，林涛阵阵，我们似听见历史的回声……

泪眼中的台湾老兵

海峡两岸"三通"之后，曾经下落不明的二舅突然从台湾回大陆探亲。返台前绕道来看看外甥。40年来的魂牵梦绕一时风吹云散。他是国军的一名军官，曾带走同村的一个小伙子去当兵。1949年国民党军队大撤退时，他挤上船逃到了台湾，当了一辈子的兵。二舅愧疚地说，名叫家省的他，由一个山村青年变成一位白发老人，也无能力娶一房堂客，而满怀乡愁的孤寡一生。

这次去台湾旅行，了解不少台湾老兵的悲惨故事，心中悲悲切切戚戚。坐在旅游车上，导游小姚叮嘱大家，把饮完矿泉水的空瓶子挤压一下保存好，等到了"北回归线"停车场时，我统一送给一位老兵，也是献上一份慈善爱心。这个姓孙的老兵，年已八旬，是江浙安徽一带的人，他算是台湾几十万老兵中的幸运者。不管怎么说，他娶了一个堂客，解决了一件人生大事，还有了儿女。台湾人受儒家思想影响深，注重孝道。加之政府每月补助一万台币，生活将就过得去。可老人一年到头，按照旅游观光车到达的时间，风雨无阻，坚守在停车场收破烂。

我们的大巴车进了停车场后，我便看见一位老人，个头矮小，伛偻着腰，一边双手接受塑料空瓶，一边细看汽车玻璃挡板上贴的字条，旅游车来自哪里？只要是大陆来客的汽车，他都眼睛一亮，围着车子不忍离开。

　　我特意向老人走去，轻声地打个招呼。他对着我微微一笑，惊喜不小。我说是从湖北来旅游的。他凝视着我连连点头，随即两眼湿润，泪眼蒙眬，相互默默无言……此时此刻，我似乎发现老人历尽岁月沧桑的脸上，皱纹深深，脸上忧伤。一股苍凉之感油然而生。海风呼啸，不绝于耳。出乎意料外的是，老人说出一句："我每天来这里，只是为了看看故乡的人。"短短的话语里流露出深沉的思念大陆的乡愁。忽地我想起台湾诗人余光中的《乡愁》一诗来，"我在这头，母亲在那头……而现在，我在这头，大陆在那头"。老兵的乡愁深深地打动了我的心，震撼着我的灵魂。

　　于是，我们在穿越花莲最著名的太鲁阁峡谷和东西横贯公路沿线时，在极其险峻的崇山峻岭中，悬崖陡峭，峡谷一线，公路曲曲折折。中间有一段路徒步而过，头戴安全帽，胆战心惊。那时，他们硬是以原始的钢钎铁锤开凿出这条峡谷通道，牺牲了230名老兵的生命，可歌可泣。他们以自己的血肉筑成一座台湾建设史上的丰碑。40多年来的两岸同胞，由于历史的政治原因，长期隔绝，骨肉分离，互不往来，互相敌对。飘流到孤岛上的千千万万老兵望眼欲穿，思念亲人夜以达旦，沉重的乡思乡愁层叠似海，像拍天的狂浪阻隔在两岸人民的心中。难怪老兵孙老头的长年坚守，不仅是为生计所迫、养家糊口，更是为了排遣心中挥之不去的浓浓的思乡情结和祖国之爱、民族之恋的情怀！

　　环岛游回到台北之后，我曾多方打听依稀记得的帝国大厦背后有一栋楼，不知地名楼名，曾是二舅住过的地方，因地址不清楚难以如愿，60多年前的那位老兵家省的生死下落便无从探问。心中的怅然难以形容。我为台湾老兵的思乡情结而久久地长叹息。乡愁，难以消失在岁月的长河里；乡愁，永远铭刻在老兵的记忆中！

黑　妹

一踏上海之南的宝岛，回望琼州海峡，大海茫茫，浪涛汹涌，拍天有声，放眼四周，高楼耸立，绿荫如林，心情似海涛澎湃。此情此景即彰显出那一岛一城、一山一水、一草一木的非凡魅力。

我刚落座在大巴上，一个阿妹闪亮登场，婀娜多姿地出现在人眼前，她就是这趟海南旅行的"地接导游"。"大家好！我姓史。你们就叫我小史，或者喊我阿妹、黑妹好啦！千万别叫我导游小姐，要不我会生你气的"。心想，曾经时兴的"小姐"称呼已经让女人忌讳了。记住：入乡随俗。

她身材苗条，有"楚王爱细腰"的时尚之美。她言语妩媚温柔，自然是职业使然的缘故。在柔美的嗓音中略带一丝咿哑，亦是她工作十分辛苦的表露。她接着说，"海南岛一年的日照约在 300 天以上，夏天的阳光给人以毒热之感；但早晚的天气却十分凉爽，那海风呀，轻轻地吹，令人惬意之极。因为晒太阳的时间长，我们海南女子的皮肤大多显得黑一点。所以，大家叫我黑妹，我是不会介意的"。

黑妹待人热情，性格活泼，不时地流露出几分幽默。

她手指着自己高挑的身材说：你们别看我长得高而瘦，将来我会长（高）寿（瘦）的。于是大家都报以掌声。心想，一个人的一言一语、一举一动莫不凸显其文化素质和品格。

从海口至天之涯、海之角的三亚，一路上，无论远望近看，处处都是热带植物，一派碧绿青翠的鲜活景象。那高大挺拔的椰子树，树高至10余丈，无分枝，叶长一丈有余，树形似凤尾，果实如西瓜，每生必七八上十个，绿油油的，坚实无比。与椰子相似的槟榔树，树高也是数丈有余，果子大如鸭蛋，每生皆连作一球，每球几十颗。又如菠萝蜜，系乔木，高至数丈，果子结于枝干之间，比西瓜大，外形略似峰房，其味甜而香，在一二里远近可闻其幽幽清香，香味陶醉着游客。那蓬生果，又名木瓜，树高一二丈，干如棕榈，近顶处节节生叶，叶似蒲葵；果实色青而皮嫩，肉白多脂；早春二月下种，数月即高大成树，抢时间为农民作贡献。还有许多叫不出名字的奇异花果，默默无闻地开花、长叶、结果，形状怪异。行走在海南，我仿佛置身于绿色城中。黑妹兴高采烈地如数家珍，向游客一一指点介绍，这些就是海南的特产。心想，在海南岛旅行，其乐当以此为盛矣！

车停万宁，见妇女服饰多趋时髦，喜穿贴身之衣，曲线之美，隐约可见。海南民俗淳厚，民性耿直。其待人接物，不卑不亢，有如眼前的黑妹一样。在陵水逛完购物超市后，方知海南住民喜饮咖啡、红茶，似有欧、美之风。尤其是陵水一带的住民，无论男女都嗜食槟榔，因它能消瘴忍饥。别有海南独特的风俗习惯。

车抵三亚，我们便兴致勃勃地扑进天涯海角。艳阳似火，也顾不得了。只见大海湛蓝，茫茫无边，长长的金色沙滩上，游人如织，嬉笑喧闹，或走在浅水中戏水、拾贝；或乘坐彩色快艇乘风破浪……此时此刻，我们仿佛沉浸于自由自在的空间，那浪漫、那潇洒、那放肆、那开心，已进入物我两忘的绝妙境界。当我们舒心地漫步在椰树的林荫道上，听着黑妹的设问自答：天涯海角并非真正的天之涯、海之角。只是由于很久以前科学技术的不发达，人们野视的短浅，便自以为远行至此，即已到达"天之涯、海之角"了。大家一笑。其实，大海无边，天外有天，山外有山，彼岸还有彼岸。心想，我曾两次到过三亚，自己竟没有这样设问过。而黑妹一语点破了天机。

凡事只怕万一。在刚刚上岛登车时，一位女游客挤车摔了一跤，致使左肩脱臼、骨裂。黑妹一接团，就遇上这桩意外的事故。于是，她把团队带进宾馆，速送受伤者去医院。黑妹与她的同伴一起，一直忙到凌晨三点，才精疲力竭地返回住地……

第二天清晨七点，当她站在大巴车上，黑妹的眼睛留有血丝，眼圈黑了一圈，声音嘶哑无力，但她没有埋怨，却一个劲儿地表扬到医院陪伴伤者的几位阿姨辛苦了！大家听后，莫不为之动容，深受感动。海南黑妹的心地多么善良，她对工作何等地负责！我不禁联想，黑妹宛如一颗美丽的黑珍珠，历经大海雪浪的磨砺，闪烁出耀眼的光彩！

海南岛的梦

　　烂岩窝山下的枞鸡垅，是我的外婆家。外公早早地离开了人世。仁慈的外婆养育大一女三男，三男即我的大舅、二舅、三舅。年轻时，大舅做木排生意，后务农；三舅一辈子握锄头把，唯有二舅读书，毕业于常德中央陆军学校，在青岛国民党军队供职，戎马一生。

　　解放战争时期，在"徐州会战"失败后，1949年国民党的这支军队败退至中国最南端的海南岛。那时，二舅已是营级军官，有资格带家眷。败退之前，二舅写回一封家书。我已读小学高年级了，外婆叫我念信。我从中得知他们的部队欲向南逃。在战火纷飞的浓浓硝烟中，他冒着生命危险，约定在湖南新化县江东碰头，以携带舅母一起南逃。依稀记得，1949年冬天某日，二舅又写回一封家书，说是小舅母早产一子。海南岛简称"琼"，故取名琼章。战乱之中，人事茫茫，生死未卜。从此，二舅杳无音信……

　　平生只见过二舅一面。但在读初中填表时，我写下了这一"社会关系"。白纸黑字，永远也抹不掉了。这个复杂的社会关系像一根黑线，牢牢地拴住了我的身心，成为政审中的一个污点。我曾怀着一颗赤诚之心多次申请入党，接受了一次又一次考验。最终，等到领导同培养对象谈话时，他希望我接受组织的"长期考验"。既语重心长，也发人深省！

在过去40年的人生中，多少回，我曾作着海南岛的梦，想念二舅及琼章表弟，担心他们的生与死，猜想他们的下落与归宿。中华民族的传统观念有，只要是亲戚关系，即便人不在世了也是会记得的，日子长了免不了做梦。我每次梦醒过来，常常一身冷汗。生怕外人偶尔窃听，那该是多么大的政治立场问题，其后果可想而知。在那沧桑的岁月中，政治运动接连不断，连做梦都必需带有"隐秘性"。

二舅与我有着这层说不明、理还乱的复杂关系，私下里便有了海南岛的情结。1986年，海南岛建省不久，我同一位业余作者结伴去海南岛。往事并不如烟。我当时的微妙心情现已难于言传了。1997年6月中旬，假参加一个研讨会之机，明知夏天的海南岛，太阳毒热，旅游已进入淡季。当我爬上三亚的"海角"礁石上，并没有涌出狂欢之情，而只是伫立良久，默默地放眼于茫茫大海，我在遥望什么呢？也许是想象沉于海涛中的孤魂，也许是在拾回我那隐秘的海南岛梦？后来，我曾在一篇游记散文中写过，在海南岛，那强烈的阳光就像太阳背在人的背上似的。可我没有半点失悔。一个人隐藏的心思好比精神力量，往往是可以战胜一切的。

海峡两岸"三通"以后，记得是1988年秋天，惊喜从天而降。突然间，得知二舅欲从台北回大陆探亲。屈指算来，两岸骨肉同胞已分离了40个春秋。我含着泪花等待着这一天。二舅回到家乡时，只能在一座坟前叩拜生他养他的母亲。烂岩窝还是那个烂岩窝；红泥巴路还是那条红泥巴路,上厕所依旧是从前臭气熏天的茅房……他送给大姐、兄弟各 1000 美元。带着无限感慨离开了故乡,绕道前来宜昌看望外甥。我见到了日夜思念的二舅,激动得眼泪汪汪。他说,到你的家里才敢放心上厕所。还告诉我:1949 年 12月,国民党的 10 万军队才从海南岛狼狈地溃逃到了台湾;儿子琼章也不幸夭折在海南岛。二舅于 20 年前就退役了,上校军衔。每月养老金 2 万多台币;儿子供职于国防部当军医,年薪 10 万台币。刚到台湾的那几年,完全靠农业,国民经济落后,民众生活贫穷。现在的台湾经济日益发达,人民生活富裕。但大陆的人民币比台币值钱。比如,你发平信只需 8 分钱,而在台湾发一封平信需 2.5 元台币,理发也比台湾便宜……这种随意轻松的交谈,拉近了两颗陌生的心的距离。有一次,他善意地笑问:你怎么一身都是副职,一个副局长,一个副主席,一个副主编。我微笑地调侃说:都是外甥不中用啊!

今年四月中下旬,我又一次登上海南岛。从海口到三亚,仿佛行走在绿色城中,热带植物郁郁葱葱,飞翠滴绿,奇花异果,几乎触目可见。今天的海南岛,名副其实的一座宝岛。"魅力三亚,浪漫天涯"。这形象的口号令人神往。那欢愉轻松的心情,平添多少游兴。我站在三亚海边放眼,大海湛蓝湛蓝,蓝天万里白云,海涛拍天,白云飞动。我张开双臂、仰头放声,请人拍摄了一张"老夫聊发少年狂"的相片。海南岛啊,我忘不了那悠悠的长梦!

漫步虎门

虎门早已看不到战火硝烟了。我漫步虎门，心情却怎么也平静不下来。在清道光十九年（公元 1839 年），这里是钦差大臣林则徐查禁和收缴鸦片烟的地方，曾在虎门海滩当众销毁英、美两国的鸦片 230 多万斤。浓烟滚滚冲九霄，豪气壮举惊世界。1840 年爆发了鸦片战争；1941 年 2 月 16 日，这里又是广东水师提督关天培指挥"虎门之战"的兵塞，他为英勇抵抗英军侵略，壮烈殉国，奏响了一曲惊天动地的英雄战歌！

北国有龙门；南国有虎门。风景迥然各异，别具一番滋味。此刻，我站立虎门沙角炮台遗址眺望，万里晴空下，掠过滚滚海涛，右前方是威远炮台旧址，正前方是靖远炮台旧址，一座雄伟的虎门大桥连接着南山炮台旧址，左前方是镇远炮台旧址，周围的丛丛礁石便是上横档与下横档炮台。倘若用线勾连，威远、靖远、镇远、沙角好似一只猛虎张得大大的虎口，而上、下横档则犹如虎口的犀利虎牙。沿着虎门安放的大小铁炮多达一百五六十门，构成一个极其森严壁垒的炮台军事防御体系，素有"金锁铜关"之称。透过那几台高架望远镜的镜头，把我的心带向了遥远的历史的波澜壮阔之中，谁能不为之激动，如海似潮呢？！

漫步虎门，海风吹拂，绿树浓荫，遮天蔽日。那热带的古榕树，老态龙钟的树干，胡须冉冉，仍勃发出青春的生机，盎然的绿意。触目可见的，不是大叶榕就是细叶榕，不是厚叶榕就是垂叶榕，千姿百态，不是图画胜似图画。想不到昔日的海防古塞，俨然一座南国的植物园。可是，缜密构筑的炮台遗址，依然像一本历史教科书呈现于人们的眼前。海风不识字，却总是翻开泛黄的书页，字里行间记载着中华民族的伟大和坚强，洋溢着民族的英勇和豪气。无论是那一门门生铁铸造的土炮，还是那一门门从德国购买的洋炮，依旧闪耀着暖人的寒光，吸引着参观的一双双黑眼睛，他们莫不怀着浓厚的兴趣争相抚摸炮身，洞察炮口，摄影留念，或情不自禁地拍着大炮，好像要唤醒沉睡的一只只雄狮：醒醒吧，我来了！难得这一份份天真烂漫，一缕缕豪放骄傲。

我身临其境，浮想联翩：时间将会为这一门门不甘沉默的炮台作注解。陪同的一位驻防年轻军官对我说：一个有头脑、懂战术的现代军官，他训练士兵时，今天决不会抛下火箭、导弹，来学习点土炮。鸦片战争、虎门保卫战已过去160多年了，硝烟散尽。但掌握现代武器的士兵，要继承和发扬这种英勇的精神，这种不怕牺牲的爱国主义思想和品格，这才是战无不胜的最宝贵的东西。

我在关天培塑像前伫立着、沉思默想。他是江苏山阴（今淮安）人，生于1781年，后任广东水师提督，就是在1941年的虎门保卫战斗中壮烈牺牲的民族英雄。没有这一代代前仆后继的英雄拼死抗争，同仇敌忾，就没有今天。

我在又一位民族英雄陈连升的塑像前默默地肃立着，

情满绿水青山

南国风

他 1777 年出生在湖北鹤峰县，土家族。1841 年 1 月 7 日，英军进攻沙角炮台阵地，他率部奋勇抵抗，以身殉国，血染战场。他身旁的那匹战马塑像，昂首翘尾，陪伴着他。陈连升的这匹战马曾被英军掳至香港，但它似通人性，在香港敌营表现出一种惊人的崇高，"贞操耻食夷人粟"，被誉为"节马"。我走拢去轻轻地抚摸着，顿觉眼睛湿润了……我紧紧地倚着高大的节马，拍了一张相片留作纪念。好让虎门沙角海战的悲壮场景，永远在我脑海里浮现；好让当年的烽火硝烟，永远在心中燃烧……

我从门楼登上一处防御高地，石壁上放置炮弹的岩龛一排排森然依旧，叫人莫要忘记历史。拐弯之后，更上一层。我凭栏眺望珠江海面，那湛蓝的波涛起伏不停，把人的思绪推向远方。正当我凝视之际，文友玩笑地说："老兄，你不是遗憾平生未曾出过国吗，我有个预感，过去你没有出国，是因为你未到虎门；现在你到了虎门，就可以漂洋过海了。"我回眸一笑，仍旧沉浸在无法抹去的历史记忆中……

客家土楼风情

春风细雨中，我们从厦门赶到永定县高头乡高北村，参观世界文化遗产"福建土楼"。扑入眼帘的土楼群，规模宏大，造型奇特，结构精巧，古意盎然，乡土气息浓郁。相传是古代中原人的后裔迁移到闽、粤等地，习称"客家"。从明代崇祯年间破土奠基，至清康熙年间竣工，历世三代，长达半个世纪之久。距今已400多年历史了。

老百姓之心，人在异地，客住他乡，为了在此落地生根，安全稳定，繁衍生息，他们就别出心裁地设计住居的房屋。永定"土楼"的高大、厚重、粗犷、奇异的建筑风格，正是客家人坚忍不拔、艰苦创业、顽强拼搏，自强不息，开拓进取的客家精神与智慧的结晶。

导游手指我们远看，那土楼群的布局好像摆在八仙桌上的"四菜一汤"似的，如今，"客家"人反客为主了，她们正热情地欢迎我们，招待远方的朋友哩。走，大家上楼入席吧！逗得游客们笑了。

走进最大的"承启楼"，人称"土楼之王"。它占地面积5376平方米，高四层，楼四环（圈），上上下下400间，直径73米，走廊圆周长约230米。围墙为泥土干打垒，一层、二层不开窗户（防盗），三四层墙上才洞开窗椽，冬暖夏凉。我登上三楼拍照，无限美景尽收眼底，整个土楼呈三环一中心，外环四层，二环二层，三环为单层，中心为祖堂，姿容绝世。面对这独特的造型艺术和建筑风格，浮想这秀美的山乡神韵，真的如诗如画一般雄伟壮丽，平添魅力。土楼大气，有容乃大也，堪称"东方文明的一颗璀璨明珠"，不愧为世界文化遗产，令人叹为观止！

全楼设三个大门，四个楼梯，两口水井。我走下木板楼梯，在一口古井边仔细观赏，井水深不见底，水色清亮，井里平静，青石围砌井口，头顶还开着天窗，承接雨水，那细雨霏霏，宛如水帘，丝丝缕缕，秀美之极，别具韵致，我看得入迷。土楼现住有 60 余户，约 400 多人，和谐相处，代代守护。我漫步每户门前，每家都开一爿小店，或摆着小摊，如自产的铁观音茶、手工制作的小工艺品，每件堪称传统绝活，风情浓郁，且价廉物美，使人感受到在市场经济大潮中不乏人性的纯厚。客家人的中华民族文明传统，历经沧桑 400 多年后，淳朴的民风并未消退，在下一代身上依然延续着。

在土楼王的大门口，我喝了一碗客家人手工凉粉，那甜甜的，酸酸的，凉凉的美味，让我油然忆起童年在故乡井边喝凉粉的情景……

距"土楼王"不远，就是"侨福楼"。楼型仍是"圆中圆，环套环"，气势非凡，唯规模略小一点，也是江姓家族后代所兴修。始建于 1962 年。因为江姓家族子女中先后出了 10 位博士，故俗称"博士楼"。本地女导游也姓江，自称江氏家族的 24 代后人，亦有才有貌，讲解起来头头是道，娓娓动听。走进中堂屋，坐堂者是楼主江老先生，虽年过古稀，仍神采奕奕，声音朗朗。他津津乐道地介绍四个兄弟中，培育出 10 位博士，9 男 1 女，墙上挂着她们的合影相片。真是人见人爱，让人钦羡。客家人崇文重教，以其纯厚和智慧孕育出一代代才男才女，真是一件了不起的杰作！正是这生生不息的客家文化，鲜活出土楼之魂。

跨上右侧的一块地场，空间不过几步，时间却倒流了200 多年。这座"世泽楼"，始建于 1796 年。土楼呈四方形，高四层，气势恢宏，又是一大奇观。由大门往里三进，深邃凝练，地势缓缓增高，寓意人生步步高升。人往高处走，水往低处流，古今皆然。这种方形建筑风格更显得敞亮、空间开阔。环顾四周，清一色的木柱，每间房开着雕花木窗，井然有秩。土楼内都是杉木板壁和柱子。俗话说："风雨万年杉"。杉木经腐蚀、防虫蛀。岁月远去几百年了，客家土楼依旧坚固不朽！

参观过程中，听说一则新闻故事令人难忘，饶有情趣。大约在 20 世纪的 70 年代，美国的一位前总统，亲眼看见他们侵入中国领空的卫星图像，以为那是中国的秘密导弹试验基地，大惊失色。不久便派人来中国"访问"（实为侦察），结果发现，那只是中国古代的客家土楼群。后来，一张古色古香、异彩纷呈的福建永定县客家土楼的照片，在国外一家杂志上刊出后，一鸣惊人，令人震撼！

风雨旅游人

　　春暖乍寒的三月，作为散拼客的我们就匆匆地去了武夷山，火车抵达的深夜，接站的女导游说，比你们先到一步的是从北京来的母女俩，我就是你们四位的导游。

　　翌日清晨，武夷山细雨霏霏。等北京姑娘临时在超市买了胶鞋后，便前往景区。散客在日程安排上比较灵活自由，趁游客较稀疏时，我们抢先去游览"一线天"。在我游过的"一线天"里，这是拱形弧线最长的"一线天"，这是穹顶最高的"一线天"，也是岩缝最窄的"一线天"。仰视这天生的高超、深邃、森然之气象，便平添了许多游兴。

　　武夷山的春天，山山岭岭都是绿意盎然、青翠欲滴的，连空气也浸透着绿色，葱菁到了极致。前方就是赫赫有名的"虎啸崖"。矗立于眼前的是，一座又高又大的巨岩，形似一匹雄壮的老虎在发威，山峰像虎背，被誉为"好汉坡"。崎岖而上，蜿蜒而下，攀登者非好汉不可。但游人依然络绎不绝。我同老伴甘拜下风；北京姑娘却抖胆而上。导游约定，在老虎嘴前的隐屏峰下会合。

　　我们行走在起起伏伏、曲折清幽的山路上，云雾缭绕，树海茫茫，走走停停，或放目远眺，或仰望峰顶。果然，老虎在前面峭崖处张开大口，似长啸一样，凶相可怖。站立崖下，犹如地动山摇一般，惊心动魄。老虎口里伸出一块片石，正看像老虎的舌头；反看似一只金龟伸出的头，越看越像。一个旅游团在此听导游介绍。她告诉一句当地的俗话、谚语："摸一摸金龟的头，今后万事不用愁。"引得游客纷纷前去摸它一二把。我们也情不自禁地去抚摸一下。对于避灾祸、讨吉利的事，趋之若鹜，古今人心皆同矣。

这个旅游团的人刚过不久，又来了几位散客，估计是掉了队的。一出好戏未看到，仍继续赶路。其中，有两位老人从我的面前经过，兴许听见我吟诵那句谚语："摸一摸金龟的头，今后万事不用愁。"老人已前行七八米后，忽又返回来询问我：劳驾，那金龟头在哪里？然后，俩老前去抚摸了好一会儿，并请我帮她们照相留念。

目送老人远去的背影，我久久地沉思。人的一辈子遇到的愁事不知有多少？诸如，50 年代初的"划阶级成分"；1957 年的反"右派"；60 年代中期开始的"十年浩劫"；以后是子女的"下岗"；孙辈的"考大学"；乃至自己看不到的百年身后事，等等，这些事关切身利益、总是眼含泪水的那些事儿，莫不令人忧心忡忡，一言难尽。而武夷山虎啸崖的"金龟头"，却温暖着人们的怀抱。可这也许永远是走不出的宿命！

北京姑娘与我们相会了。她的母亲松了一口长气，相视凝望后，关切地问道：累不累呀？那小杨姑娘沾湿的头发下，一双眼睛闪亮，满脸红润，额前冒出汗珠，大学毕业后，参加光大银行工作不久的她，像报春使者似的，非常喜悦地对母亲说："不累。但爬过好汉坡下山来的时候，我真有一份成就感！"望着她浑身上下的青春气，姑娘多么淳朴，多么可爱啊！

如今，人民群众生活开始红火了，年轻人利用节假日，老年人退休后，选择旅游，饱览祖国的绿水青山，那是多么心情畅快、惬意的乐事！如同古诗所吟："远游无处不销魂。"

武夷茶风韵

清明雨前，我重登武夷山。虽未能忘记上次在幔亭山房小居，到九曲溪飞筏的美好印象，却被眼前的另一番新景所迷倒。山峰岩壑之间，或云雾缠绕，或轻烟弥漫，那幽涧流泉，那半空风生，那碧水丹山，孕育出独特的"花香岩骨"。人说"武夷山水天下奇，三十六峰连逶迤，溪流九曲泻云液，山光倒浸清涟漪"。名山出名茶。武夷山优异的自然环境，陶冶出武夷茶的天然灵气、独特韵味。

武夷茶总称"岩茶"，特指生长在武夷山上的茶叶，都是制成半发酵的乌龙茶类。品种很多，特征不同，品质优异。它之所以中外闻名、远近吃香，就因为它是采碧水丹山之灵气，陶冶出天然岩骨花香的真味，经精心制作后，凸显出独特的"岩韵"——香清甘活，醇正悠远，韵味无穷。这是大自然的恩赐，非人力所能为之的。加之武夷茶历史悠久，据载，北宋以前就种植茶了。范仲淹云"溪边之茶"，乃"武夷仙人从古栽"。茶文化内涵极其丰厚。故武夷岩茶位居"中国十大名茶"之首。

武夷山是名茶产地，在大街小巷漫步，无论大小商店、超市，"大红袍"的商标触目可见，几乎翠绿的武夷山下无不闪耀着点点红，成了"大红袍天下"。经打问后，方

119

知"大红袍"享有盛名，有"茶王"之美誉。大红袍主要是以其"嫩叶是紫红色而得名的"。它树干较粗，分枝茂盛，叶深绿色，叶缘向上伸展，光滑发亮，近似水仙叶开花，香浓、味醇，"岩韵"极为明显。

我们前去一户茶农家品茶。这是从武夷山风景区迁移出来的农民，家住城隅边上，人虽进了城，茶园仍旧归自己种植，允许自制、自销。走进茶农家，眼前一亮，是一栋三层楼房，一楼家人聚在一起择茶；二楼堆放一只只大茶包；三楼接待客户。一看便知是已经富裕了的农民。

接待我们的女主人，年约30左右，热情大方，改说普通话。一边暖壶、洗茶、冲茶；一边娓娓地介绍。连沏了几个品种让我们品尝，并询问几种茶的味道有何不同，最喜欢品尝哪一种茶？

我是初品"大红袍"的，口感一种特殊的风味，有不可言传的神秘。此刻，女主人又娓娓动听地说：福建到处都产茶，而以武夷为最。武夷，仙山也。其他产地的茶性微寒，我们武夷山九十九岩所产的茶性独温。她那高雅的语言令人刮目相看。

听我说喜欢"大红袍"的味道，她便讲起"大红袍的由来"。武夷茶为茶中珍品，而产于九龙窠的"大红袍"属绝品茶，是顶着几道光环的圣物。被美誉为"茶王"。从前是"贡茶"。相传，有一位秀才进京赶考，路过武夷山，因受重风寒腹胀如鼓，生命危在旦夕。天心寺一个和尚正巧碰上，立即背回寺中，给他喝一碗九龙窠岩壁所产的茶叶。病人喝茶之后，果见奇效，秀才不仅康复，而且还感到头脑清醒灵敏。进京赶考中了头名状元。之后，他来到天心寺还愿、谢恩。回京时，他又带回这里的茶。恰逢京城里传出皇后腹胀如鼓，疼痛厉害，太医也无力医治。新第状元向皇上抖胆陈言武夷山茶之神功。当皇后喝了此茶之后，大病痊愈。皇上降旨，命状元前往武夷山嘉奖天心寺有功人员。状元赶到九龙窠后，他以身上的红袍覆盖茶树，长叩跪拜再三，当揭开红袍，只见茶树放出红光……"大红袍"由此而得名，身价百倍。历代文人骚客大加赞颂。更有浪漫的传说："七片大红袍能化掉一碗米饭"；而且"能自顾安身，倘遇窃茶之徒，则即行腹痛，非弃之而不能病愈"等等，留给人无尽的韵味。

据记载，大红袍原生长在九龙窠岩壁上，仅有6株茶树，这是正宗。采茶靠扶梯而上，年产茶叶区区一斤。树龄已逾340多年了。新中国成立之初，当时县里还派兵看守那6株神奇的大红袍哩！后经过反复实验和科学培植，于20世纪80年代初，大红袍终于繁育成功。其品质与原母茶相当，传承了原株的遗传基因，引起中外茶叶界的瞩目和赞赏。如今上市的大红袍是繁育的后代。它在"香、清、甘、活"与"杯底香"方面的体味，仍让人超然欲仙，莫不称赞此茶乃圣品、绝品矣！

正当我有点儿茶醉之感时，女主人又谈起茶类由于制作工艺不同，而形成不同的品类。比方，绿茶系不发酵茶，带原始性质，原汁原味；红茶是全发酵茶，茶多酚含量少；武夷岩茶介于红、绿茶之间，属半发酵茶，能兼收两者的优点。现在茶农家都设置手工作坊，用祖传的工艺制作名贵珍品。"人说粮如银，我道茶似金。武夷岩茶兴，全靠制茶人……"这首民谣抒发出武夷山茶农无比自豪的心声！

辞别茶农人家，街上茶香飘逸，夜间灯火通明，我依

情满绿水青山

南国风

然在想象当年八闽偏偶的山区小镇、茶叶市场繁荣，支付茶款时"黄金闪烁、银元叮当"的情景之中，更平添了武夷茶的浓浓风韵。

惠安女（外二题）

　　在鼓浪屿的人流中，你那金黄色的精美的小竹笠，实在耀人眼目；竹笠下的那条彩色纱巾，宛如绽开着一朵艳紫的三角梅。心想，惠安女是不是有意遮住自己的美容，留给人更多的想象呢，还是真的羞羞答答？

　　到了泉州，我在一棵古刺桐树下又意外地遇到了惠安女。她们身穿那肥大的"飘荡裤"和短小的"节约衫"，直叫人偷偷地欣赏和遐想："飘荡裤"富有传统的古朴风味；而那露出肚脐的"节约衫"，带有多么明显的现代意识和格调。她们裸露着的那古铜色胴体，打上了南国女子日晒海浴的印记。

　　陪同我们的福建省文联朋友情不自禁地炫耀和夸赞：惠安女最勤劳、最贤惠、最质朴，也最漂亮。

　　我连涟点头，从她们那显眼的古铜色肌肤与装扮已让人看出来了。惠安女啊，永远留在我美丽的思念中。

泉州农妇

　　汽车驶入泉州地区，到处可见农家妇女的头上戴着红花头巾，火红火红的。或点缀于绿色的田野；或飘荡在苍翠的树丛……这对于欢乐的少女少妇，无疑锦上添花，平添了几分俏丽几许魅力。可对于上了年纪的老妇人呢？我心生迟疑。

闽南文友笑着告诉我们：这是泉州的一种风俗。红，代表着彩，凡是人都喜欢彩头和吉利。这里的妇女戴红头巾是不分年龄的，老少时兴。只有一点禁忌，家里死了丈夫的妇女则绝对是不戴红头巾的。我忽然顿悟：这成片的红头巾显示出，如今的泉州农妇人人都有个美满幸福的家庭。她们的心田洋溢着浓郁的青春气息，她们的日子过得红红火火，好似南国木棉花一样，高高地绽放出大朵的红花！

相思树

眼前，翠绿的树叶密密疏疏，洋溢出诗的风韵；多姿的树干，娉娉婷婷，炫耀着画的意象。相思树哟，你既有健美的身姿，又有缠绵的情思！原只想红豆生南国。无独有偶，相思树的故乡也在南方。

我在榕城信步，我在鹭岛漫游，随处可见相思树。文友介绍：大海彼岸的宝岛台湾，约百分之八十是闽南人。台湾省的相思树生长得更多哩！

霏霏细雨中，我倚着一棵高高的相思树，手里抚弄着几片绿叶，似乎感觉到一种无言的绿色默契，涌出了一缕缕情思……

相思树啊，多美的名字！如果没有你悦目的葱翠，没有你蕴含的诗情，就不会留给我这么多的相思。爱，在南方！

重访韶山冲

　　在中国农村，想寻找"冲"——两山之间的一块坪地，就是千条万条也不难。但最引人瞩目的，要数湖南湘潭市的韶山冲和宁乡县花明楼的炭子冲。韶山冲是毛泽东同志故居；炭子冲是刘少奇同志故居。这两条冲相距仅35公里，却走出来20世纪中华两位伟人。

　　春暖花开时节，我重到韶山冲"红色旅游"，瞻仰伟人故居。只见游人络绎不绝，她们来自天南海北，个个兴致勃勃，热情洋溢。想起"饮水不忘掘井人"那句俗话，正代表了广大老百姓的心声。地以人名，从古到今未曾有变。相传，5000多年前，舜帝南巡到湘江流域一带，发现这里的山非常秀丽，便流连在一座青山，依依不舍。于是舜帝传旨：让人演奏"韶"乐。韶乐优美动听，竟引来一群凤凰在山顶盘旋，翩翩起舞。舜帝眼见这神奇的景象，龙颜大悦。后来，当地人就把这座青山取名"韶山"。山脚下那片狭长的坪地名称"韶山冲"。

　　岁月如水。清光绪十九年十一月十九日（公元1893年12月26日），韶山冲的农民毛贻昌家出生了一个男孩，取名咏芝，后改为润之，又名毛泽东。远古的传说归传说，这里依旧闭塞而贫穷。毛泽东的童年、少年就是在这条冲里度过的，他家的屋子状如手臂的弯拐，前有一块地场，面对一口池塘；后靠连绵青山，树木郁郁葱葱，绿意盎然。随着人流，我走过毛家的一间间小屋，时光让老屋铭刻着沧桑，目睹那一件件熟悉的犁耙、连枷、风斗、水车，以及传统的生活用具，仿佛少年毛泽东的音容笑貌鲜活地宛如眼前，我看见那么多敬佩的目光。记得上初中时读过萧三的《毛泽东少年时代》（记不得出版社了），写他从6岁起，就帮助家里做农活，在田里拔草，在路边拾粪，上山砍柴，早晚放牛。8岁时，开始读私塾，记忆力惊人，对《三字经》《百家姓》《千字文》《增广贤文》等书，都背得滚瓜烂熟，理解能力也特别强。父老乡亲夸奖他："润之这伢子，从小样样能干、里手，吃得苦"。有一次，父亲派润之去附近的一个山村"赶猪"（即把猪从路上赶回家来，不用车装或人抬，节省人力、盘缠）。这笔生意，是事先讲好了价钱，并下了订金的。他到了那里后，卖猪的人家觉得价钱已经上涨，自己吃了亏，哀叹运气差。润之听说后，深表同情，就自作主张，退了这笔买卖。卖猪人家十分感激。他生长在农村，从小对农民深怀感情。难怪毛泽东后来对农民运动总是热情赞颂，并投身其中领导农民起义和农民革命。瞿秋白同志曾在毛泽东所著的《湖南农民革命》一书的《序》中，送给毛泽东一个光荣的称号："农民运动的王"。

　　我久久地流连在韶山"毛泽东诗词碑林"中，默诵那一首首诗词，她像高山一样磅礴，像大海一样深湛，似红日一样瑰丽。心想，即使不会作诗的人到此也会诗情澎湃，诗意盎然。诗人毛泽东的光辉形象更加高高地矗立在我们心中！1959年6月25日，毛主席回到阔别32年的故乡，当晚，就写下了流传广远的《到韶山》。对父母、亲人的怀念，对往事的回忆，对几十年艰苦奋斗的追思，凝聚在字里行间，深深地感动着中华儿女。于是，我联想起青年毛泽东走出韶山冲时，曾改写的那一首诗：

> 孩儿立志出乡关，
> 学不成名誓不还。
> 埋骨何须桑梓地，
> 人生无处不青山。

一个有志气的青年，怀着远大的理想抱负，远走他乡，志在四方，甘愿为人民大众、为革命事业奉献出自己的青春、热血和生命，这是何等开阔的视野，崇高的襟怀！

我穿过那一片片林荫，一路上忘情地阅览翠绿的韶峰和潺潺的溪流，欣喜地走着，走着，好似走在中国最神秘、最可爱、最伟大的土地上。今日韶山冲，山更青水更绿，新楼幢幢，粉墙青瓦，那农家饭庄，一家连着一家，那旅游商店，一爿挨着一爿，气象更新，换了人间。徜徉在广场上，新建的毛泽东同志铜像宏伟壮观，气魄巍然，成了所有游人眼睛的焦点。再度回望韶峰，我的思绪神驰、情思飞扬。不仅现在有天南海北的千千万万人向往这里，怀念这里，瞻仰这里；将来也仍然会有千千万万人向往韶山，怀念韶山，解密韶山！作为韶山的儿子，他也让韶山走向了世界。

从韶山冲里走出的伟人毛泽东，曾到中流击水，浪遏飞舟，风华正茂；曾上井冈山，创建革命根据地；曾领导

127

情满绿水青山

南国风

工农红军爬雪山，过草地；曾南征北战，用兵如神，历尽百年沧桑。他从"人坛"登上"神坛"；又从"神坛"回到"人坛"，历史留给中华后人以深刻的心灵的震撼……

湘西情

永远忘记不了她

　　湘西溆浦，留给我太多难忘的记忆。那条悠悠的清亮的灵秀的溆水河，永远流动在我的心里、在我的梦里。

　　两千多年前，三闾大夫、爱国诗人屈原曾从长江渡湘江，溯沅水而上，入溆浦而居，路漫漫其修远兮，写出了《涉江》等感人肺腑的诗歌，留下了"屈原祠""招屈亭""三闾滩"和"大端午节"多处遗址和风俗。屈原隐居过的思蒙乡，而今成为湖南"新潇湘八景"之一。

　　溆浦县城位于溆水北岸，离浮桥不远，坐落着一个正方形的大宅院，就是"妇女领袖"向警予同志故居。大院面临溆水河，波光粼粼，白帆片片。向警予就是喝溆水长大的，灵秀的溆水滋润了向警予的灵秀；逝去的江水流走了她少年时代的美梦和理想……

　　大院中，树木苍翠，一株古樟树高耸入云，枝繁叶茂。20世纪"文革"期间，出现过神奇之事，古木突然几近枯死了。几年后，又枯木逢春，在繁茂的枝叶间却留下几根光秃秃的枯枝，至今坚挺地竖立着，记载着生命的沧桑。孩提时代的向警予常在树下读书、写字、游戏。

　　每逢秋天，溆水清静如镜，河畔倒映着一片苍翠，浮现出一幅国画，江风轻拂，水里的画更加生动，洋溢出青春活力。当我站立河边眺望，仿佛向警予沿着屈原入溆浦的路，乘船远去，且愈漂愈远，直至碧空尽头，然后过洞庭、进长沙，再漂洋过海，赴法国勤工俭学，留给人遐思的广阔时空……

故居门前的几株红橘树，迎着秋风，张灯结彩。未等我走近，同伴惊呼：看，江南面那大片大片的橘林，绿意盎然，璀璨极了。此刻，我情不自禁地联想起屈原的《橘颂》来。这首诗不一定是诗人流放溆浦所写的，当时，他似乎没有这么好心情好兴致。但溆浦已成了闻名的橘乡，一定和屈原有关。屈原借橘树颂人，寄寓美好的理想。溆浦黎民百姓既热爱屈原，就一定会喜屈原之所喜，多栽种橘树，让屈原的品格和理想流芳百世！

向警予 1895 年 9 月 4 日出生于溆浦，原名向俊贤，土家族。俊贤的名字寄托着商会会长父亲的一片厚望。她没有辜负父亲的希望。以自己的青春和生命，成为中国共产党早期的卓越领导人之一，她撰写了大量论述妇女运动的文章。我在陈列馆里读着她手写的文章，好多警句洋溢在字里行间。比如，"人生价值的大小是以人们对于社会贡献的大小而判定的"；她提倡"男女平等"，实践"教育救国"，创办"溆浦女校"，亲任校长，她跋山涉水，走乡串村劝学，鼓励妇女自立自强。在妇女解放运动方面做出了巨大贡献，成为中国妇女运动的先驱、杰出的"模范妇女领袖"（毛泽东语）。向警予当选为党的第一位女中央委员，第一任中央妇女部长。1928 年 3 月，由于叛徒告密，在汉口法租界不幸被捕。她在狱中，面对敌人威胁利诱，毫不动摇，坚贞不屈，勇敢斗争。因为，她在党旗下有过庄严的承诺。同年 5 月 1 日，向警予同志英勇就义，

情满绿水青山

湘西情

年仅 33 岁。

大凡为革命奋斗，为劳苦大众谋解放的人，人民是不会忘记她们的。在纪念馆里，留下了毛泽东同志、周恩来同志、邓小平同志、陈云同志、胡耀邦同志等中央领导的题词，字字句句无不感人肺腑。"向警予同志为革命牺牲了，我们不要忘记她。"（周恩来语）

1984 年 1 月 9 日，胡耀邦同志亲临溆浦参观，为向警予纪念馆题写馆名。据曾陪同他参观的人回忆，当胡耀邦同志看到向警予用毛笔写的文章，字迹那么流利那么漂亮，称赞不已；看过向警予为"溆浦女校"《校歌》写的歌词后，对陪同的人欣喜地说：向警予同志多才多艺。从向警予的家书中，看到"九九"和"九儿"（因她在兄弟姐妹中排行老九）的昵称时，胡耀邦同志风趣地说：我也是"老九，臭老九"。一下子，陪同的人打破了严肃紧张的氛围……

我伫立向警予同志的铜像（诞生 100 周年铸造）前，仰望她青春亮丽的形象，越看越让人钦敬。铜像基座上镌刻着陈云同志的题字。连基座一起，高 9.4 米，寓意向警予的诞生日（9 月 4 日）。她那英姿飒爽、面带笑容、双手自然握着放在身前、短裙微飘的生命之花正在绽放！从那金黄色的生命之花中，蓦然凸现一个鲜活动人的向警予来。任何前来瞻仰的人都会为之心灵震撼，永远忘记不了她，在心中留下永恒的怀念！

湘西侗寨风情

一

怀化通道侗族自治县，位于湘、黔、桂三省区的交界处，是一片神奇而美丽的土地。走进湘西侗寨，不论寨子大小，少则几十户，多则几百户，都远远地望见二三株与众不同的苍劲古树，或高耸于寨子之首；或矗立在寨子周围，似一顶巨大的绿色华盖，盎然向天，引人瞩目，成为一道亮丽的风景，侗族老乡习惯称它为"风景树"。它表现出侗乡人民长期以来形成的美化住居环境的优良传统。

我行走在侗乡美丽的寨子里，随处可见一座座"鼓楼"，或建于寨头；或建于寨中，清一色的塔式建筑，木质结构，不用一钉一铁，全部用传统的木榫嵌合而成，工艺精巧，整个塔式楼飞檐重阁，层叠而上，矮则五至七级，高则十几二十级，直插云霄。通道的"马田鼓楼"，雄伟壮观，雕梁画栋，金碧辉煌，民族建筑风格独特，观赏性很强，系国家级文物保护单位。在独岩公园内，新修建的一座鼓楼，飞檐重阁21级。据介绍，它寓意21世纪，全县21万人，21个乡镇。鼓楼油漆得金黄锃亮，光彩夺目。我登楼远眺，无限风光尽收眼底，令人神清气爽，视野开阔，好似登上高高的独岩峰一样自豪。侗乡鼓楼是侗族人民集会、议事的公共场所，也是广大百姓休憩娱乐的地方。比起汉族乡村的祠堂来，更显得精巧别致，古色古香，为中华民族建筑艺术增添了一朵璀璨的奇葩！

侗族人非常热情好客。待客宴请时，食物丰盛，家家备有一道家常菜，叫红皮肉，用肉皮制作，色泽金黄，香气扑鼻，清甜爽口。一般摆三鲜席，四盘八碗，主人喜用鸡头、鸡爪待客，以示尊重；待客的酒是自酿的米酒、包谷酒。我到一户侗家作客，主人向我敬酒后，然后同我交杯对饮，酒具是碗，我见之害怕。主人只好少斟一点表示意思，并不强人所难。他们那大口喝酒的模样颇具豪侠气概。

席间，主人介绍，在侗乡如逢年节，比方农历二月立春后第五个"戊日"的"接燕节"，三月三日的"甜藤粑粑节"，四月初八杨姓的"吃乌米饭节"，六月六日的"尝新节"，七月十五的"芦笙节"，八月十五的"斗牛节"，十月十日的"过侗年节"等等，则要用牛角敬酒，并以歌助乐，热闹非凡，十分隆重。

已经是阳春三月了，我在侗寨还吃到了春节打的糯米糍粑，令人重温孩童时代的浓浓乡情。侗乡过春节，家家打糍粑。放在缸中用水浸泡，经常换水，可保存半年不变质。平时出远门或上山劳动，随身带几个糍粑，用火一烤即可吃。因其方便，叫"懒汉粑"；新娘回门，用糍粑盖篮子送爹娘，叫"盖篮粑"；修新房上梁，撒糍粑给看热的人，叫"富贵粑"；过年走亲戚送"贺喜粑"，真是丰富多彩，别具风情。

侗族人家酷爱吃辣椒，素有没有辣椒不吃饭之说。辣椒有多种吃法：生吃，用擂钵擂碎吃新鲜辣椒，是下饭菜；干吃，即吃晒干了的红辣椒；腌吃，用泡菜坛子腌十天半月，又辣又酸又脆，味道各异，辣得人痛快淋漓！

侗族寨子多依山临溪而建，住的是干栏式的吊脚楼，一般四排三间，五柱七爪，进深五到十米，屋高不离八，不是一丈六尺八高，就是一丈八尺八高，意即"人财两发"。屋面为两面分水，前檐高后檐低，前者称之为"凤抬头"；后者称之为"金鸡摆尾"。底层堆放柴火、工具、饲养牲口；第二层住人，走廊前伸，堂屋居中。远远望去，一个寨子好像一幅山水画，蕴含着浓郁的诗意。

侗族服饰特色鲜明。老年男人穿右衽上衣，青年人穿平领对襟衣，穿大裤脚长裤，头上青帕包头，颜色为深蓝、浅蓝、墨青和白色。妇女穿着绚丽多彩，中老年长发挽髻，插木梳或银梳，包锯齿花边的青包头帕，穿开襟右衽无领敞胸带子衣，围青花边内胸兜，束腰带，脚穿勾勾花鞋。年轻姑娘留长发，梳长辫，头戴花帕，身穿大斜衣，围百褶青裙，裹花脚筒，穿花鞋。若逢节庆，头戴银饰帽，辫插银花、银蝶、银梳、银簪，耳吊银环，颈戴项圈，胸挂银链，手戴银镯，手戴银戒指，全身花团锦簇，多姿多彩，风情万种，标致极了。令人情醉侗乡，不得不发出赞叹：侗乡山美水美人更美，风光风情惹人醉！

二

距离通道县城约 10 公里，有一个皇都侗文化村，集民族特色、民族建筑为一体，融民间文化民俗风情于一炉，展示了侗族民俗文化的无限魅力。"皇都侗文化，中华一枝花。"

　　走进皇都侗寨，经过一座风雨桥，便来到一个半岛，依山，三面临水，万千绿树鲜花把半岛装扮的分外妖娆，宛如一盆精美的山水盆景。

　　在寨子的一处绿树花丛中，筑有一个露天舞台，表演多姿多彩的民族歌舞。演员中大多是少男少女，平时各干各的事，有演出任务招之即来。待旅客一到，一群热情好客的妹子，送上一碗糯米酒。酒不醉人情醉人。一支《笙歌迎宾曲》悠扬婉转，把我们人心吹得沸沸扬扬。那情深意浓的侗歌，那婀娜多姿的侗舞，莫不令人深深地陶醉。

　　《闹茶》是邀游客参与的节目。一个茶饼足有一只碗大，圆圆的似月亮，在歌舞声中依序传递，当锣鼓点一停，圆茶饼停在谁手里，谁就有幸当一回侗家新郎。装扮好的新郎，由伴郎抬着在台上走几圈后，在一片欢笑声中，新郎新娘双双走下舞台，大方地给客人敬茶。继而，新郎新娘喝"交心茶"；再后，她们交换定情物。此刻，观众掌声四起。新娘先取下花背包送给新郎；新郎情急之下，在口袋里摸来摸去，当摸出一个打火机时，观众哄然大笑。新郎自知不当，才拿出一张人民币来送给新娘……

　　演出结束后，观众散场，簇拥着新郎新娘去吃"合拢宴"……我怀着浓厚的兴趣看完了《闹茶》，它艺术地表现出侗族自定终身婚俗的全过程，洋溢出浓郁淳朴的民族特色和风情。

　　侗族婚姻自由而简朴，男女青年择偶时，只讲情操，不讲门第，只谈情谊，不谈财礼。迎娶时，由男方带着与女方对歌时互送的信物和少量礼品前去娶亲。新郎一进门，把礼品交给岳父岳母后，和伴郎一起步入闺房，边吃糖果、油茶，边和新娘、伴娘对歌。深夜吃过"送行饭"，不哭嫁的新娘，身穿新衣，戴着首饰，由哥哥或弟弟背出房门，到伙房向父母亲含泪告别。然后同新郎、伴郎一起，连夜步行到新郎家去。

新娘入门，踩过格筛，顺手拿过茶盘、禾穗进室，坐在火炉边发泡茶给团寨房族、亲友吃。等天快亮时，去井边挑回一担水。在丈夫家住三天三夜后，新郎新娘不准同房。之后，送新娘回家，吃"出嫁酒"；再回到新郎家，才同新郎圆房。

神奇的湘西，美丽的皇都侗乡啊！将成为我永远难忘的美好记忆！

情满绿水青山

湘西情

边城茶峒寻梦

沈从文先生的小说《边城》，曾以湘西永绥（今花垣县）茶峒为背景写成的作品，至今中外闻名，深受广大读者喜爱，品不尽那淡淡的忧郁之情。

茶峒原本是一座小小的山城（现为镇），因其地理位置的独特，处在湘、渝、黔三省市的交界，"一脚踏三省"，故称之为"边城"。茶峒是苗语，茶指汉人，峒指坪地。在解放前，这个小地方相当热闹，商贾云集，骡马结队，船帆满江，客栈鳞次栉比……

我每次读过《边城》之后，都曾深深地为之激动。于是，边城茶峒便神秘地留在我的梦中。地以人名，人以书传，自古有之。

在一个明媚的春天，我满心欢喜地来到茶峒。说是采风也好，称作寻梦也罢，那勃勃兴致，那美好的感觉，都是一次富有诗意的旅行。茶峒镇，依山临水。依山，山色青翠，起伏连绵；临水，一条酉水清亮碧透，傍城荡漾流去。沈从文笔下的那句"河水皆泛着豆绿色"，真是写绝了酉水河。

我独自徜徉在茶峒街上，寂静到了极点，连青石板也踩不响了。街头有零散的商店开门营业，街尾尽是矮矮的木板门面，大多关门闭户，静悄悄的惊心；小巷深处，残留着古城墙的旧痕，绿苔点缀出一点生气，往日的繁华景象已见不到影子了，浓浓的乡愁萦绕于脑海。心想，阳光下也有照不到的死角。如同精准扶贫不留下一户一人，任务很重。

巧遇一位老人，如碰到知音。他热情地引我进屋，自由交谈甚欢。屋的前厅隔成两间：一间给孙女开裁缝铺；一间出租开杂货店（当地俗称南杂）。过了小天井，便是老人独享的空间。他小心翼翼地取出包裹几层红布的相框子，约一尺见方，嵌着一幅茶峒的老照片，已经泛黄。这是他在1950年翻拍放大的。仔细欣赏，城墙俨然如一条长蛇，缘山爬去。临水一面则在城外河边留有余地设码头，湾泊小小篷船。那条宽约二三百米的河面，浩浩荡荡流动的水，就是历史上知名的酉水，也叫白河。

老人推开木窗子，酉水悠悠地流动在眼前。我探出头左右望去，河岸杨柳依依，万千条柳枝拂在水面，春风吹绿酉水岸。老人告诉我，镇政府计划开发旅游事业，正在修复吊脚楼。他用手指给我看，当年连贯沿河码头的是一条河街，房子多半部分着陆，少半部分吊在水里，用木柱子撑住，成了吊脚楼，一溜儿地排列在岸边，像人工绘出的画儿一样。老照片上的那排吊脚楼，至今还多么地受人看、动人心。我爱不释手，如在梦中，神往而倾心不已。

那老照片上的铺面一爿连着一爿，装点着河街，似透露出往日热闹的气息。八十有四的老人是商业世家。说起茶峒的店铺来，如数家珍。别看茶峒现在这么安静平和，过去则是商业集散的大码头，交易场所兴隆，南杂铺里卖美孚油和洋灯，本地的桐油、药材从这里远销武汉与重庆等城市。

　　茶峒虽小，住户不过五六百家，但流动人口多。因为地处三省交界，山高皇帝远，周围土匪也多。1949年边城茶峒解放后，人民解放军驻守两个排的兵力。有一次，从保靖、吉卫、松桃、川东聚集一二千土匪来攻打茶峒，抢掠商家东西。由于人民解放军指战员的英勇抵抗，广大人民群众的大力支援，土匪攻打了一天一夜也未攻进城。那鲜艳的五星红旗仍牢牢地插在城头，高高地飘扬！

　　老人陪着我来到酉水码头，那新砌的青石岸，有上十级台阶，三五成群的洗菜妇女和浣衣妹子，依旧用木头棒槌洗衣，棒槌约一尺长，呈扁圆形，打磨的光光溜溜，一只手上下锤打，一只手翻转衣物，若是思想开小差或想情哥哥，棒槌就会落在手指上……

　　码头上游二三里处，山坡上修建有一座白塔，似地标一样引人瞩目。《边城》里有过描写，留给我们一份珍贵的文化遗产。

　　白河中心凸出一个椭圆形的绿岛，新取的名字叫"翠翠岛"。令人油然联想起《边城》里的主人公翠翠来……翠翠当年的那点儿欲望，那点儿追求，在今日湘西女子中早已经实现了。"好日子"歌正在白河两岸唱响！

沅水河边辛女情

　　千里沅江是湘西儿女的母亲河。很久以来，流传着一个美丽的传说。远古时候，中原大地的高辛帝喾，与邻近的犬戎国战争频发，因弱不敌强，屡遭侵犯，国不宁，民不安。于是，高辛帝降旨，广贴告示：臣民中能取敌寇将军头颅者，即封万户侯，赏赐万两金、万亩田，并以公主辛女相许配。盘瓠（神犬）摇身变为高大魁梧的后生，向高辛帝呈书：誓死取敌寇将领的头，为国雪耻，为黎民百姓除害。几天后，盘瓠果然取来敌将的头颅。高辛帝龙颜大悦，并兑现许诺，重赏盘瓠。但年轻后生一不要官，二不要金钱田产，只求携带辛女回故乡过黎民百姓人家的平常日子。辛女亦为之感动。于是，盘瓠与辛女双双来到沅水流域的湘西蛮荒之地居洞穴，上山刀耕火种，下河捕鱼捞虾，繁衍生息。几年里夫妻间充满了温情，家庭幸福，生下六男六女。她们长大成人后，兄妹互成婚姻，以传宗接代。据传，她们成为瑶族、畲族、苗族的祖先。

　　后来，盘瓠遭犬戎国敌寇的报复，不幸被斩首。辛女闻讯后，便携儿带女，驾着扁舟，顺着沅江寻找丈夫尸体，终因沅水滔滔而去，无缘找回。她站立山巅望着丈夫被害的方向，从早至晚，泪流不断，落入幽深的山谷，汇成一条小溪，潺潺流出，俗称"辛女溪"。溪水下有一座小石拱桥，习称"辛女桥"。终于，辛女因万分悲伤而气绝，在一个凄风苦雨、雷电交加中化为一石，屹立在沅水中游泸溪的一座山顶，这块岩石被称为"辛女岩"。与这座山岩毗邻的另一座高高的岩山被称作"盘瓠山"，山顶修有"盘瓠祠"。这个美丽的传说流传了千年万载。而今湘西的泸溪成了"盘瓠故园"。盘瓠和辛女的传说，2010 年 5 月被列入第三批国家非物质文化遗产名录。

神话传说流传在黎民百姓的口头上，形成了历史悠久的"盘瓠文化"。它真实地反映了少数民族黎民百姓的心声与愿想，爱憎鲜明，感情浓厚，富有永久的艺术魅力。宛如人生的一个美梦，永远萦绕在人们的脑海，成为我们长久的神往。我三次过泸溪，都被沅水河边的辛女情所深深地打动。

我曾徜徉在沅水边的"辛女滩"上，踩着鹅卵石，心诚意静，在寻寻觅觅中，犹听见石头发出的低吟，江中汹涌的滩声好像辛女悲痛的抽泣。昔日辛女为寻找丈夫盘瓠被害的尸体，驾一叶扁舟过滩时的惊险情状，仿佛如在眼前。她贵为公主而甘做贫贱夫妻，在艰难的岁月中，夫妻居山洞，同甘共苦；在生离死别的时候，夫妻命运相连，一往情深，置自己的生死于不顾，感人肺腑。这无论在过去，现在和未来，都是检验人间真情的试金石。

站立辛女岩下，我久久地仰望山顶上那道远古的风景："辛女庙"。庙虽小了一点，但主人告诉我，每年登山去烧香祭拜的百姓却不少。香客们烧三炷香，是想点燃辛女孤独的心房；烧几刀纸，是表示人们的一点心意，生怕辛女在那边受苦；鞠一个躬，磕一个头，是为了表达苗族子孙对她的崇敬之情。这种质朴的情感常常是最真实、最绚丽的深情。

　　辛女岩下的"辛女村"，是一个不到百户人家的苗寨，宛如一幅水墨画。我们在村里流连忘返，远古时代辛女的影子始终离不开我的视线。那深深的狭窄的青石板小巷（全村有三条），已被人踩成凹凸不平，裂成花纹，仍坚实地扎在地上，变成了凝固的厚重；那栋栋老木屋，或四柱三间，或三柱两间，门前都有一块地场，清一色的简朴，有的开始倾斜，有的板壁开裂，有的大门洞开，小伢正在玩耍，有的门关着却并未上锁，似不防偷盗，民风极其淳朴。村民的日子虽然清贫艰辛，生活冷寂，默默度日，但她们却以勤俭为安，有着一种沉着坚毅、乐天知命的平静，苦中作乐，厮守着这片神奇的山水。好似昔日辛女及子孙入深山、居山洞的幽灵还未散失。村子里也有新修的两层砖墙房，少数人已先富了起来。正当我冥思默想之际，一位中年村主任的声音打断了我的思绪。"我们村里的老百姓有着祖先盘瓠的任侠之气，辛女的真挚之情。从古至今，延续着'信巫鬼，重淫祀'的风俗。每年农历十月，都要举行'跳香'活动，以祭祀五谷诸神，感谢上天与鬼神的恩赐。'跳香'分为'请神''踩桥''接五谷神''田间劳作''围山狩猎''庆祝丰收''埋五谷坛'等场景，跳香以舞蹈为主，分为'苗老司独舞''四后生伴舞''地场群舞'等形式，尤其到了高潮时，老司的脚尖在倒立的坛子上旋转，四个后生舞伴用竹竿扫打老司的脚，老司既要旋转自舞，又要躲开竹竿的扫打，功夫高强……"我越听越感到"盘瓠文化"的无穷魅力。

　　村前那棵千年古柏是全村的标志，风景独具。从高大、苍劲、蓊郁的古柏树下绕过，穿行一垄垄田坎小路，便到了"辛女庵"。庵里正中供着两尊佛像，盘瓠居中，辛女立左。盘瓠形象勇武，威风凛凛；辛女身材窈窕，面容俊秀，贤惠温柔。凝神注目，栩栩如生。香炉里还燃着袅袅香火，鞭炮残纸撒满地场。远古神话中的神母辛女和图腾盘瓠仍然活在广大苗民的心中，依旧一往情深，思念如梦。顿时，心发感叹：原来，人世间有的死后并非"万事空"。死而留存着一座寺庙小庵，受人虔诚敬仰，该是前世的大造化吧！

我静立在一栋老屋场，放眼四周，巍峨的盘瓠岩闪着赭黄色的光彩，村前的辛女庵飘来幽微的佛香，悠悠沅水在眼前波光粼粼，融入辛女的高尚情怀奔流而去。我真切地感受到，一缕缕别具浓郁气息的"盘瓠文化"从四面八方包围而来，好像盛开着一朵灿烂的奇葩！

浦市古镇遗韵

　　湘西从来就是一片神奇而美丽的土地，多山、多水、民俗特殊，绿水、青山、吊脚楼多。千里沅水是湘西儿女的母亲河。沅水中游的泸溪县浦市，被称为"湘西四大古镇"之首。其他三镇为：龙山县的里耶、花垣县的茶峒、永顺县的王村。

　　浦市是我八叔母的家乡。我作梦都想去看看那个地方。后来，应文友之邀请，长梦成真。我们从辰溪坐船顺沅水而下，经浦市、箱子岩，过沅陵，飚青浪滩，宿麻溪铺，抵桃源，一路参观，一边采风。在浦市古镇起坡上岸，连磴几百级青石板石阶，迎面就是气势壮观的"万寿宫"，仿佛古镇城门似的。两边的圆柱上各有一条盘龙绕柱飞旋，门口有一对石狮，栩栩如生；高高的封火墙，清一色青灰砖砌成，两扇大门宽宽厚厚，固若金汤。伫立良久，小宋介绍：封火墙上设有哨窗，一来可观看码头上的热闹景象；二来可俯视沅水的滚滚风涛；再则具有安全防卫的作用。岁月遗留下来的这座明清古建筑，高高地竖立20根粗壮圆柱，具有宏伟的独特风格，代表了一段历史文明的侧面，为后代人文的延续留下了值得回味的遗韵。

　　屹立眼前的"万寿宫"，即江西会馆。明清时期，浦市（古称浦口、浦阳）因地处沅水中游，地理位置优越，这段河道有个自然的弯拐，江面宽阔，水深浪平，舟船如蚂蚁一般汇聚，占了半边江面，木排竹筏好像拖来一座林海，成了昔日大湘西的物资集散地与商贸中心，工商业极其繁荣兴隆。来自江西、江苏、山西、陕西、福建、安徽、湖北、四川等省，以及周围的常德、宝庆、溆浦各府、县的客商赚了大钱之后，置办田地产，集资修建"会馆"，共计修有13个省、府的会馆，成为各地商行的办事处，生意场上相互有所照应，互通信息，也帮助同乡解决困难；空闲时可打牌、下棋、品茶、看大戏（目连戏）。尤其是江西人迁徙、流落来浦市早，又吃苦耐劳，奋发图强，自强不息，宽厚诚信，这些"赣商"中成了大财主者众多，于是慷慨解囊，大兴土木，这座宏伟壮观的"江西会馆"就是其中之一。

　　我们漫步街头，那规模大小不一、档次高低不同的会馆、茶馆、油号、钱庄、镖局、祠堂，或坐落在十字路口，或在地段显要处，或在狭窄的深巷里，几乎随处可见。比如"天后宫"（福建会馆）崇拜信仰妈祖；"忠义宫"（山陕会馆）大屋顶，骑马墙，供奉关夫子；"天王行宫"，为皇帝建行宫、拜寿；"吉家大院""吉家祠堂""成仁美油行""谭老麻茶馆""王汉章茶馆""溆浦豆腐坊"等等，其民居大都古朴典雅，安全舒适。因为岁月无情，眼下大多已趋于破败、损坏，有的只剩空架，有的化为废墟，只能依稀中遥见百年前的古镇繁华，亟待重点修葺如旧，让浦市这个"中国历史文化名镇"重现昔日的辉煌！

　　浦市，春秋战国时属楚，秦统一后属黔中郡。历史悠久；又因为它得天独厚的地利，水运交通十分方便，各地商贾云集，小镇闻名遐迩，素有"小南京"之美誉。小宋热情地带领我走大街、穿小巷，走走停停，在场感受一番，发觉浦市街道依次为河街、正街、后街，古巷小弄纵横交错，井然有序。街巷两边大都为青砖墙、青瓦房、杉木板铺面，正门楣上雕花，刻工精细。后街的青石板路，红岩石路，石板长约一米、宽一尺许，凹凸不平，踩下去砰砰有声，散发出古典的遗韵。有人曾这样写道："浦市街是古老的浦市长出的一根根古藤。"我心想，"古藤"意味着坚韧结实，根底深厚，生命力顽强，即使有时候枯萎、断裂，一下子衰老了许多，也会有重发新芽，枯木逢春之日。如今，著名古建筑的大门口，均挂有醒目的牌子与简介，中英文对照，令古迹焕发了青春，为昔日沅水的这颗明珠平添光彩！

忽然，我记起沈从文先生曾在《浦市》中提到过浦市镇出"肥人和肥猪"的轶事。一时兴来，我在街上寻觅，却见不到大胖子的"肥人"，大多是人面桃花的标致漂亮女人，碰见的男人们也健壮强悍。兴许因时代变迁，"肥人"已经差不多"失传"了。询问当地人也不大明白个究竟……

我们满怀激情地瞻仰了贺龙同志 1934 年率队伍驻扎过的大院，曾亲手栽下的那株杨柳、亲自挖掘的那口水井，高大的扬柳树已被老百姓称作"将军柳"；那口水井俗称"贺龙井"，岁月已把井口的石沿磨砺成高低不平的曲线形。我用手轻轻抚摸，历历往事如在目前，崇敬之情油然而生。

离开浦市古镇，我们仍从"万寿宫"走下码头，眼见石阶已显斑驳，印痕累累，叫人踩下去有点儿心痛。其实，

情满绿水青山

昔日的这座万寿码头，曾有非凡的气派，数上上下下 20 几座码头之最。它是用 999 块青岩石料砌成的，每隔 10 级修一块平台，为装卸工人上下扛货，为行人停脚歇气之用，颇有人性化味道蕴含其中。当年，岩匠师傅预算运来 1000 块石料，用去 999 块，剩下的一块立于码头出口处，纂刻着碑文："泸溪有浦，水路要津也，舟楫蚁拥，商贩鳞集，上街下河，往来络绎不绝……"引人瞩目，好似一座浦市古商埠的历史丰碑。趁等船下行的时候，我放眼沅水上下及四周，沈从文笔下的浦市码头，几十年前那种繁荣的顶点，早已经衰败了。那停泊结实高大的四橹五舱的运油船已不见了影子；那木材浮江而下、占满半个河面的木排竹筏，也难碰见了；更有那大帮货船从上而下摇橹的号子声，早已听不见了。一阵寂寞似袭上心头。而仍可欣喜的是，千里沅水依旧碧绿，依旧风流奔去。隔江相望，只见江东千年古刹（江东寺）依旧雄伟，古木森森，参天耸立，隐约可见寺院的香火烟雾袅袅上升。我心里在想，广大老百姓祈福避祸之心，无论何时何地是不会泯灭的。上游的小客轮由远而近，声声汽笛代替了往日船夫、排工沉重的号子，这是生产力的解放。历史长河已在波涛中得以升华！

汽笛一声响。我的思绪随着沅水的波涛飞流远去。而浦市古镇的遗韵却仍在我的心中久久地萦绕……

乐水者记

　　山凭水而生动；人乐水而智慧。前者是凡夫俗子的审美感；后者是圣贤孔子的论语。湘西凤凰的沈从文，一再自称是"乡巴佬"，后来却成了一位大智者、大作家、大学者。这恐怕同他与水有极密切的关系。

　　沈从文从小乐水，只要读过《从文自传》的人，都是难忘这个印象的。凤凰是中国最美丽的一座小城。小城美在南华山的苍翠，美在沱江水的碧绿，沱江穿城而过，悠悠流来，潺潺流去，那豆绿的颜色，那屋檐连着屋檐的吊脚楼，无不让人安居其中，流连忘返。沈从文孩提时代的乐园，就在生长他的地方沱江。那是一条从高山绝涧中流出的小河，它"汇集了万山细流，沿了两岸有杉树林的河沟奔驶而过，农民各就河边缚竹子作成水车，引河中流水，灌溉高处的水田"（《从文自传》）。湘西的水车，形状多样，尤以圆形的构架普遍，直径大约一二米者，架在江边，倒影水中，吱嘎吱嘎地唱着歌、吟着诗，让人回味起生命如歌的壮丽和沧桑。它既是灌溉农田，加工粮食的工具，也是湘西民风民俗的一道亮丽的风景。

　　沱江的水，长年清澈，水色似新鲜的绿豆一样；河里的鱼，小的不足寸，大的比人脚板还大。站在江边，小鱼翔在浅底；大鱼快如飞梭，自由自在地快活着，洋溢出"万类霜天竞自由"的诗情画意。儿时的沈从文常为那江、那水、那鱼所沉醉，其兴致超过了上学读书，置被家人发现挨打挨骂罚跪而不顾。学校为了担心学童下河洗澡，每到中午散学时，照例必在每人左手心中用朱笔写一大字作为记号。小从文则想出办法来对付："一手高举，把身泡到河水中玩个半天"；而朱笔大字依旧如前不损。这就使他学会用小小脑子去思索一切。

下河洗澡时，他和小伙伴为了不让人发现，便把衣裤压在大石头下，从崖坎高处跃向河水，快快地泅到河中去，向天仰卧，把全身泡在水里，只露出一张脸一个鼻孔来，叫站在岸上的人不易搜索出来。一旦被家人发现或被告发，回家后必受罚跪。"我一面被罚跪在房中的一隅，一面便记着各种事情，想象恰如生了一对翅膀，凭经验飞到各样动人事物上去……"想到河中的鱼被钓起离水后"拨刺"一声；想到天上飞满的风筝，空山中歌唱的黄鹂；想到树上累累的果子。因此，这倒给了他一个练习想象的机会。后来，沈从文这样叙述："我感情流动而不凝固，一派清波给予我的影响实在不小。我幼小时较美丽的生活，大部分都与水不能分离。我的学校可以说是在水边的。我认识美，学会思索，水对我有极大的关系。"

小时候，沈从文还喜欢看人在回水里扳罾，巴掌大的活鲫鱼在网中跳动，那闪烁的银光，那蹦跳的活力，饱人眼福，也给人奋争的力量。每逢涨大水时，看岸上的人打捞上游漂流来的木头、家具、南瓜等东西，打捞者奋不顾身的勇敢精神，颇感动人的。家乡沱江给沈从文的种种印象，给予他潜移默化的影响，也极大地帮助他理解人生，认识宇宙，彻悟自然……

　　沈从文乐水的结果，使他以后在创作上常以"水"作为作品的背景，人物的典型环境。"我所写的故事，却多数是水边的故事"（《我的写作与水的关系》）。最成功的例子，当数《湘行散记》《湘西》《边城》。《湘行散记》从头到尾，都是沈从文于1934年回湘西家乡看望病重的母亲，由沅水溯江而上的所见所闻。那艰难的行程：迎风雪，斗恶浪，过险滩，走长潭，泊小镇，看吊脚楼子，听风流故事，品人生滋味……船只靠码头后，有的留在船上，听一夜涛声；有的举着船缆子火把，匆匆地上岸，去看相好的女人，听小曲儿；在吊脚楼过夜的船工，天不见亮，便被船老大高声喊叫，催促下河："船要开头啦"！刚从梦中醒来，又舍不得那热被窝里的女人，当船工下到河滩，从吊脚楼窗口伸出媚笑女人的头，一声又一声的嘱咐：过了年后再回来啦！我等着你！……倘没有这些真真切切的所见所闻，沈从文就写不出《湘行散记》和《湘西》来。正是这千里沅水教给他"黏合卑微人生的平凡哀乐"，也是这千里沅水刺激他"对工作永远的渴望，以及超越普通个人功利得失，追求理想的热情洋溢。"因此，沈从文这样说："我一切作品的背景，都少不了水。"我们由此可领悟出，他对沅水的依恋，对沅水的欣赏，对沅水的赞美，也自然而然地流露他深心里对沅水的那一缕淡淡的离愁别绪、孤独悲哀。沅水浓郁的风情，沅水滔滔的凶悍，沅水波平浪静的柔弱，船工的苍凉人生，等等，无不浸润到沈从文的身心，融入到他作品的字里行间，给了他创作的灵魂与动力。

　　坐看沅水的船只"上滩"，那些船夫背了纤绳，身体贴在河滩石头下，那种声音，那种神气，总使他心跳。同时，也永远使他得到快乐和忧愁。当船夫拉上滩后，各人伏身到河边去喝一口水，再坐到石头上用手揩去浑身的汗水，照例总是很厉害地感动着他。这是沈从文永远学不尽、体验不完的人生。

沈从文曾说："我所写的故事，却多数是水边的故事。故事中我所最满意的文章，常用船上水上作为背景。我故事中人物的性格，全为我在水边船上所见到的人物性格。"就连文字中那一点忧郁气氛，也是湘西阴雨天气的影响而来。他的文字风格里特有的语言笔调、味道，粗野而谐趣，缠绵而率真，似行云流水一样，自然自在，浑然天成。这正是他记得水上船工的语言太多的缘故。

《边城》是以湘西边境的一个小城茶峒为背景，茶峒靠着白河（酉水），城外有一座白塔，塔下有一条清溪，溪边住着一个管渡船的老人，和他的一个苦命的孙女。她在青山绿水的大自然里长大，名字叫翠翠。日子平平淡淡，单纯寂寞，眼泪与欢乐，在一种爱憎得失之间，揉进人的生活里。翠翠的不幸爱情和伤心事，在岁月中孤独的流逝。她守住爷爷那条渡船和茅屋，也守住一个相爱的已经远行的人。那个人也许明天回来，也许永远不回来……酉水边翠翠的梦，缠绵如水，忧伤亦似水。这哀伤揪着人心，永远浮在读者的心灵里……

沈从文创作的活水源头，就是故乡的河，故乡的水。沈从文"乐水"的习性，从小培养了他的品格和个性，成就了他一生创作的辉煌。1992年，沈从文逝世后，根据沈老的遗愿，把他的骨灰一部分葬于沱江边的听涛山麓；一部分撒入悠悠的沱江碧水，以表达他对故乡的水、故乡的山的感恩之情。那静静的山，那绿绿的水，将会永远荡漾灿烂！

美丽的德夯矮寨

　　湘西吉首西郊的德夯，是一个闻名的美丽峡谷，也许是苗语"德夯"的原意。周围的自然风景天造地设，鬼斧神工似的雄奇秀丽，胜似画，美如诗。峡谷深处的矮寨，于山脚下聚住着 100 多户苗族人家，绿树掩映，炊烟袅袅，溪水淙淙，石板小路砑砑有声。历史上，瑶族住山顶；侗族住山脚；苗族住山腰。而在这里的苗族却住在山脚下，这是不是称作"矮寨"的缘由呢。听说，矮寨除几户人家之外，全都姓石，可见石姓是苗族的一个大姓。

　　走进德夯，夯峡溪位于寨子的北面，谷深且长，小溪两边悬崖峭壁，竹林青青，溪水清亮，淙淙潺潺；寨子西角是九龙溪，遥看瀑布飞泉，似飘飘流纱，如柔柔水帘，因高达 200 多米，溪水迭入深潭，声若雷鸣，震撼山谷；玉泉溪位于西南角，奇花异石遍布，上游的玉带瀑布，宛如仙女从天上抖落的一条银链，晶莹发光，秀丽之极。

　　站立矮寨前的坪地，举目环顾，奇峰险岩，尽入眼帘。那东边的四座奇峰，酷似烈马昂首奋蹄，栩栩如生，俗称"驷马峰"；那北边的山峰形似"孔雀开屏"，惟妙惟肖；那朝东的一架大山，似一块巨型屏障，阳光下五彩缤纷，故名"彩云壁"；与孔雀开屏相对的是"盘古峰"，孤峰拔地，耸入云天，四周皆绝壁也，何等奇特。倘若登上险峰，可饱览苗寨的无限风光。

不远处，"矮寨大桥"凌空飞架，像一道彩虹闪耀在美丽的峡谷中，把天然之美与人工的艺术之美融合在一起，雄奇于崇山峻岭之中，亮丽在幽深峡谷之上，我仰望那垂直330余米的高度，大桥宛如飞架在蓝天之上，穿越在白云之中，好似悬挂在湘西的一幅最大最美的横幅，光彩夺目之极。大桥联通了国家高速公路重点规划的八条西部通道之一的长沙至重庆的通道，堪称湘渝高速公路的大动脉。我伫立桥头，放眼那长长的桥身，桥尾却掩于飘来飘去的云雾中；凝目那1176米的悬索桥主跨，跨越矮寨附近的山谷，德夯河静静地流经谷底。作为湘西的儿女此刻是多么地激动啊！

矮寨大桥的设计结合两岸地形及地质条件，采用塔梁分离式悬索桥结构体系，减小了主梁长度，最大限度减少了对山体的开挖，既节省了投资，又实现了桁架结构与自然景观的完美融合。2007年10月动工，2012年3月31日建成通车。在设计技术方面创四项世界第一。我虽不懂技术上的创新，但对科学发展观的自豪之情油然而生。

在返回矮寨的宽阔公路上，我回忆起当年步行到矮寨的情景，一边行走，一边望着对面崇山峻岭中的弯弯山路，一个"之"字连着一个"之"字，数不清有多少个；汽车盘旋而上，危乎高哉，险哉！车速之慢，不是蜗牛爬行，胜似蜗牛爬行，凸显出中国公路史上的天下奇观。可是奇观后面，隐藏着多少人间之艰苦，生命之沉重。昔日的这一张一张的"老照片"，而今应当永远珍藏在我们的心底。

德夯矮寨不仅自然风光秀美、大桥雄伟壮观，而且苗

情满绿水青山

湘西情

寨风情浓郁。那女人浑身上下的银饰，格外出彩，耀人眼睛，美上加美，耳听叮叮当当的美妙之音，更令人神往。多情的苗歌苗舞火辣辣的甜蜜醉人，倘若你被邀请上场，同她们手牵手自由地舞蹈起来，那潇洒浪漫之情真够你心里甜蜜蜜的，如梦似幻；苗家招待贵客的"妙米茶"，由热情大方的女子纤手端给你，你轻轻一啜，香喷喷地入嘴，甜蜜蜜地沁心，特别有一番风味。当我听她说："苗家生活的甜蜜，是由世代的酸苦变化而来的"时候，便久久地让人品味不尽、遐思悠长……

汨罗江畔仰诗魂

　　伟大爱国诗人屈原诞生在长江西陵峡畔秭归乐平里；放逐于沅江的溆水河畔；最后怀石自投入洞庭湖的汨罗江殉国。这三个地方是屈原三个重要的人生驿站，这三条大小不同的江河生育、滋养和成就了他坎坷而光辉的一生。

　　端午之前，随秭归"屈姑文化研究院"一行来到汨罗江畔，远远地望见汨罗江自东向西蜿蜒如带悠悠流来，连日落雨，眼前的汨罗江成了金灿灿的一条江，象征着屈原用他千秋德范、万古词赋留给我们沉甸甸的、金子般的精神财富。

　　汨罗江是由汨水和罗水汇合而成的。汨水发源于江西修水县黄龙山梨树塅；罗水源自岳阳县罗里，在汨罗山下两条江汇合在一起，注入烟波浩渺的洞庭湖，全长 253 公里，流域面积 5543 平方公里。流经汨罗市约四五十公里，江宽不足千米。"水不在深，有龙则灵；山不在高，有仙则名"。汨罗江因屈原而闻名中外，因屈原在此投江殉国而牵动人心，两千三百多年后依旧令世人魂牵梦绕。

　　我徜徉在汨罗江畔，心潮逐着波浪起伏难以平静。一条金色的江啊，流淌着伟大诗人屈原长长的荡荡的诗魂。伫立在一块标志碑前，这就是屈原投江处"屈潭"，即现在的楚塘渡口附近。据刘石林（原汨罗市屈原纪念馆馆长）先生介绍，这与传说中的"河泊潭"，包括"沉沙港"，相距十多里，河泊潭应属于误说。这里峭壁耸立，峭壁上浪迹犹存，身临此境，环视遗址，仍可想象当年屈原面对大好河山，仰天长叹："宁溘死而流亡兮，恐祸殃之有再。不毕辞以赴渊兮，惜壅君之不识。"然后，满怀极度悲愤，从峭壁上纵身沉入潭中而死。那情景何其壮烈！屈原投江之后，尸体流入洞庭湖。而洞庭龙君被屈原及其词赋中的爱国精神、爱民思想所感动，不忍看其尸体被鱼虾噬咬，乃至吃掉，便令洞庭湖涨水，倒灌入汨罗江，并命神龟（或神鱼）驮着屈原尸体流进汨罗江。黎民百姓因为爱戴与敬仰诗人屈原，就把他的遗体打捞起来，抬上江岸，此地名为"三尺墩"，后改名"晒尸墩"。于是，千百年来凭吊伟大诗人屈原的诗篇，像波浪滚滚而来，似雪花纷纷飘落，如兰芷芳草萋萋，四季飘香……我久久地凝视漾漾江水，轻轻地吟诵着："当年屈子行吟处，犹有滩声斗盛秋"（胡绳）；"读罢骚经吊屈子，汨罗江水共沉吟"（金意庵）；"屈平词赋悬日月，楚王台榭空山丘"（李白）；"屈原忧愤投江处，殿堂永伴万代歌"（孙铁青）……此时此刻，虽没有临江醑酒，聊以诗词代替凭吊。屈原诗魂，与天地长存，与汨罗江长流，共日月争光！

屈原遗体葬于玉笥山之东的汨罗山上。山不高，一座地道的丘峦而已，但漫山碧绿，遍野油菜花黄，香飘十里。登上屈原墓之主墓（即11号墓），一块"故楚三闾大夫之墓"碑竖立眼前，沧桑满目。青山留胜迹。屈原墓共有12座，称为"十二疑冢"。1956年公布为湖南省重点文物保护单位，2001年列为全国重点文物保护单位。眺望四周，十里之遥，隐约可见其余 11 座坟墓。当地传说，屈原遗体打捞上岸后，有半边脸颊被鱼虾吃掉，面目难看。女婆（屈姑）千方百计用沙金给他配上被鱼虾咬伤的半边脸。黎民百姓赞之，传为历史佳话："九子不能葬父，一女打金冠。"此话是指楚怀王客死于秦，那么多儿子不能及时安葬父亲，比不上一个女婆。百姓的话传到顷襄王耳朵里，他勃然大怒，欲派人来玉笥山掘墓夺金脸。女婆得知消息后，放声痛哭于墓前。于是，她想在汨罗山上再修几座坟墓，以假乱真，迷惑朝廷派来的使臣。女婆夜以继日地拼命苦干，挖土搬运，她的精神感动了上天神灵，而得到了神灵的全力帮助。霎时，在屈原墓方圆十余里处，拔地而起 11 座土堆，与屈原墓之大小、高矮一模一样。这美丽的传说流传了二千多年，可歌可泣！

　　诗人屈原在汨罗住了三年左右。有论者说是住了九年。似不可信。不过，汨罗玉笥山的"屈子祠"，比起秭归、溆浦的屈子祠、屈原庙来，其宏伟建筑称得上首屈一指。站立于同治八年（1869 年）修葺的"屈子祠"正门，那八字形牌楼式山门，砖木结构，坐北朝南略偏东，气势非凡；祠宽约 1651 多平方米，分前、中、后三进，正面为中高 13 米，石雕门额，嵌五条龙，占地气灵。那"屈子祠"三个大字，苍劲有力，稳重浑厚。进入中门，天花板上有八角藻井，内饰二龙戏珠镂空雕；中悬司马迁《史记·屈原列传》全文雕屏，其上方悬"光争日月"巨匾，精美绝伦；中厅檐下，悬书法大家李铎题匾："德范千秋"，庄严肃穆，感情凝重，寓意深远。置身屈子祠中，抚摸历史的遗痕，凸显出楚文化的鲜明特色，堪称中华民族弘扬爱国精神的课堂，可谓价值连城。2001 年列为全国重点文物保护单位。

屈子祠东侧便是"屈原碑林"（楚图南手书），占地约两公顷，建有门楼、天问坛、离骚阁、九歌台、九章馆、招魂堂等八组建筑，由九曲回廊串连一起。刊有沈鹏、欧阳中石、李铎等300多位当代书法名家所书屈赋全文与摘句，凡365块碑刻，囊括了全国所有省、市、自治区、包括台、港、澳书法名家的墨宝，书体齐全，风格多样，琳琅满目，文气盎然，飘然若动，蔚为大观，洋溢出炎黄子孙崇仰伟大爱国诗人屈原的无限深情。尤其是当代戏剧大师曹禺的《屈原碑林记》，文采飞扬，感人肺腑："呜呼，屈子往矣，而其道德文章历千古而不磨者，何也？以其浩然之气耳！浩气何者？即爱国精神之所托也……"

走出屈原碑林，依依难舍，我再三地回望碑林门楼，那斗拱彩绘，繁而不俗，恢宏无比！而今观瞻碑林，读其文，吟其诗，仰其魂，又仿佛想见屈原其人。那高冠长剑，颜色憔悴，行吟泽畔，历历如在目前。顿时，高山仰止之情难以遏制。伟大诗人屈原将永远活在中华儿女的心中，屈子诗魂将世代在汨罗江畔长流！

"屈原入溆处"犁头嘴

读过沈从文先生的《湘行散记》《湘西》之后，偶尔经过书中标题的地方，比如泸溪、浦市、箱子岩、辰溪、凤凰、桃源和沅陵等，心里便有一种格外的亲切感。这一次，我到溆浦江口犁头嘴，那心情更加激动，乡愁越发浓郁。这是溆水流入千里沅江的出口处，是楚国三闾大夫、伟大诗人屈原《涉江》："入溆浦余僬徊兮，迷不知吾所如"的地方，俗称为"屈原入溆处"。

江口位于溆浦县西部，距城关约30公里。古时候，为沅水中、上游地区一个重要的水路驿站和码头，也是出入溆浦唯一的水上通道。这里有一座岩石半岛，长约一公里，形似一张耕田的犁头，"犁头嘴"因此而得名。

记得到湘西行署沅陵参加高考的那一年，原本有机会搭木船出入犁头嘴的，可惜错过了机会，我们同班七个同学因节省船费，便翻山越岭步行近100公里，去沅陵赶考，还号称"七勇士"哩。所幸考取了武汉华中师大，毕业以后，铁路修通之日，就是与江口犁头嘴失之交臂之时，成为我梦绕魂牵的乡愁。

我走进犁头嘴，久久地徜徉在江边，眼看沅水波涛滚滚而去，溆水悠悠静静流来，一边碧绿，一边浊黄，泾渭分明，连孤帆远影也难觅，唯有高高的顿旗山矗立于眼前。在这里，浩浩沅水宽过千米；而溆水因受两山的夹峙，宽不足百米，狭窄似一条小溪。难怪当年屈原溯沅水而上来到江口时，心中胆寒，犹豫不决，徘徊踌躇，"入溆浦余儃徊兮，迷不知吾所如"。那两岸的群山高耸插天，那山上的云雾缠绕深邃，那密林中的猿啼哀鸣不绝，雨雪纷飞，凄凉冷落。如同古诗所吟："叠嶂护江口，猿啼忙客舟。山藏盘古树，水接洞庭流"。可木船越往前行驶，天地忽然开阔，稻田肥沃，橘林茂盛，民风淳厚，方言有味，别是一番美丽风景，宜人居住。于是，屈原便在溆浦落脚、安居，长达八九年之久，先后创作了《离骚》《天问》和《九歌》中的大部分篇章等重要词赋，屈子诗魂流淌在溆水河畔。经考古发掘证实，屈原来溆浦期间，这里已成了人口众多，经济繁荣，文化发达，战事不断的楚国南邑重地，好似时下的开发新区，充满生机，并非某些学者想象中的所谓"非人之境"。

溆浦县屈原文化研究会会长禹经安，也是知名的考古学家，一路陪伴我们热情讲解。我们走在沿江的一条狭窄古街，两边排着整齐的小店铺，一爿连着一爿，清一色的明清建筑，铺面皆木板壁，已呈黑褐色，大多关门闭户，一片寂静，石板路破损不堪，凹凸不平，一堵堵墙壁，干打垒式的厚重，外表嵌入一坨坨烧焦的土矻砬，坚硬无比，透露出岁月的沧桑。因为在别地罕见，我们挨着墙头，好奇地抚摸，争相拍照留影。走出古街巷，已变成泥巴路。老禹介绍：原来也是青石板街道，江边店铺都是吊脚楼子，一头吊在沅水，一头落在溆水，街长一千余米，直通溆水入沅江的码头。过去，这里排有 11 座青石石阶码头。靠江面近的石级宽一米半左右，中间处，石级分叉成两条，呈人字形上升，背脚佬可以左上右下，距江面高约十几丈，码头边杨柳下泊一只小舟，名叫乌篷小划子，随波摇荡，宛如野渡无人船自横，风烟水中起，平添古风、古色与古韵。不难想象，水能载舟，水亦能覆舟。沅水上沉舟之惨像是随时可以发生的事。

靠古街右边，修有一条条石阶上下，岩坎上面明清建筑，纵横交错，参差不齐，大小不一，破败中依稀残留昔日的衙门、驿楼、钱庄、客栈、盐行、票行、药行、木材行、茶楼之遗址与影像。百废待兴，迫在眉睫！

站立两江汇合处不远，一座古炮台，遗址废墟犹存。令人浮想联翩。古时，楚之南邑战事不断，马援奉命平息战乱，适逢五月初五端午（又名端阳）节出征，直待十五日凯旋，补过端阳节，首创溆浦过"大端阳"节的风俗，传承至今。这一带属五溪蛮之地域；民国时期，"湘西土匪多"，匪患猖獗，黎民百姓处于水深火热之中……直至今日，关心民生已成为党与政府工作的重中之重。江口镇党委女书记，姓向，与溆浦籍大历史学家向达先生同姓，对精准脱贫信心满满，着实令人欣慰！

坐落在江口犁头嘴的老屈原庙，始建年代不详，早已废毁。而建于民国时期的这座庙，规模不大，为砖木结构，二进，分前殿、后厅。两边设有厢房，后厅正中供奉屈原神像。唯有这座高大的屈原神像令人一看一肃然！这是被当地老百姓从一次发洪水中抢救、并保存下来的塑像原物，虽显斑驳，却弥足珍贵。屈原同广大黎民百姓心连着心，《离骚》中所抒发的"长太息以掩涕兮，哀民生之多艰"的崇高思想和人文情怀，当与日月争辉。故《溆浦县志》记载一则民间传说：在溆浦茅坪坳上的"招屈亭"，屈原曾幽住其中，"冬无积雪，夏无蚊蝇"，连老天爷都如此关爱屈原啊！溆浦的山山水水，从"入溆处"到"幽住地"，因为有了屈原的足迹、屈原的词赋和传说而增光添彩！

长潭河

　　每次想念家乡的时候，村前的那条河总是活泼地流动在我的心上，那粼粼的碧波，白白的船帆，长长的板桥，欢歌的碾房，都历历如在目前。

　　故乡的这条长河，流经的乡村、城镇很多，弯弯曲曲，跌跌宕宕，直走得浑身精疲力竭，才扑进沅水。她的大名没有人知道，却熟悉她的许多小名。流经低庄镇的那一段叫低庄河；流经花桥乡的那一段叫花桥河；流经桥江镇的那一段名桥江河；流经我老家长潭村的这一段名长潭河，等等。河以地名，或地以河名，世世代代，约定俗成。但反映出沿岸老百姓喜欢江河、热爱家乡的共同情感。在她们的心目中，这条河仿佛就是她们自己的河。

　　长潭河，长约七八华里，宽约二三百米，涨洪水时宽达上千米。河堤宽而高，堤上是苍翠的杨柳林带，从头望不见尾；堤内是阡陌纵横的农田，绿油油的一片连一片；堤外是青绿绿的草坪和蓬勃的芭茅地。放牛在草坪上，严禁上堤。湘西溆浦水域野性，常发洪灾，长堤成了父老乡亲的生命线，童叟妇幼皆知，仿佛从娘胎里萌生的环保意识。

　　我读完村小，就上花桥完小读书。一江之隔，遥遥相望。冬、春季上学，走木板桥过河，高高的几十根桥架，一溜儿延伸，呈八字形，桥板狭窄，映在水中似一条长线，风雪中过桥，正是孩提时代的一种胆识锻炼。我曾在大风中从桥上掉下河一次，至今后脑壳上留有一块疤痕。记得有一年涨洪水，冲垮了板桥；过河上学，必划渡船而过。几个同学约在一起，除艄公外，有九叔护送，他站立船头，一身血性，手握竹篙，威武雄健，只见一篙离岸似箭，渡船在波涛汹涌中劈波斩浪，他一边招呼我们：坐稳当、心莫慌；一边用尽全力撑篙，直到竹篙弯成弓一样，汗流浃背，手臂肌肉鼓鼓，脚肚筋脉暴暴，一篙得力，船飚出一二丈；若一篙打漂，船就下流二三丈。我从小就体验了"惊涛骇浪"的滋味；也从小钦佩九叔"壮如牛"的力气。几年前，年过古稀的九叔离我远去了。但他那勇闯洪波的英姿，依旧活在我的心里！

　　长潭河，的确是一条长长的潭，澄澈见底。兴许是地势的原因，河水自上而下，从右侧直冲过来，天长日久，大浪淘尽左岸的泥砂而形成了长潭，水深二三米。我小时候钻猛子，不憋足气还潜不到底。那时候，我最喜欢别人放"泻药"，潭中的鱼，浮在水面上直打漩漩，似喝醉了酒一样，迷迷糊糊，手到擒来。那捡鱼的热闹景象，极开心快活，至今难忘。前年回家，我站在河边观鱼，神情发呆，思绪又回到很久以前……一位堂兄弟走拢来，风趣地问道：华佬儿（乳名），你是不是在想当年用"泻药毒鱼"的情景？我微笑地点点头。堂兄弟哈哈大笑：那早成了"老皇历"，生态环保，已严禁"泻药毒鱼"了。

　　若是你还想过一把"震鱼"的瘾，现在还允许。顿时，我想起小时候一边放牛，一边玩"震鱼"的"味事"来。

在河对岸的江边上，碧水清浅，彩石见底，我们常用一块大石头，选准河里的一块石头，用力朝它猛地一砸，然后搬开石头，往往有一二尾小鱼儿被震晕，轻轻地一捉可得。没带鱼篓，临时用一根芭茅穿着鱼，芭茅含在嘴里，心里美滋滋的，洋溢着多少童趣！

家乡多养水牛耕田。水牛是从贵州赶（买）来的。"赶牛"，是由二三个牛贩子赶着一群牛，翻山越岭，千里迢迢，从贵州赶回溆浦，然后到各乡镇的牛市上贩卖。富裕人家一户养一头或两头；中农人家，一户养一头；贫下中农，两户合养一头，各占两只腿，平常，轮流放养；农忙，合理使用。放牛是小孩子的活儿。牵着牛出门；骑着牛回家。水牛生性喜水。夕阳落山前，牛吃饱了草，便到水中洗澡，人也跟着游。我们双手攥住牛尾巴，牛向东游，人亦向东游；牛向西游，人也向西游，自由自在，灵活自如，魅力十足，等到夕阳的最后一缕红霞沐浴在牛背上，才尽兴地匆匆回家。

有一年农忙时节，老牛累病了。睡在牛栏隔壁的父亲，半夜给牛添夜草，它也无力张嘴。郎中看了，也不见好转。于是，就把牛卖给了屠夫。屠夫在我家地场上宰牛，当四条牛腿被捆绑倒地时，它两眼含着眼泪哀鸣。我一看，便掉头跑开了，情不自禁黯然落泪。多少年来，我们牧养着这头老水牛，老水牛却供养着我们全家八口。牛吃进去的是草，吐出来的却是金黄的粮……而今回味起来，那头老水牛才堪称："鞠躬尽瘁，死而后已"哩！

故乡的长潭河啊，我的母亲河！我是属于这条河的。她将永远流动在我的梦里！

远了，踩水车的日子

好多年前，一种心灵的震撼，我一直没有平息过，忘记不了。回乡探亲时，一家人围坐在火塘叙家常。我关心地问侄女："黄花闺女快到嫁人的时候了，对婚事有什么想法？"她轻声细语地回答说："能嫁到白沙田的地方就好，只要不嫁给红泥巴土的人家，我在梦里总这么想。"她的这句话，真出人意料。

外婆家在枞鸡垅，离我家十几里路，一条冲里几百户人家，水田、旱地清一色的红泥巴土。除了几口大小堰塘外，别无水渠灌溉，属于典型的"靠天收"的山里。顺年，风调雨顺，收成还不错；倘遇旱年，稻谷穗难以灌浆，干瘪瘪的颗粒，包谷便只能当干柴火烧。平原地的女伢谁都不愿意嫁到那地方去。

我家住在长潭河边，平平整整的土地，白白的沙田，有的土地可用手捏出油水来。主产稻谷、棉花与甘蔗。与外婆家那里比，算得上比较富庶的农村。但平原与山区，乡与乡之间，也各有各的难处，都有一本难念的经。

老天爷好像疯子似的，不知什么时候发病，要不淫雨，水涝一方；要不天旱，赤地一片。我们村逢暴雨，小河发洪水，淹地毁田，隔几年碰上一回，河里的滚滚波浪流的都是农民的泪；不说大旱之年，就是平常年景，我们那里是靠水车吃饭的。几乎家家有水车，人人学会踩水车。留给人们的印象里，水车是湘西的一道风景。对外地的游客来说，确实是一道亮丽的风景线；而对本地的农民却是一种累人的苦活。水车的主轴上安装两排或三排供双脚踩的木砣子，一块水豆腐大小，柳木做的砣子经久耐用。人走平地或山路，时间久了，腿脚都会疼痛；何况是踩在木砣子上，一脚追一脚，接连不断，周而复始，从清早踩到天黑，脚板磨出厚茧，打出血泡，若是一脚踩空，轻则人像"吊腊肉"，好比抓单杠，重则小腿背脊骨撞伤流血，谁都经受过，说不苦不累是假。

我从小学踩水车，先出于好奇，踩一会儿，玩一会儿；上高中时，逢暑假，必定要干踩水车的农活，因为正是农忙季节，更是甘蔗生长的节骨眼上。那季节，水车是架在田坎上的，歇人不歇车。白天顶烈日，夜晚戴月亮。功夫修炼到家时，踩水车的农活，有时也不乏诗意。皎洁的月光下，悠悠凉风吹拂，听着车子的嘎嘎声音，流水的哗哗响声，好像乡村的音乐，质朴而古老，粗犷而欢畅……最难忘的是，我是踩在水车上接到考取大学的录取书的。弟弟疯跑着，一边狂喊，一手高举信封，"考上了，考上大学啦！"手捧着通知书，忽地眼睛一亮，我仿佛看到一条人生的希望之路、理想之路。从此，也离开了踩水车的日子。

踩惯了水车的一双脚，许多年不踩了，有时脚板底还有些痒痒的，真是这样的感觉。弹指一挥间，20年逝去了。又逢回乡探亲的时候，家乡变了。在小河的上游，修了一座和平坝，连接大坝的两条长长的水渠，名叫和平渠，长约 60 华里。沿途流经一家垴，谢家坎，老大门，祠堂边，向家村，胡家村，彭家村，又汇入小河的中游。看到的水车少了。我家江北的几亩水田，地势在水渠之下，可以自流灌溉。我家的水车高搁在牛栏的屋架上。短短几天，我抬头看过好几次，往日用桐油油得锃亮的长形水车匣，如今已变得暗淡无光，显出了老态。

农村改革开放后，农民对种责任田的积极性提高了，比"挣工分"的年代干活，仔细认真多了，多劳多得，各奔小康。农忙季节，常因自流放水而闹出矛盾，谁都想抢先把渠水放入自己的田里。从家信中，知悉九叔因与别家抢水，而彼此动起了挖锄打架……自改革开放后，党中央、国务院高度重视农村工作，加强对农业的领导。记得连续几年，中共中央一号文件都是关于农业的。水利是农业的命脉。大兴农田水利建设，修水库，建大坝，开水渠，热火朝天。有些农民先富起来了。发展农业，一靠科学，二靠政策。不仅家喻户晓，而且变成了自觉行动。家有地势高的田地，大多不用踩水车了，改用水泵泵水灌溉。"机器声响，丰收在望。"

改革开放以前，我想家乡，又不愿回家乡。有的乡亲对出身地富家庭的子女，在外地当上大小干部的，内心深处仍抱有某种反感情绪。那年代，我差不多 10 年才回家乡一次。进入 20 世纪 90 年代后，几乎每隔一二年便回老家一次。并花了四年时间，行走在大湘西 22 个县（市）的土地上，采风写作。亲身感受到湘西家乡的人气人风变了，新气象层出不穷。不少村寨，几乎家家盖起了新楼，鸡犬相闻，托摩声响，而我熟悉的水车却渐行渐远了。城镇周围的农村，田园菜地上都安装了自动喷水器，毛毛细雨似的轻柔地落个不停，蔬菜绿油油，花卉红艳艳，苗圃鲜活活……

我又想起了侄女。当年，她那么低的幸福底线，也未能实现。命运作弄人，最终还是出嫁到外婆家乡的枞鸡垅，与红泥巴土打了半辈子交道。而近几年来，时来运转。这里兴修了一个大水库，不依赖老天爷了，日子过得红红火火。连白沙地村子里的"超生"小孩，也送到那里让人收养，改了姓名。

在我的城市里，江南有个车溪风景区。因为要建农家博物馆，保护民俗文化遗产，恢复车溪昔日景观，专门搜集来10多架水车供游人观光或体验。每当看见游人兴致勃勃地踩在水车上拍照留念时，便勾起我踩水车的酸甜苦辣来。虽然水车离我远了，远了，但我无法忘记。因为它曾记载了我人生的一部分。

正冲垅的守望者

　　二妹夫仁求土生土长在溆浦花桥（今双井）镇，以扛锄头把为生；二妹由长潭村嫁到花桥，开始城镇化了，逢赶场做小生意，赚点钱补贴家用。过去种田是在镇的周围，如今小镇繁荣发展了，古旧的木板铺面变成了青砖、卷闸门，乡下富裕起来的打工人家也到镇上兴修新楼，农田被大量占用，仁求剩下的田亩远离镇上约六七里，农忙时节已不再是从前的"日出而作，日落而息"，而是要起早摸黑了。

　　仁求有三四丘田分布在白家山下的正冲垅与山坡上。在春天的阳光下，我们沿着正冲垅走着，路边开着野花，树上有小鸟在歌唱，仿佛一步一生香，人也很有心情。冲很深很长，田一丘接着一丘，层层递进，有的似明镜一样，等着"开秧门"；有的油菜花落之后，结出密密的饱满的油菜荚，一片油绿绿的翠色，散发出清新的气息，深呼吸一下，一股芬芳扑鼻而来。远远打望，一丘丘田的油菜颜色深浅不一，有的绿意盎然，有的绿中泛黄。我问仁求：同一条冲垅，同一个季节，怎么油菜的翠绿不一呢？他笑着答道：就像不同人家的小孩一样，生活条件不同，比如，营养好坏、照料粗细，成长也不一样。有的人家的小孩出落得如桃花灿烂；有的人家的小孩长得黄皮瘦叶似的。"庄稼一枝花，全靠肥当家。"仁求的油菜田，在正冲垅有 1.8 亩，位于好地势，但与左右几丘田的油菜相比，色彩较黄，主杆瘦小，荚子也少，下半截呈光杆状态。日后油菜籽的产量自然会低。他毫不掩饰地说：我的这丘田是"靠天收"，没有追肥。若施化肥，就要加大投入；若施农家肥，车路只开通了一半，另一半要靠肩挑，路远，路窄，晴天一把刀，雨天稀烂泥。我已年过花甲了，哪有这把力气？我连连点头称是。这 1.8 亩田，靠里边的 0.8 亩是代人家种的。主人一不要租金，二不要分红，算送给我白种了。这还要看面子。你看，只隔两条田埂，那几丘田荒草丛生，田主曾送给我耕种，我奈不何，力不从心，只好婉言谢绝了。我久久地凝视，心里沉思，好好的庄稼田荒废了，无人耕种，多可惜呀！倘若转变生产方式该多么好啊！

在我的家乡，无处不有冲冲、坳坳、坡坡，但像样的正冲是数得出来的。称为"正冲"者，是凭着它的长度幽深、土壤肥沃、田亩丘大、形状齐整而闻名于乡里。眼前的正冲垅，连绵成片，有 200 亩之多。它与左右两旁坡地的风景迥然不同，山坡上的枣子树，由于缺乏人工的经管，树老、枝枯，好似有病缠身；而坡地的油菜株疏、杆瘦、色黄、荚小荚少，显得营养不良。兴许情有可原，青、壮年男女几乎都外出打工去了，留守在家的大都是老弱病残的农民，田野里的守望者只有少数人。我走在正冲垅里，劳动者的身影寥寥无几，从垅头至冲尾，只看见三五个农民在翻地、栽苞谷、种黄豆。偌大的正冲垅里，春忙季节也失去了往日火辣辣的气氛，白天也如此静悄悄的，不由得一阵阵寂寞袭上心头……

前几天，雨过天晴，妹夫抢着把包谷苗栽完之后，还剩下二分田的面积，因舍不得荒废了土地，这次是来补种黄豆的。撒完黄豆种子后，为防止老鼠、飞鸟偷吃种子，他要穿过几条田埂，再爬上一条红土坡，从自己的地里挖来红沙土掩盖在豆子上。他来回挑了三担。挑土之前，脱掉了旧棉衣，挑完第一担，额头冒热汗；挑完三担后，汗水湿透了衣背。他擦完了汗水后，笑着对我说：大阿哥，这就像你背诵的古诗那样，"锄禾日当午，汗滴禾下土，谁知盘中餐，粒粒皆辛苦"。面对仁求辛苦劳作之后的幽默感，我沉重地苦笑了。

白家山上的夕阳，像一缕缕赤红的彩线，缠绕在枣子树上，铺盖在油菜荚上，给正冲垅的田野增添了一层薄薄的灿烂之光。头发花白、风湿病发的仁求，正跛着左脚走在前面，跟着他渐行渐远的脚步，我由衷地敬佩这位正冲垅里的守望者！

溆水思蒙

　　湘西"溆浦"这个名字，最早见于伟大爱国诗人屈原的《涉江》（九章）里："入溆浦余僶徊兮……"它因溆水而得名。溆水几乎汇合了县境内的主要溪河之水，真正是故乡的一条"母亲河"，在县城西30公里的江口镇流入沅水的中游。自古以来，它把溆浦与外面世界连接了起来，好似人体的大动脉一样。有了溆水，溆浦才有了生命活力，有了勃勃生气。从汉高祖起，就把武陵郡治设在溆浦，长达232年之久。在溆水两岸，已发现有距今约亿万年前的旧石器时代遗址、新石器时代遗址。溆浦历史悠久，文化遗存丰厚，人杰地灵。我是喝溆水长大的，是从溆水走向武汉、走向长江三峡的。无论春夏秋冬，无论雨雪风霜，悠悠溆水都流动在我心中，纠缠在我梦里。

　　溆水的下游，有著名的"屈子峡"，峡谷幽深；有神秘的"鬼葬山悬棺"；有传说屈原作《山鬼》的"明月洞"；有美丽的"思蒙丹霞地貌"，山灵水秀，风景如诗如画。今年金秋时节，从溆水走出去的30多个游子，满怀深情地回到了县城的母校一中。我们乘坐机动木船，沿溆水下行，寻找远去的蹉跎岁月……

　　溆水河面宽阔，碧绿清澈，粼粼波光，漾漾清波，宛

情满绿水青山

如平湖。可我们的心却是波澜起伏。前方是十里峡谷，青峰连绵，山高蔽日，林木苍翠，绿意盎然。我默诵《涉江》："深林杳以冥冥兮，乃猿狖之所居；山高峻以蔽日兮，下幽晦以多雨；霰雪纷其无垠兮，云霏霏而承宇。"眼前所见的情景，好似进入了屈原的诗境中，浸润着屈子的英灵，流动着浪漫的楚韵。难怪这10里峡被称作"屈原谷"。

位于溆水下游的思蒙，一个多么富有诗意的地名。船泊思蒙乡，小镇虽说不上是现代化的建筑，但老街窄巷的泥泞沾脚，吊脚木楼栉比，古风依旧。我们吃着农家饭，喝着"阿贝子酒"，是一种野果子酿出的酒，坐的是木靠背椅，别有故乡风情，油然涌出浓郁的乡情来……

站立船头放目，江边上常见一群群的白鹅，白毛浮绿水，悠然自在地飘游，昂着曲项，向天高歌。好像从天上飘落的一朵一朵白云似的美丽。曾经做过溆浦父母官的伯俊同学，此刻，神情兴奋地说："溆浦鹅，闻名于世。被国家原农林渔业部定为优质鹅种。形体硕大，成年鹅重6公斤左右，在全国排第二位。特别是肥肝性能在全球数第一，鹅肝平均重1公斤以上。溆浦鹅远销海内外。我曾因此而到过法国和日本。它不仅清香味美，鲜嫩可口，肥而不腻，食而不厌；而且鹅肝的胆固醇含量低，可预防老年心脑血管疾病。因此，深受中外顾客青睐。"听着介绍，不由得想起了唐代诗人骆宾王的《咏鹅》诗来……凝望水中的白鹅，那悠然飘游的姿态，可爱极了。

溆水思蒙，两岸为丹霞地貌。那一座座秀峰拔地而起，雄奇似漓江风景，尤以"五佛山"出名。远看，仿佛五尊大佛。最高的小头大佛，比乐山大佛还要高出10多米，双手微垂，神态安详，如坐禅诵经。其他四尊大佛，相挨相连，愈看愈像，栩栩如生，堪称神州一绝。我忽然联想北京碧云寺、汉阳归元寺、宜昌玉泉寺的 500 罗汉。这五尊佛山好像是从罗汉堂外出未归的"捣蛋调皮鬼"。

那天的天气阴转小雨。时有云雾缠绕山腰，江上烟雨霏霏，丝丝如缕，小船在一片迷蒙中穿行，好一个难遇的奇观，细雨霏霏缠绵，乡情萦绕缠人。我油然想起两千多年前的屈原大夫，满怀惆怅，长途漂泊，苍凉孤寂，溯溆水思蒙而上的情景。天蒙蒙，山蒙蒙，水蒙蒙，置身其间，连人的思绪也蒙蒙起来。思蒙啊，思蒙，留给人以无尽的遐想，永远的美丽……

船行平阔的江面，橘林似绿浪荡漾，红橘累累，芳香扑鼻，甜了江水，醉了秋风。当一行行白鹭掠过江面，飘然而来，倏然飞去，或漫步江边，或嬉戏水中，那长长的双腿，那有力的翅膀，抒发出高远的生命追求和美好向往，这大自然的小小精灵，为溆水的原始生态添彩，为思蒙的美丽风光增色，不愧为"新潇湘八景"之一。

情满绿水青山

湘西情

三峡梦

三峡走笔

夜航中堡岛

早春二月，三峡的暖风却席卷着神州大地。

我沿着长江三峡溯江而上。夜航的轮船行驶在明月峡中，连绵的山峰灰蒙蒙的，只有航标灯闪闪发光。

夜静，山静，江静，我的心怎么也不能平静。前方不远就是中堡岛了。

中堡岛是我熟悉的小岛，位于宜昌市三斗坪的江心，面积不到一平方公里。雄伟的三峡大坝坝址就选在这里，多少年来，一直为中外人士所瞩目。

轮船行进在中堡岛的江域，辽阔的江面把我的思绪带到遥远的过去。毛泽东同志的诗词："更立西江石壁，截断巫山云雨，高峡出平湖……"（《水调歌头·游泳》）就是在这里筑起坚固的拦水坝，叫滩多流急的三峡出现一个波平似镜的平湖水库，为我们展示出宏伟的建设三峡、开发三峡的壮丽前景。周总理为了实现这一理想，曾于1985年3月1日亲临中堡岛视察、踏勘。他在踏勘小岛时，恰遇岛上的一户农家生孩子，总理闻讯后，打发随行人员送去了贺礼，表现出人民总理处处爱人民的一片深情。

这件小事至今还在三峡儿女中流传……

小小中堡岛，紧紧地系着全国人民的心。它的每寸土地，每块岩石，都浸透着老一辈革命家和许多中央领导同志的心血，以及成千上万专家耕耘的汗水。为了兴建三峡大坝，岛上的上 10 户人家早就搬家了，老三斗坪镇的群众也热烈响应移民的号召，离开了生养她们的热土，她们日夜盼望的是三峡大坝早日动工，让三峡发电发光！

今夜，凭着引航灯的光照，我又一次看见了中堡岛。那隆起的椭圆形的黑影，已赫然出现在眼前。远处，传来轻轻的机器声，似乎在呼唤着，赞美着。我站在船尾甲板上，好像听到长江三峡的心脏在磅礴跳动……

黎明前的中堡岛，虽笼罩在沉沉的黝暗之中，但我此刻分明感觉到眼前有一股强大的魅力，好像看到了它的辉煌，好像有一轮朝阳从我心中冉冉升起！

雾中神女峰

轮船在巫峡行驶，巫山十二峰排列大江两岸，"十二巫峰见九峰。"我浏览着一座座奇峰，如诗如画，秀丽无比。其中以神女峰最富有魅力，最牵人情怀。云缠雾绕中的巫山，细雨霏霏，一片迷蒙，有七八只岩鹰（雄鹰）在空中盘旋，似乎也被神女所吸引……

凝视云雾中的神女峰，就像披上了一层薄薄的面纱，更显得妩媚。我记得周总理有一次陪外宾过三峡神女峰，曾风趣地向客人介绍说，神女见到了陌生人，有点害羞，不肯揭开面纱哩！

在历史的长河中，她曾帮助大禹治水。传说在江南岸飞凤峰下的平台授书给危难中的大禹斩孽龙、开三峡，孽龙的残尸化作了暗礁，影响航行，神女日夜俯看大江，为过往船工导航；当地百姓害病，她采灵芝为民治病……

神女峰啊，你绝不仅仅只是巫山上的一块人形石头，而是一位心地善良、富有本领的女神，有一颗真挚热烈的心。你是三峡的一位功臣，你是三峡的一座丰碑！待到"截断巫山云雨"时，料想你也会安好无恙。兴许你会揭开面纱，由衷地发出欢笑，惊叹伟大的社会主义时代，如大江东去，奔腾前进！

八阵图沉思

航行三峡，情系三峡。"七百里三峡"（《水经注》）风光如画。

三峡的明天将会发生翻天覆地的变化：屈原故里秭归，城址东移茅坪，昔日的"江上荒城"，将随着滩声一起流逝；神女故乡巫山城，升迁高唐观之上，当会呈现"瀑挂山山树，溪流处处花"的新景象；白帝诗城奉节，倚山上升，以"白帝逶迤作屏障，瞿塘环绕如晶盘"的奇丽，给人以新的向往……

轮船在奉节泊岸，我站立在"依斗门"前，不尽长江滚滚来，闻名的三国诸葛亮"八阵图"（俗称八卦阵）映入眼帘。据说，公元223年，诸葛亮辅佐刘备，赤胆忠心，机智超群，曾在这片碛坝"推演兵法，作八阵图"，以阻止东吴大将陆逊的进攻。"奇才列石尽玲珑，锐比精兵十万雄"；"功盖三分国，名成八阵图，江流石不转，遗恨失吞吴"（杜甫诗）。千百年来，文人墨客无不挥毫赋诗，歌颂诸葛亮的才智和功绩。后来，夔府的黎民百姓每逢农历正月初七（人日），倾城而出，聚会于碛坝怀古，"踏碛"之风俗千秋流传。

我步下高高的青岩石阶，踏上八阵碛，那长约千余米，宽数百米的沙洲碛，平沙茫茫，鹅卵石遍布，令人视野开阔。漫步碛坝，情思缕缕。几千年来，八阵图"春冬时见，夏秋没于水"，复又依然如故，给浩浩长江只留下一条极狭窄的航道。心想，那弯弯曲曲的水线，好似套在船工脖子上的一根绞索……

"截断巫山云雨，高峡出平湖。"唯"八阵图"难以搬迁，它将永远沉没于江底。此刻，我真想为它唱一支挽歌。可开发长江三峡的气势磅礴的交响乐，早已把我的挽歌淹没了。我沉思着，白帝庙前无旧城，万顷碧波吞八阵。然而，人心不似石，人心不如水。诸葛亮的浩魂不会磨灭，他的英气常存，他那"八阵图"永远会在人民群众的心海沉浮！

情满绿水青山

三峡梦

春风三峡路

一

三峡的路，像一首读不完的奇诡的诗。

早在郦道元的《水经注》里就有过绘声绘色的描写："自三峡七百里中，两岸连山，略无阙处。重岩叠嶂，隐天蔽日。自非亭午夜分，不见曦月。"长江三峡，历称山川之胜，也是山川之险。"入峡江渐曲，转滩山更多"（欧阳修）。白居易初入峡有感："上有万仞山，下有千丈水。苍苍两崖间，阔窄容一苇……未夜黑岩昏，无风白浪起。大石如刀剑，小石如牙齿……""难于寻鸟道，险过上龙门"，"巴东三峡巫峡长，猿鸣三声泪沾裳"；"巴人泪应猿声落，蜀客船从鸟道回"（刘禹锡）。李白在《上三峡》一诗中吟道："巫山夹青天，蜀水流若兹，巴水忽可尽，青天无到时。三朝上黄牛，三暮行太迟，三朝又三暮，不觉鬓成丝。"这一首首的诗写绝了、写尽了三峡的路，三峡的路也正像这一首首的诗。

二

　　三峡的路，似纤夫血染的长长的竹缆。

　　还是孩童时代，我就曾读着"朝辞白帝彩云间，千里
江陵一日还。"显然，这是浪漫主义之笔，抒发的只是诗
人李白途中遇赦后的喜悦心情，那"千里江陵一日还"却
是不可能的事。然而顺江东下，倘不覆舟翻船，已算万幸。
船走三峡，"倾折回直，捍怒斗激，束之为湍，触之为漩，
顺流之舟，顷刻数百里，不及顾视。一失毫厘，与崖石遇，
则糜溃漂没，不见踪迹……"待大江出峡，始为平流，如
经历九死一生。故舟人至此者，必沥酒再拜相贺，以为更
生。于是欧阳修在峡口夷陵（今宜昌市），作《至喜亭记》
于江津。而逆水行舟，全靠纤夫拉纤。纤夫翻山越岭，贴
悬崖、攀棘藤，背青天，手趴石，脚下流血，缆勒骨肉，
出生入死，稍不小心，滑脚一步，便会掉下悬崖，葬身鱼
腹。

　　三峡的纤道，是许许多多纤夫用鲜血染成的一条长长
的竹缆，一步一滴泪，一步一滴血，一步一声恨……那挂
在峭壁之上的纤道，下脚仅容足，曲折蜿蜒，崎岖坎坷，
断断续续，忽高忽低，好似飘飘忽忽的人生，悲惨地走向
虚幻缥缈……

　　今天，我们在长江三峡旅行，默诵那一首首古诗，一
路寻觅，一路思索，不能不惊叹这人间奇迹！尤其是小三
峡中的那一口口方孔，迤逦而去，长达一百余里，古时候
是用木条插入石孔，上铺木板，搭成道路，人走上面，颤
颤晃晃，如履薄冰，这便是昔日的三峡古栈道。那长长的
古栈道，就像一行行惊心动魄的诗句。这千古奇观，令人

叹为观止！

　　有一年春上，我在西陵峡的黄牛岩下遇到一位老船工，一头银白的头发，一张古铜色的方脸，留下了风刀霜剑的雕琢痕迹。他有家在宜昌城，有儿女在城里工作。可他老人家却愿意独居在三斗坪附近的山腰，过着日看千轮上下、夜枕大江风涛的清闲日子。问他为何这样？老人朗朗笑答：我做了一辈子拉纤索的人，一生走三峡，能幸存到今天，已经心满意足了，能亲眼看到三峡发生的巨变，翻天覆地，自有纤夫的爱在心头。更何况离此不远，就是闻名中外的三峡大坝。那轰轰隆隆泄水闸的声音，添了多少热闹，一声声流出的是电呀！我久久地看着墙壁上挂着的一条旧背褡，竹篾被血汗浸得光滑，帆布被风雨洗得发亮。时光消逝，背褡仍在。老纤夫抚今追昔，眼眶一下子红了。江河万古流，三峡纤夫永不巧！

三

　　三峡的路，正在开拓的路。

　　经过了漫长的曲折坎坷之后，如今已逐渐走向现实，走向现代。昔日的三峡纤道已经湮没于历史的岁月中，留在炎黄子孙的记忆里。为了服务宏伟的三峡建设工程，大江南北两岸，正在修建起一条条宽阔的公路。江南秭归的风茅公路，逢山开山，在崇山峻岭中向前延伸……；江北的三峡专用公路，约40公里长，桥梁隧洞接连不断，铁十八局、十六局、十四局的员工，战酷暑，斗风雪，遇峡架桥，打通了山体复杂的天柱山隧洞、木鱼槽隧洞；千姿百态的10几座桥梁成了"三峡桥梁博物馆"。

当我们行驶在一条条沿江高速公路上，直通巫山、奉节、万州；江南的宜万铁路，动车直达重庆、成都。李白的"危乎高哉，蜀道难"已成历史的记忆，连通了祖国美丽的大西南。此情此景，令人油然想起"山川壮丽欣重睹，旧梦依稀认血痕"（陈毅诗）。三峡的路啊，正沐浴着灿烂的阳光，吹拂着和暖的春风，开拓前进……

情满绿水青山

三峡梦

悬棺，在我的仰视中

每次走进长江三峡，那峭壁上的一副副悬棺，好像一道道光环让人仰视，留给人以许多的惊叹。

清晨，轮船航行在雄奇的瞿塘峡，两岸连山，峭壁对峙，"苍苍两岩间，阔狭容一苇"。从桃子山顶升起的太阳，被一缕缕鲜红的朝霞托起，似一团火球映照着北岸悬崖上的一个孔穴。远看，隐隐约约；近观，神神秘秘。岩洞里似藏匿着一只大木箱。有的传说，这是鲁班师傅当年路过三峡时存放的工具风箱，须臾也离不得的，叫人将信将疑；有的传说，这是诸葛亮入蜀时藏放的兵书匣。但据考证，这是战国时代的岩葬悬棺。已陆续发现近 10 具。三峡川东地区有民谣传唱：

　　　　红岩对白岩，岩上有棺材。
　　　　金银千千万，舍命拿不来。

因为可望而不可及，一传十，十传百，后来便越传越神秘。

直到 20 世纪六七十年代，考古工作者终于攀上悬崖打开了悬棺，初步破译了这"千古之谜"。原来，这嵌藏于峭壁上的悬棺，系木质打造的棺椁，且因年久腐朽，遗存其中的多为青铜剑、青铜环和骸骨等物件，距今年代约2000年。

清江长阳的武落钟离山，已被认定为巴人祖先的发祥地，现存赤穴、黑穴等遗迹。后来，巴人祖先带领部落沿清江往西征战，生生不息。三峡、川东地区便成了古代巴国的所在地和疆域。悬棺系远古巴民族的一种岩葬礼俗。

小三峡大宁河，河水碧绿清亮，风光秀丽无比。其中"铁棺峡"，以及上游，峭壁上的岩棺累累成群，形成小三峡的一大奇观。铁棺峡因此而得名。据20世纪80年代考古调查发现，所谓"铁棺"并非铁打成的棺椁，仍是木质做的棺材。有的系用一根整木挖凿而成。因年久风蚀，颜色变黑，呈铁色状。棺材里的葬品亦为青铜镜、剑等物，且葬品不多，并非民谣传唱的"金银千千万"。悬棺，藏嵌峭壁，下临宁河。远古巴民族的这一独特的葬礼习俗，引起了许多有关方面专家的研讨兴趣，曾被称之为"千古之谜"。

据记载，"弥高者以为孝。"这是中国古代传统思想观念"祖先崇拜"的一种表现。当地的民俗，将老人的灵柩埋葬的越高、越险，才说明后人的孝心越大、越诚。

历代，中国北方多皇陵，多名冢，占地宽广，气势颇宏伟，似地下宫殿一般，金碧辉煌，排场之极。发掘出的葬品多而华贵，以至稀世珍宝，价值连城，以此来光宗耀祖，显示其高贵显赫的地位。而偏远的长江三峡地区远古巴人的岩葬礼俗，却别具一种黎民百姓的平民味。他们的想法朴素而实际，把老人逝世后葬于峭壁洞穴，不仅可以避免山林野兽的噬咬，以保全尸体完好，让死者灵魂安息；

情满绿水青山

而且可以防止不轨之徒的盗墓、破坏。葬于悬崖峭壁，还可减少风雨侵蚀。这一切，莫不表达出后人的一片虔诚孝心和深厚情意，感人至深。越是朴素越感动人，美好全在于质朴之中。

中国从古至今的伦理思想，向来重孝。后辈对老者讲究孝道，活着的对逝去的先辈要尽孝心。长者死后，后人在规定的时日内披麻挂孝，在灵柩前点灯守孝、围绕棺材杖筒而哭尽孝，等等。伦理中的这一把标尺，已深入人心。远古巴人的悬棺葬礼，兴许就是一种"孝"的寄托方式。但岁月无情，即使是悬棺葬在再高、再险的地方，终究经不起岁月沧桑与风雨的侵蚀而风化腐朽。

所以，现今的老年人期望于子孙的是，尽孝道于自己的生前，以便老有所养，老有所乐，多过一些舒心的日子，享享晚年清福。倘若等到人死之后，岂不万事空矣。

每次走进三峡，我总是忘不了仰视峭壁上的一副副悬棺，浮想联翩。岁月的风雨侵蚀了三峡悬棺，但却磨不去人们的记忆。我久久地品尝着从岩洞缝隙中弥散出的浓浓的人情味和独特的三峡风情！

待到巫山红叶时

虽然生长在神奇的湘西山水间，却对红叶没有留下难忘的印象。直到 1980 年代的一个秋季，才在北京第一次看见了香山红叶。在那高高的山坡上，满眼都是半黄半红的红叶，可惜因为叶子伤了水，红的不透，未免美中不足。

记得第二次观赏红叶，是在 2012 年 11 月，在湖南株洲参加溆浦一中老同学聚会后，过长沙去岳麓山，当车过湘江大桥时，扑面而来的岳麓山红枫，那高大的枫树经过秋霜之后，枫叶正红，层林尽染。我登上岳麓山，漫步在枫林下的曲径上，处处落满了一层一层的红枫叶，环卫工人一边清扫，枫树上的红叶一边纷纷飘落，俯身拾起一片红叶，便情不自禁地忆起我中学语文老师（后调任湖南师院任教）来，那是一次假期，我从武昌回家乡，途经长沙时，陈老师带领我漫游岳麓山的情景。恩师燃烧自己，照亮了别人。他虽已走了，但音容笑貌一直留在我的脑海。几天后，我写了一篇散文《相思岳麓枫叶红》，红叶承载着岁月的记忆，成了一种崇高的象征。

这次溯长江三峡而上，船过幽深秀丽的巫峡时，适逢最美的时节，巫山红叶满山遍野，一片片，一丛丛，一团团，火红火红的，蓬蓬勃勃，生机盎然，灼灼耀眼，壮丽

情满绿水青山

三峡梦

无比，令人想象那是一幅幅的国画，一首首的唐诗，一篇篇的美文，我惊叹，我情醉！

巫山红叶时，是从 11 月中旬开始至 12 月底，甚至第二年元月上旬，红的时间最长，红的地方最宽，从半山腰到山脚，红的颜色最艳，说它红透了绝不为过，用红到了极致绝非夸张。

巫山红叶千姿百态，因为山上的自然生态环境不同，山峰连绵迤逦，阴坡阳坡相隔，生长的树木高矮不等，树种多样，树木的品性有别，待到红叶的时候，有先有后，色彩有深有浅，我们远远望去，高高低低，层层叠叠，起起伏伏，错落有致，既有凌空之壮丽，又有贴地之灵秀，怎一个"美"字了得。在船上巧遇一位巫山神女溪的年轻人，他是上县城申请开办一个土特产公司的审批手续。土生土长在巫峡山中，从小踏过了巫山许多山峰、岩岭，长年行走在长满荆棘的山道上，识别与熟悉许多花木。他告诉我：黄栌树、木子树高达五米以上，红叶自然凸显在高处；五倍子树红叶高约三米多；木瓜子树红叶约一点五米；前胡红叶约一尺上下；小灌木丛大多半米左右；更有爬山虎红叶趴地而生，等等。因此，巫山红叶各具风姿，绵蜒起伏，打个比方说，好像没有建三峡大坝前的峡江波浪一样，滚滚滔滔，一浪高过一浪。我心想，原来巫山红叶为何红得那么烂漫，红得那么壮丽，红得那么雄奇，红得那么妩媚，其奥妙缘于此啊！

我改乘小游船驶进神女溪，两山夹峙，窄的地方仿如一线天，清流碧透，红叶映水，轻轻荡漾，赏心悦目之极。尤其是能看见"巫山十二峰"的另外三峰的倩影，即：起云峰（生长云雾的山峰）、上昇峰、净坛峰，大开眼界。

过去船行巫峡，我们只能"十二巫峰见九峰"；而今三峡大坝蓄水后，才能让游客目睹隐藏深闺的"三峰"。仰望山顶上红叶掩映的木屋，那是"一户人家一个村"，被誉为"怀抱一江水，背靠一座山"。巫峡人与红叶朝夕相处相伴，红叶落身上，脚踩红叶路，红叶飘进窗，燃起来火旺旺，烧得"三砣"（苞谷砣、洋芋砣、红苕砣）满屋香。

靠近飞凤峰的山嘴，是神女溪的出口处，坐落于青石村，站在青石村是观对岸神女峰的最佳位置。当地老百姓习称"巫山是神女的故乡"。待到巫山红叶烂漫时，遥望神女峰下，红叶从她的脚下一直红到山麓，一片连成一片，逶迤而下，火红艳丽，加上阳光照耀，形成视觉反差，使得红叶都红透红透了，让亭亭玉立的神女满脸绯红，红光闪闪，诗意盎然，好像装扮好了、正欲上花轿的新娘一样，身穿红衣红裤红鞋，走在宽阔的红地毯上，更加婀娜多姿、百媚千娇，正在丛中幸福的微笑。仙女下凡，入乡随俗。王母娘娘的第 23 个女儿瑶姬正要出嫁到巫山了。此时此刻，巫山红叶映红了神女故乡的天，照亮了神女故乡的云，成为巫山神女精神美的最华丽的装饰品。

青滩遗韵

青滩，西陵峡滩多流急的险滩之一。明朝嘉靖二年（公元 1523 年），因在这一带（瓦岗）又发生了一次大的崩塌，山裂石飞，堆积江中，大江断流，又名新滩。

江南岸的一个小镇，因滩名而称之为青滩镇。镇虽小，名气却不小，曾在三峡历史上辉煌过，风流过，给三峡留下了回味悠长的遗韵。

据载，"当崩之日，水逆流百余里，涌起数十丈。""嘉靖二年崩瓦岗，压死好多神邦邦"（即四川船邦）；"蜀道青山不可上，横飞白练三千丈。"这些民谣唱出了三峡人和过往行客的惊心动魄。

每逢枯水季节，青滩流急滩险，波涛汹涌，泡漩喧嚣。船行至此，非纤夫拉船才能上滩。一只木船需要一二十个纤夫拉；一艘轮船则需上百个纤夫拉。那一根根粗粗的竹缆套在扯滩人的肩膀上，越用劲，勒进肩膀越深，有如绞索，扯滩人背朝天，脸朝地，脚蹬石头手趴沙，一步一声号子，一步一把血汗，峡谷回荡着悲怆声，引来猿鸣声声泪沾裳……船只下滩，船工也是提心吊胆，好比"船从天上落，惊定贺重生。"如不出事，乃人生之至喜。故修建"至喜亭"于西陵峡口。由宋朝欧阳修作《至喜亭记》。

如遭遇不幸，触礁船破，则江浮死尸，财物横流。民谣唱道："打青滩，绞青滩，祷告山神保平安。山神如要动肝火，人船定要上阴间"。为了客人保命、货物保险，船只上下青滩，采取"搬滩"办法。船到青滩时，客人统统下船，货物全部起坡，等空船闯过青滩后，客人再上船，货物重搬进船舱。因此，小镇常滞留许多商贾、旅客，也聚集大量土产与洋货。一条石板街，店铺连店铺，客栈挨客栈，鳞次栉比，人流如水，流成江河，生意兴隆通四海，财源茂盛达三江。小镇热闹繁华了，灯火辉煌，通宵达旦，风味小吃香了一条条街巷，风流韵事飞短流长，花了人眼，醉了人心。"青滩的姐儿，泄滩的妹"。一传十，十传百，越传的神秘兮兮，越令人想入非非……

生活在青滩的女子，出生在山清水秀的西陵峡畔，一个个肤色细嫩，长得水灵，模样好看，似清水出芙蓉一般美丽。但由于家境贫穷，没有条件上学读书，没有机会走出大山见世面。只好囿于小镇，或帮家里开店，或在客栈帮工，或摆小摊做生意。家家店门从早开，来的都是客，满脸赔着笑，热言接待客，一回生，两回熟。有的成了朋友，有的成了相好。昔日船工跑川江，"蜀道三千，上水百日。"船过青滩时，就在这里找一份温暖和情意；而青滩的姐儿、妹娃也因此获得一份礼品和帮助。多情的人缠缠绵绵，依恋不舍；凑合的人一夜风流后，各走各的路。女大当嫁。一旦嫁了人家的姐儿妹儿，必专心侍奉其丈夫，遵守妇道。也有人严守一份人生的隐秘。

青滩的老百姓，靠用苦力过日子。"一年三百六十日，天天背煤拉索索；一天不背不拉索，全家老小都挨饿。"扯滩有滩头；力行有驮夫头；捕鱼有鱼坊头，等等。那大大小小的"头"，像大江的巨浪，似压顶的高山，欺压、剥削着这一带的纤夫、力夫、渔民与船工。世世代代、祖祖辈辈，青滩滩声流日夜，流的都是他们的血和泪……长江三峡的航运史上，永远记载着这沧桑凄凉的一页。

那时，我们徜徉在青滩古镇的长江边，观看渔民的劳作。他们手握箢网的竹竿，顺着江流的方向舀，犹如张开大口，等着上斗的鱼进口一样。一站就是一天或一夜。走近一位老者，他的姿势娴熟轻巧，有节奏地一舀子、一舀子的舀着。舀鱼人的功夫在于耐心和耐力。奇惊的是，老者网网都不漏空，不是七八条刁子鱼，就是三五条翘嘴白。看着看着，喜上心来，啧啧赞叹：青滩的鱼真多啊！老者看我一眼，引起了他的谈兴：你们工作同志是头回到青滩的吧！比起往日来，真是小巫见大巫。往日我们舀鱼，舀一箢网，先要退出半箢网的鱼后，再舀起来，要不，怕网装满了，超重盛坏网哩！产鱼多了，吃鱼就像山里人吃腌菜一样。可这些年来，青滩鱼少了，长江鱼少了，舀鱼人的收入越来越少。老渔翁的话，引人深思。加强保护三峡鱼类的生态环境，已是当务之急。

老者很慷慨，从鱼篓里捧了两捧白花花的鱼送给我们。我们兴冲冲地提回旅社，请老板娘加工。老板娘热情大方、温柔微笑。眼前的她是新时代的"青滩的姐儿，泄滩的妹"了。一时来不及买醋，便用泡菜坛子的水代替。但熬出的酸菜鱼汤鲜味无比。我们兴高采烈，感觉从来没为喝过这么鲜美的味道。直到今天，我仍还记得在青滩喝到的鲜鱼汤。下意识地咂了一下嘴，似乎感到额头上还在微微地冒汗。

三峡的秋色，两岸千寻壁立，峰峦叠秀，云环凝翠，满山红叶。青滩的橘林，金果累累，似挂上千盏万盏红灯，映照江上，满山飘香，如诗如画。漫步橘林，赏心悦目，香气扑鼻。一群青滩的姐儿妹儿，正在摘柑橘，她们边摘边唱。那笑脸，比柑橘红，那歌声，比脐橙甜。见了我们连声热情打招呼：请自己动手，多多品尝，管吃饱，不收钱。格格地笑个不停。这是我们青滩遗留下来的老传统。听了这话，脐橙未进口，心儿早醉了。

青滩的一次大滑坡，把一个热热闹闹的青滩夷为荒城。好在地震台预报准确，镇上 1000 多人事先安全地转移了。青滩已经搬迁到江北岸，改名新滩。名副其实的新滩。

情满绿水青山

三峡梦

香溪流香去

　　兴山"朝天吼"漂流的惊魂还未平静，我又扑进了悠悠香溪河的怀抱。那潺潺的碧水，淙淙的音韵，水中的倩影，令人一见钟情。

　　公元前52年，兴山宝坪村王襄家出生一个女孩，取名王嫱，字昭君。据《兴山县志》记载，王嫱家临水而居，她常在河边浣洗手帕，日子久了，溪水散发出幽微的暗香。于是当地百姓称之为"香溪"。这是何等富有感染力的艺术想象啊！王嫱自小长得十分灵巧漂亮，聪颖伶俐，人品高尚，通琴棋书画。有人称赞"王嫱有艳色，天下花不如"；也有人称"飘飘秀色夺仙春，只恐丹青画不真"；唐宋"八大家"中的曾巩诗云："娥眉绝世不可寻，能使花羞在上林"；连一代才女蔡邕也赞之曰："昭君，端正闲丽……有异于人"。在女姓中称赞别一女子绝美者实属不多。历代文人墨客描写王昭君之美，都只能统而言之，形容词达到了极致，用尽了之最，只因未能一睹芳容之憾，难怪都无以具体描写其美色。王嫱年仅十七，就被选美入汉宫。赐"明妃"。后来，王昭君和西施、杨贵妃、貂蝉并称中国古代"四大美人"。

　　香溪清亮的水是香的，香溪两岸的橘林十里飘香，宝坪村的"三熟地"风吹稻花香,香溪女儿王昭君的名字至今香如故。那络绎不绝的膜拜者,莫不想从香溪的碧波里发现一点昭君的奥秘,莫不想从香溪的彩石中拾回昭君的梦。好多年前,我陪同李汝伦、韩笑、沈仁康、李士非、康濯、峻青等几十位著名诗人作家,兴致勃勃地在香溪河边寻觅、徜徉,仿佛每一颗五彩石子都有夺目的异彩,都有盎然的诗情画意……

香溪流香去,重来访故里。当我来到兴山昭君纪念馆,伫立在汉白玉的王昭君塑像前,那玉洁冰心、天真纯洁,那美丽绝代、嘴唇微启的笑容,如生栩栩,依然倾城倾国。争相同她合影留念的人,其炽热的情状远胜于当代顶级明星的"粉丝"。面对此情此景,即使不是诗人,也会诗情涌动。

沿石阶而上,昭君宅的中堂,字画琳琅,人头攒动。女导游介绍:右侧厢房是王嫱出生的地方。正是八月十五的子时,天空圆月高挂,银辉皎洁洒地。王嫱与月亮天然地联在一起。圆月明朗靓丽,蛾眉月儿更显娇柔妩媚。古代常用"蛾眉"形容女子的美丽婀娜。但王昭君却是"娥眉绝世不可寻"。低吟八大家的诗句,令人怦然心动!凝目寂静的卧房,山风吹乱了窗棂上的橘痕、竹影,却吹不散我心中美人的音容……

王昭君"入宫数岁,不得见御"。因为宫廷腐败之极,昭君看在眼里,义愤在胸,她不愿贿赂画师,毛延寿略试手惋,有意丑化。昭君便被冷落在后宫,虚掷青春,命运坎坷,凄凉曲折。但她性格倔强,绝不向邪恶低头。性格决定命运。这对王昭君亦是如此。但昭君的过人之处,乃是她善于抓住机遇。当她得知匈奴呼韩邪单于前来汉朝廷

情满绿水青山

三峡梦

求亲时，王昭君挺身而出，自愿请行，不怕边塞艰苦，毅然远嫁匈奴。这勇敢的举动震动了后宫。临辞之际，在金碧辉煌的未央宫，王昭君"丰容靓饰，光明汉宫，顾影徘徊，竦动左右"。年已半百的汉元帝一见，大惊失色，张大嘴巴，不能自持。汉元帝怕失信于匈奴，遂忍痛舍之。并因此改国号为"竟宁"（意即天下太平安宁），赐昭君"宁胡阏氏"称号，并把毛延寿斩首。

昭君出塞前，被恩准回乡省亲。短短的十天半月，却在香溪河留下了许多优美生动的传说故事。比如，"珍珠潭""小礼溪""大礼溪""昭君台""桃花鱼""鸽子花"……饱含深情，把亲情、乡情、民族情融为一体，感天动地。我曾为此作《桃花鱼赋》："挺身出塞草茫茫，满怀乡情飞泪雨；滚滚泪珠沾花瓣，化作一河桃花鱼……"

多少回，我沿着香溪河来去，思绪纷飞，浮想联翩。在"昭君自有千秋在，胡汉和亲识见高"（董必武诗句）的一片赞颂声中，融入了一个年轻弱女子、天生丽质的绝世美人浓郁的人生五味，以及她的情感纠结，性格冲突，从而在机遇的挑战中，超越自我，脱颖而出，达到了自我道德人格的完善，成为中华民族的一位伟大女性！

多少回，我围绕在香溪源神农架的珙桐树下，轻轻抚摸鸽子花洁白的花瓣，那晶莹的露珠，好似昭君思念家乡、牵挂亲人的眼泪。除了她自己，谁能知道她所流出的眼泪的分量？百里香溪汇入了昭君的泪泉，浸润着昭君的体香，即使岁月流逝，烟雨苍茫，人民心中的香溪也会永远流香而去……

沈从文过三峡记

中国历代文人过长江三峡，无不为西陵峡的滩多流急而触目惊心，"三朝又三暮，不觉鬓成丝"；无不为巫峡的秀丽而欣然命笔，"行到巫山必有诗"；也无不为瞿塘峡的雄奇而惊叹不已，"不尽长江滚滚来"……

1951 年 10 月 25 日，沈从文被分配到四川内江参加"土改"工作，下午七时上火车，一队人马离北京至武汉，然后溯长江而上，从宜昌入三峡。入峡这一天正是 11 月 1 日。他在致夫人张兆和的信中写道："船今天已入峡，一切使人应接不暇，动人之至。孩子们实在都应当来看看的。真是一种爱国教育！"30 多年前，沈从文曾在湘西的一个军队上吃粮（即当兵），浪迹于湘黔川边境上，便神往于三峡，终未能如愿。此时此刻，沈从文头一次入峡，那一见钟情的激动是可想而知的。他在信里前后三次用了"动人之至""动人得很""感人之至"来表达自己的心情。这四个字即便没有具体的描写，他的夫人张兆和（《人民文学》编辑）也一定会读懂其中千言万语的情思而张扬起想象的翅膀。

西陵峡，峡中有峡。在沈从文的心目中，这是"一个重要峡"，已过"清冷峡"（应为崆岭峡——引者）、"兵

情满绿水青山

三峡梦

书宝剑峡""新滩""秭归""巴东"。昭君村和屈原宅也过了。唯对"屈庙"与他心中的向往、和历史的应有情形不大相称，眼前的屈原沱岸上的屈原祠，"不过如一个普通龙王庙蠢立于半山岨而已"。足见伟大诗人屈原在沈从文心中的崇高地位和文化重量。如此小庙怎能装得下屈原的伟大呢！

西陵峡留给他的深刻印象是水急黄浊、山高陡绝与壮而犷悍。"前后通是山，水在山中转……水急而深。船一面行进一面呼唤，声音相当惨急。两山多陡绝。特别好看是山城山村，高高吊脚楼，到处有橘柚挂枝，明晃照眼。小湾流停船无数，孩子们在船板上船棚上打闹。一切都如十分熟悉又崭新陌生。"沈从文从小流连于沅水流域的城镇与码头，沅水清绝透明，两岸青山秀峭，别是一种风景，其美尽在《湘行散记》的字里行间。而初入峡的沈从文虽对长江三峡了解不太深，但描述还是相当老到的。令人不能不十分佩服他的艺术天赋。

轮船在艰难的前进，那惨急的呼唤声音，让他联想到李白、杜甫、白居易、陆游从前过三峡的沧桑情景，那悲哀就像流水一样层叠于心。

巫峡秀丽擅奇天下。过神女峰，沈从文和土改工作队员一样，完全被峡景所吸引了。"秀拔直上天际，阳光强烈，因之斑驳白赭相间，特别美观。"这种奇遇似远离了"流行色"。惯常过巫峡神女峰，天气大多为云雾缭绕，神女像罩着薄纱似的，俯视江上，含情脉脉，更加妩媚动人。想必土改工作队员即将奔赴斗争的最前线，老天也许格外恩赐，为他们事先洗刷一番身上的小资情调吧？沈从文一向是追求美的。他正用眼和心寻觅着，观察着，思索着，巫山"上流一点有个山，山头圆圆的，上面有个相当大的庙宇，可能是什么楚王神女庙（即高唐观——引者）。下游一点一个尖山，相当高，上面也有个小庙，好看得很"（即宁河渡口那座尖山顶上的小庙——引者）。在长长42公里的巫峡中，神女庙的确有好几座。神女故乡的黎民百姓，因感恩于神女为其护航、为其采药，就在显眼的位置修建多座庙来祭祀她，广大百姓是爱憎鲜明的。神女峰不仅是巫山顶上一块独具人形的奇石，而是我们心中的真善美的女神！

沈从文在新中国成立前后，曾受尽毁谤，身处逆境，脱离文坛，失去了创作的权利。但他的文学理想依然深埋在心中。同行的大家都靠船边玩，或说笑话，或看江景。可沈从文却泛滥着别一番心思："照我理想说来，沿江各地，特别是一些小到二百或不过三十户的村镇，能各住一二月，对我能用笔时极有用，因为背景中的雄秀和人事对照，使人事在这个背景中进行，一定会完全成功……可惜不易得那么一个机会"。

这一次，沈从文过三峡，特别使他感动的是，那保存太古风的山村，那在江面上下的帆船，那三三五五纤夫在岩石间的走动，那江上已经起了的薄雾，那江边货船上的装货呼唤，那弄船人的桨橹呀呀声、船板撞磕声，还有那黑苍苍的大鹰就（即岩鹰）在江面上啄鱼的雄姿，一切都自然综合成为一个整体，融合于迫近薄暮的空气中，动与静契合，雄与秀并存，而与环境又如此调和，真是伟大之至，感人之至。这一切，都在他生命中"形成一种知识，

情满绿水青山

三峡梦

一种启示，——另一时，将反映到文字中，成为一种历史"
（《巫山县船上》）。然而，所有这一切都只剩下了回忆
与反思……

抚摸地底下的沧桑古朴

　　黄河是中华民族文化的摇篮，源远流长。同黄河一样，万里长江也是孕育中华文化的摇篮，中国的古人类及其史前文化，与黄河流域并行发展，也是中国人类、世界人类的发祥地。

　　兴建宏伟的长江三峡水利枢纽工程，是中国人民近一个世纪的长梦。其间几经波折，风风雨雨，科学论证长达40年，大坝坝址最后选定在西陵峡的中堡岛。1992年4月3日下午，全国人民代表大会通过了兴建三峡工程的议案，多数电子显示器上同意的灯光，代表了中国亿万人民的心愿。神州欢呼，举国欢腾。人民记住了这一天，历史也记住了这一天！

　　当时，我们想象着，建成的三峡大坝将是万里长江上一条卧波的巨龙；而对三峡坝区的文物考古发掘，则是地底下中华长龙上的一节一节历史文化遗存的新发现。具有科学发展观的党政领导和专家学者，对于中国的物质文明与非物质文化遗产是同样看重的。国家文物机构和省市文物部门抓住三峡工程的时机，果敢决策，积极行动，调兵遣将，开赴现场，对三峡坝区及周围乡镇进行了大规模地、抢救性的考古发掘，而且历时之久，次数之多，都是空前的。

神奇的中堡岛，长江三峡的江心岛。早在 20 世纪 50 年代，刘少奇主席曾在这里下船视察过；周恩来总理曾亲自上岛踏勘过，还留下人民总理爱人民的历史"佳话"。后来，它一直为国家领导人和水电专家权威们所关注。这里，不足 1 公里的小岛，成了宏伟的三峡大坝的坝址，正式开工的炮声从这里打响，破土的第一铲砂石在这里开挖，地下文物考古的探索从这里开始。先后多达 200 余人。20 世纪 50 年代末，长江水库考古队最先调查发现了"中堡岛遗址"。党的十一届三中全会之后，文物考古工作思想解放，艰苦奋斗。为配合葛洲坝水利枢纽工程和三峡水利枢纽工程的建设，由国家文物管理局出面组织，并调集全国各地的部分文物考古专家、考古工作者、有关高等院校师生，对中堡岛遗址进行了三次发掘。我们忘记不了这历史性的功绩。

第一次大发掘，是在 1979 年 10 月至 11 月，宜昌博物馆的文物专家与四川大学历史系考古专业师生一行，对中堡岛遗址进行了发掘，共布探方 10 个，发掘面积 225 平方米，遗址文化地层堆积从上至下共 11 层，深约 4—5 米。该遗址的主要内涵为新石器时代遗存，文化延续时间较长，文化特征明显。如生活用具的陶器，其中圆底器和圈足器十分发达。釜、罐、盘、盆、碗和缸等，这是最基本的陶器组合。又如生产工具中，大量使用的是石器，这一特征十分突出。

第二次大发掘，是在 1985 年秋至 1986 年秋，历时整整一年。由国家文物管理局领头，组织宜昌博物馆及部分省、市的考古专家和文物工作者，成立了"三峡考古队"，约计 30 余人。在这次发掘中，著名考古学家、北大教授俞伟超先生亲临指导，并在桃花岭饭店作专题学术报告。另外，南京大学、吉林大学考古专业师生共计 70 多人，也参加了发掘工作。这次发掘的面积为 300 平方米，在中堡岛遗址的中部发掘出 14 个文化层，深约 3 — 7 米。仍以新石器时代文化遗存为主，特别是大溪文化遗存最为丰富，距今约 6400 年至 5300 年。其中，在 7 个层位中还发现所有遗址地层中都有一层厚薄不均的鱼骨层，有的鱼骨层厚达 1 米以上，更有的纯粹是一个鱼骨坑，还有夹杂着一些蚌壳和兽骨，以及一些动物骨骼，这些动物骨骼、鱼骨，在整个新石器时代遗存中都有发现。更值得注意的是，在大溪文化地层中还发现有大象的牙齿。由此可证，当时新石器时代晚期，原始居民是以捕鱼与狩猎为主要生活来源的，同时家畜饲养业也占一定位置。中堡岛遗址，地处江心，靠江岸为山坡，无耕作面积，无法农耕，因地制宜，便以捕鱼打猎为生。这是中堡岛遗址黎民百姓生活的真实写照，是华夏民族历史中的一页。目睹这些出土文物，我们好似抚摸到地底下的历史沧桑与古朴……

第三次大发掘，在 1993 年 4 月至 12 月底，仍由国家文物管理局领头，调集 11 个省、市的文物考古专家与文物工作者 30 余人，宜昌博物馆派出 15 名文物考古工作者，再次对中堡岛遗址进行了大规模的抢救发掘工作。在三峡工程开发总公司的密切配合下，花了近一年的时间，完成了对中堡岛遗址主要部分的抢救发掘任务，并于 12 月 22 日移交给工程建设部门。这次抢救性的发掘共开探方面积 5000 平方米，超过前两次的发掘面积 10 倍。发掘文化地层堆积共 13 层，最深层为 9.55 米，亦是空前的。这次发

情满绿水青山

三峡梦

掘成果累累，获取陶、瓷片约计 12 万余片，石器达 3000 余件，其中可复原的陶器、瓷器达 3000 多件。

中堡岛遗址发掘出的出土文物，其年代标尺为新石器时代至夏商时期，跨度较大。文物中以石器居多，年代越早，石器越多。石器多为生产工具，制作石器工具的原料，主要是就地取材的。因为中堡岛遗址附近多山，石料丰富。发掘的石器主要有：斧、锄、铲、凿、刀、矛、杵、锛，另有敲砸器、刮削器和雕刻器等，此外，还出土一件"石祖"，系用黑色石料雕刻成的男性崇拜物，自有古人类生理学价值。

在出土的大量陶片中，以泥质红陶，夹砂褐陶为主，另有一些黑、黄色的陶片，大多为素面，也有的饰戳印纹、绳纹和压划纹等，还有彩绘雕，一般为红衣黑彩。在器物制作方面，早期以手制为主，后期轮制的逐渐增多。主要陶器有：罐、釜、碗、盘、盆、豆、杯、壶、缸、钵、支座与器盖等。特别是在中堡岛新石器时代地层中，出土了 8 片带刻画符号的陶片，专家称其为"重要发现"。它为研究中国汉字的起源提供了具有学术价值的实物资料。

1993 年，宜昌博物馆考古工作者在中堡岛中部约 80 平方米的范围内，发掘出 23 个屈家岭文化时期的器物坑，其中 21 个坑相互叠压打破关系。屈家岭文化时期，距今约 5000 年到 4600 年。它的遗物基本上是由大溪文化的基础上发展起来的，其石器与大溪文化一样，只是磨制数量略多，陶器大件缸与锅较多；泥质黑陶多，器物制作较精致。21 个器物坑内出土文物多达 1000 余件。器形以高圈足杯居多，其次，有双腹豆、双腹碗、壶形等；石器有锛、凿，磨制手艺精致。这批器物坑不仅在三峡地区未曾见过，而且在长江流域也是头一次发现。坑内未发掘出人骨，器物放置非常集中，方向朝着西南方，显然这是人为的有目的摆设。这些器物坑应同当时祭祀风习密切相关。很多很多年以后，宋朝欧阳修贬任夷陵县令时，曾在写夷陵山水风情的诗篇中，多处描写夷陵地区"淫祀"的风俗。这也许是三峡夷陵源远流长的历史之延续吧！

从出土的不同文物来看，历史的演变与发展脉络十分清晰。夏、商、周时期，石器明显减少，大多为磨制品，其器物之形状比较规整，主要石器有：斧铲钵与尖状器，雕刻器等。陶器多为生活用具，都是夏商时期巴人的典型生活用品。中堡岛夏商巴人遗存的发现，为研究与考察这一地区巴文化的发展和演变的历史过程提供了丰富的宝贵的实物资料。在被认定为西周、春秋战国时期的地层中，出土的陶器主要是：鬲，豆，盆，罐，壶，钵等生活日用品，均为楚文化的典型器物。从而标志着楚国的势力日益强盛，已经西进至长江三峡地区。实践生动地证明：地上有一部中国历史；地底下也隐藏着一部中国历史，这两者是相互映照的，闪耀着同样的思想和艺术的光辉。

从中堡岛遗址大量的出土文物中，证明我们的祖先早在6000多年前，就开始在长江西陵峡一带繁衍生息，为历代人类居住奠定了物质基础。这三次考古工作的巨大成绩，将载入共和国60年的辉煌史册！

长江啊，中华民族的母亲河。而三峡地区不仅风光雄奇壮丽，水利枢纽工程宏伟，并且历史源远流长，埋藏着一座瑰丽的文化宝库。自古以来，长江三峡地区就是中华民族长江文明的壮丽舞台和文化交流的重要通道，它保存着从旧石器、新石器时代，经历夏商周时期，直到宋元明清各代的文物古迹，好似一部珍藏于地底下的"中国通史"。当我们抚摸地底下的沧桑与古朴，心中奔涌出一缕缕民族的自豪感！

（文中发掘资料，参考了《长江三峡工程文物保护项目报告》，谨向编委会的沈海宁、吴宏堂、王凤竹先生表示衷心感谢）

龙口激浪

"合龙"是三峡水利枢纽工程的技术名词，从长江左右两岸抛投砂石一寸寸地进占，一寸寸地缩短，最后两条戗堤合龙截流。在老百姓嘴里就叫作"腰斩长江"。而在伟大诗人的笔下则艺术地称作"更立西江石壁，截断巫山云雨"，多么气势磅礴，何等雄伟壮丽！这场大江截流龙口大战，是三峡工程的攻坚战，是举世瞩目的历史壮举，是三峡建设史上的一个重要标志。

金秋十月，秋高气爽，红橘飘香。截流龙口进占拉开了战幕，车流滚滚，烟尘飞扬，给三峡抹浓了秋色，让人遥想三国古战场的历史场景。只是这场鏖战规模更大，强度更高，装备更新，战将更加威风凛凛。看，一台台大型装载卡特车，大吞大吐，川流不息；一辆辆推土机，胜似神话中黄牛岩的神牛，所向无敌，排山倒海。施工现场的葛洲坝集团的指挥员们，巍然挺立在前哨，指挥若定，坚毅沉着，眼观八面来风，脚踩万顷江涛。

经过几天几夜的连续奋战，大江龙口一米一米地变窄，由 200 米宽缩窄成 130 米；由 130 米龙口缩窄为 90 米；再由 90 米龙口缩窄为 40 米。这些平凡的数字，突然变得魅力无比，紧紧地扣人心弦。真难以想象，这个阶段进占共向长江抛投石料 16.7 万立方米。完全把古代神话中的"精卫填海"现代化了。不断进占，不断抛投，不断推进。每进一尺一寸，都要葛洲坝集团的建设者付出辛勤的汗水，科学的智慧，勇往直前的精神。

截流龙口愈窄，龙口的流速就愈急，最高达到每秒四米，而长江的流量为一万立方米左右。如此巨大流量，要通过窄窄的龙口，那声响超过雷鸣，那惊险好像当年黄河花园口决口；那激流胜似夔门激浪，令在场人目瞪口呆！

鏖战截流龙口，是一场惊天动地的硬仗。进占中不时出现"零进度"，即连续两三个小时戗堤未能进占一两寸，只见抛投的石料，忽地一下子就被急流冲走了。面对这种十分紧急的情况，富有丰富实践经验的葛洲坝集团公司的决策者们，沉着应战，及时调整抛投方案，动用大石料、高强度抛投，以形成"挑角"，终于稳住了阵脚，扭转了战局，压住了激浪狂涛，使进占重新顺利地进行。倘若有人问：什么叫战天斗地？在三峡截流龙口，我们又一次领略到这惊世的场景，得到了完满的答案。

1997 年 11 月 8 日，是三峡工程大江截流倒计时的最后一天，是三峡截流合龙的日子，也是举世瞩目的历史瞬间。这一天，特邀的 1000 名贵宾，从各个省市赶来了，从海外的各地赶来了。他们激动地站立在龙口两边，等待着胜利的时刻到来。国家的主要领导同志也从北京赶来了，亲临龙口激浪的前哨。青山举起森林般的巨手，大江唱起交响的颂歌。他们的挥手就是巨大的鼓舞，他们的目光就是精神的力量，他们的微笑就是合龙的胜利捷报。

11 月 8 日，葛洲坝集团的指战员们，斗志昂扬，一鼓作气，出动 350 台（套）大型设备，川流不息，头接尾，尾接尾，接连不断地抛投石料及砂料达 6 万多立方米，终于抢占龙口，截断激浪，锁住长江，胜利完成合龙！

当天下午，不尽长江滚滚水驯服地经导流明渠——三峡人工河滔滔东去，而三峡儿女的心潮卷起了千层浪……

巫山神女无恙地微笑了。千山万水响起了欢呼的回音。三峡工地又吹响了大战第二期工程的号角。

我们无比激动地翘望截流的历史壮举，由衷地发出赞叹：三峡建设者不愧为长江母亲河的中流砥柱！

情满绿水青山

三峡梦

邀神女同行（外二题）

船行巫峡，幽深秀丽，云雾缭绕，烟雨迷蒙。巫山神女罩着薄薄的面纱，依然绰约，亭亭玉立，美丽动人。多年以来，曾为神女峰的优美传说所感动，魂牵梦绕。今天，重过神女峰，好像他乡遇故人，心情格外激动。忽然想起唐代大诗人李白，曾在月下"举杯邀明月"的浪漫情怀，油然生出挥手邀神女的风雅。

兴建长江三峡水利枢纽工程，"更立西江石壁，截断巫山云雨，高峡出平湖。神女应无恙，当惊世界殊。"三峡变美了，巫山面貌一新。想必神女是乐意还乡的，是会欣然与人同行的。飘飞的遐思，凝固在幽深峡谷的峭崖上。神女翩翩而至，与我们踏浪同行。

夜色朦胧，山影憧憧，波光粼粼。巫山长江大桥，犹如天上的彩虹，迎接远方的客人。霎时，华灯闪亮，新城火树银花，绚丽灿烂。神女兴致勃勃，她寻觅"宁河晚渡"的古渡口。这"巫山八景"之一的渡口，已经淹没在江底；她想漫步以她十二姊妹命名的条条老街古巷，也已成废墟，步履维艰。她只能轻唱挽歌，深情凭吊。那每一级坎坷的石阶，无不洒下过巫山儿女艰辛的血汗；那每一条弯曲的石板街道，都叠印着历史的沉重……

我们仰望，高高的山上，崛起一座新城，蔚为壮观。神女微笑，神女自豪，也许心想：她曾经摘下的片片彩云，而今已化作巫山新城的多姿多彩；她最先迎来的缕缕朝霞，今已装扮出巫山新城的灿烂光华；她采下的一枝枝灵芝，已带给了巫山儿女的健美生命。巫山男人健壮如山，巫山女人，人面桃花，水灵若仙。

乡亲们没有忘记她，是她用纤纤巧手塑造出故乡醉人的风采。

老百姓记得她，是她曾用纯洁的乳汁，孕育出大地的绿意，宁河的碧浪，南陵的春晓……

俗话说得好，善有善报，神女的爱心和善举，而今已得到了故乡人民的回报，她们以潸然的热泪，用紧紧的拥抱，祝福她：永远年轻，永远美丽！

天上的瑶池未必变美了；而人间的神女故乡却是这边风景独好！

巴东灯语

轮船溯江航行，高峡平湖荡漾，暮色中的巴东城遥遥在望。连绵起伏的山峰，偶尔露出峥嵘，西陵山水天下佳。

巴东新城啊，离水远了，离天近了。一瞬之间，彩灯闪亮，灯火辉煌，整个山城在灯山灯海中闪烁……

我伫立船舷，高高地仰望。新巴东城流淌着好几条灯河。那气势犹如长江之水天际来；疑似银河落九天之壮观。

我久久地凝视，那耀眼的灿烂，似淹埋了千百年贫瘠的饥渴，隐藏了多少代忧愁的贫困，点燃了三峡儿女奔小康的激情。巴东在我的眼里，变得俏丽了，多了几分妩媚；

215

情满绿水青山

三峡梦

巴东在我的心里，变得大气了，增添了多少气派！正渴望深远的雷鸣闪电！

我问银河：这是凭谁的造化神功呢？

灯语爽朗：这是近百年来几代国家领导和三峡儿女的"三峡梦"所绽开的一枝金花银花。这是几万三峡建设者智慧和青春的闪光。正是他们用双手撩开了古老巴东贫瘠的神秘面纱，终于照亮了无比壮丽的黎明！

奉节秋兴

金秋来到奉节，自然会记起唐代大诗人杜甫在夔州奉节写下的著名诗篇《秋兴》（八首）。那漂泊之感，故国之思的抒情，至今还有艺术的生命力。虽然秋风萧瑟今又是，但已换了人间。昔日的"瞿塘峡险，白帝城高"，而今应改为：夔门依旧雄，奉节城更高，白帝成了蓬莱岛，风景这边独好。人在奉节，已不再感到杜甫当年寄寓夔州时的"夔府孤城落日斜，每依北斗望京华"的情景，更难品到"鱼龙寂寞秋江冷"的滋味了。而留给人的印象却是秋高气爽，心旷神怡，胸襟开阔的惬意和美感。倘若杜甫九泉有知，是会欣然重返夔州，写出《秋兴》新篇来的。

我站在新城的李家沟大桥，踞高临下，极目眺望"瞿塘峡口曲江头""不尽长江滚滚来"的磅礴气势，令人豪情满怀；俯瞰那一架又一架步云梯般的红岩石阶，昔日那背篓连着背篓的独特风景；诸葛亮八阵图的奇诡阵势，都留在美丽的回忆和思念中。"之"字形的马路，逶迤盘旋，一辆辆中巴、的士车，头连着尾，尾随着头。条条大道铺朝晖，级级石阶凝诗行……

漫步奉节新城，无论在广场、绿地、花园，还是在街头、巷尾、檐下，随处可见人性化的休闲设施，凉亭、石凳、长椅、健身器械、大小茶坊，童颜鹤发的老人，天真活泼的儿童，无不笑逐颜开，无忧无虑，心静似秋水，场景十分感人。从文化底蕴来探求，似应视为杜甫诗歌"人民性"传统的继承和弘扬，营造出奉节诗城和谐社会的一派新气象！

俯瞰奉节港，建筑精巧，设计新颖。大楼房顶以三峡大坝泄水闸为造型，宛如立体的画，好似流动的诗，洋溢着诗情画意，热情抒发了诗城浓浓的秋兴！

橙黄橘绿香三峡

我们生活在长江三峡，对三峡的爱就像对母亲的爱，骨肉相连，血脉相通，是割舍不断的血缘亲情。

三峡这片土地，因为山高峡深，土壤贫瘠，百姓称：田是挂坡田，地是麻砂土，房是石块垒成的屋。但千百年来，三峡儿女、子子孙孙却深爱着祖先和圣贤，或为集体出力，或为官员卖命，把历代的祠庙、楼阁、古桥等三峡古建筑，修建得气势磅礴、雄伟壮观。

三峡的儿女是伟大的，三峡的土地是神奇的。千百年来，他们硬是用羊角锄挖出一丘丘巴掌大的田，硬是用柴刀劈出一条条崎岖的路，硬是用背篓背进生活的油盐酱醋，靠山吃山，因地制宜，极其艰难地发展果木，用智慧和血汗创造自己的特色，打造各自的品牌。苏轼诗云："一年好景君须记，最是橙黄橘绿时。"

一、红得最艳的大红袍

重庆市万州，过去被称之为"川东门户"。两岸山势渐低，丘陵连绵，漫山满坡，橘柚成林，被誉为"川橘之乡"。每到金秋十月，川橘、梁平柚子上市，红遍了万州长江边上的大街小巷，一篾篓一篾篓摆成一条条长街；橙黄的梁平柚子堆成一座又一座巍峨的金山……

最惹人眼目的要数"大红袍"，颜色鲜红鲜红，红得最艳最艳，橘子皮很薄，容易剥开，口感甜而微酸，妙就妙在那一点点儿酸，饶有余味，汁多爽口，营养丰富。据鉴定，每100克红橘，含蛋白质0.9克，脂肪0.1克，糖12克，热量53卡，还有不少维生素等，是一种优良的营养品；大红袍每个100克左右，有核约七八粒；其果形特点鲜明，在果柄处鼓出一个小包包，为普通红橘所无。用当下的话说，天生一个防伪标志，比条码还让人放心。驰名中外。

万州红橘"大红袍"栽培历史悠久，规模很大。早在东汉时左思的《蜀都赋》中记载："户有橘柚之园。"

好多年前，我去万县（今万州）采访，大红袍的主产区距万县市区约15公里的大龙区，如象坪、大舟、小舟等乡村。从大码头渡江后，向江南宝塔走去，站在一座山岗上，我放眼眺望，环顾四周，尽是一片一片橘林，好大好大的橘林哟，蔚为壮观，香飘十里，真是千树万树挂满大红灯……秋风醉了，我的心也醉了！

二、形神俱佳的夔府柚

梁平柚子，味道如蜜甜，与广西沙田柚可以媲美，闻名遐迩。而夔府（今奉节）柚，在三峡地区出类拔萃，独树一帜。我曾在20世纪80年代初，柚子成熟的十一月份，在奉节郊外浣花溪的一个柚子园，看见树冠高大，树枝茂密，叶卵圆形，果蒂部分呈短颈状，整个果实极像葫芦形，

情满绿水青山

每只重约 600—1500 克，果顶平或微微有点儿凹。一位年过花甲的老农从树上摘下一只送我品尝。夔府柚果皮金黄金黄，给人的视觉感很美，手感更好，摸摸表皮光滑光滑，是别的品种所不能相比的，令人把玩不止。

只见老农用一块两指宽的竹片，三四下就剥开了柚子果皮，一双茧手灵巧麻利。囊瓣似长肾形，约有十二三瓣，脆嫩多汁，又酸又甜，酸甜适度，味道鲜美清香。忽然想起唐代柳宗元的一句诗来，"橘柚怀贞质，受命此炎方。"自古以来，柚子富含人体所需的各种微量元素，有养胃、健脾、清火、理气、祛寒、祛痰之功效。

老农很会摆龙门阵，还介绍了柚子开花，那才叫洁白美丽哟，一个树枝上开出七八上十朵白花。因此，夔府柚子树肯结果实。白花含苞待放时，沉甸甸的，很耀人眼睛。他说，当地流传一种民俗：兴许柚子的"柚"与保佑的"佑"同音。故在古代民间有用柚子叶的水洗手洗澡的民俗。它有祈福、驱邪、避秽、消毒的寓意。

三、巫山金梨的传奇

"忽如一夜春风来，千树万树梨花开。"那梨花开放的时候，如诗如画一样的美丽。巫山金梨是在农历三月开花，六月初六"挂牌"，七月下树。我在巫山两坪乡王家湾村，距城关约 15 公里，听一位老太婆说起"挂牌"，饶有兴味。过去，当金梨快成熟时，城里的商贩纷纷下乡来，在每家梨园里给自己选中的一棵棵梨子树挂上一段红绸。一方面表示向主人或守园人的感谢和鼓励；另一方面表明这棵梨树结的梨子已经由他承包、订货了。每逢农历六月初的日子，那满山遍野的梨林和园子，披上一块块红绸，随风飘扬，多么漂亮、壮观，把巫山山乡装扮得那么美丽，好像梨乡的盛大节日。

"巫山金梨"，俗称"斤梨"，历史上享有盛名。金梨果形美观，呈金黄色，长的端正，果底心深凹，状如鸭蛋，又名"鸭蛋梨"。金梨个儿大，大的一只重半斤以上。果汁多，清甜清甜，肉细白嫩，落口即融化，皮薄核小，似桃子核一般。金梨还有一个突出的特性，香味极其浓郁，芬芳沁入心脾。若在一口箱子放进几只金梨，不多一会儿，打开箱盖，浓香扑鼻，连衣物全都给染香了。故又得了个"香树梨"的美名。

老太婆家梨树多，种梨经验丰富。她炫耀地说出一个奥秘，为了保证金梨的优良品质，过去等到梨子下树之后，就在树蔸处打一个小口，浇灌几两桐油作肥料。后来，随着桐油的紧俏与价高，就没有再用桐油灌树了。颇有点传奇色彩！

四、秋风中的巴东红柿子

轮船溯江上重庆，或是顺流东下宜昌，千轮万船都要停靠巴东码头。不仅因为寇准在这里当过县令，"秋风亭上秋风起……"；而且巴东的柿子也是名声在外，吸引游客。每逢深秋时节，柿子成熟了，码头上有如天梯般的石级两边，背篓连着背篓，满装着红得发亮的鲜柿子。旅客们莫不争先恐后地跑上岸去，买回红柿子尝尝鲜、品品美味儿。每张嘴就是最有影响力的广告。

巴东柿子，品种多样。方形的"稀红柿"，每个重约

情满绿水青山

三峡梦

半斤，产量高，只需戳破一点小口，便可吮吸出清凉香甜的汁液；"牛心柿"，形状酷似一颗牛心，用手撕去薄皮，便露出暗红色油沙糖般的果肉，非常好吃，香甜诱人。若从树上摘下青柿子，可用丝茅草注清水浸泡之，能去涩，柿子入口清脆而味甜，俗称"泡柿""浸柿"。

用鲜柿子制作柿饼，是中国传统的一种手工艺。先把新鲜柿子去皮（用刀子削皮或用刮子刮皮），放在室外竹垫上曝晒，每天用手轻轻地按捏，使其逐渐干缩，然后成饼，柿饼上显露出一层薄薄的白色糖霜，味如蜜饯。不仅营养价值高，还有医药作用，能"生津化痰，清心柿之热，治咽喉及舌疮痛。"

《西游记》的蟠桃宴，被孙大圣吵得沸沸扬扬；而三峡特产"柿子"在《西游记》中也作了记述，被抬举得很高，称之为"七绝"："一多寿，二多阴，三无鸟巢，四无虫蠹，五霜叶可玩，六佳果可啖，七落叶肥大可以临书。"可谓极言也者！

五、屈原故里桃叶橙

屈原故里秭归是历史悠久的柑橘之乡。伟大诗人写的《橘颂》，橘树"生南国兮"，一直激励着故乡人民种植柑橘树的积极性和创造精神。二千多年来，故乡人民不负屈子厚望，"纷其可喜"，谱写着《橘颂》新篇。秭归除丰产锦橙、脐橙、血橙、纽荷尔等品种之外，还生产出一种桃叶橙，留给我们难忘的记忆。

桃叶橙，因其树的叶片形似桃树叶而得名。树冠呈园头形，树势强壮、开张，枝条长而下垂，针刺稀少；果皮橙黄光滑，细薄易剥；整个果实似圆球形，果肉多汁爽口，味道香甜，品质极佳；果核一只仅二三粒；贮藏期可长达180天以上。

桃叶橙的外形独具特点，区别于其他品种，它的果顶有一个明显的印圈，越看越美，富有审美价值。"人无我有"。无论评人品物，这自然珍稀可贵。

记得桃叶橙8号、18号，因为它质佳形美，曾两次参加全国柑橘品赏鉴定，名列前茅，深受好评，远销海内外，阔步走在过去的"丝绸之路"上……

六、昭君故里五月橙

沿着碧绿的香溪河溯流而上，江水悠悠，山风习习，名胜古迹接连不断，目不暇接。兴山多山，珙桐参天，铁杉入云，鸽子花开，漫山灿烂；名优特产，如核桃、木耳、白茶、黑茶，均享有盛名。其中年轻的"五月橙"，中外罕见。人说，兴山出了个大美女，美了几千年；兴山所产的五月橙，金光闪闪，香了一条河，香溪永远流香去……

五月橙，又名夏橙，是长江三峡柑橘的一种。果树低矮，叶片碧绿，开放小朵白花；果皮橙红，颜色鲜艳；果形圆润端正，同普通柑子类一样大小；果汁多而化渣，肉质脆嫩，酸甜适度，可口可乐。

五月橙不同于一般柑橘的特点是，挂果越冬，不畏霜雪。当年秋天已经结果，味道酸涩，需要经过一个寒冬霜雪的历练之后，直到来年春风吹拂，于四五月间才生长成熟，果味转成香甜，吃起来比陈年柑橘更感鲜美。本来，四五月间正是新鲜水果的淡季。而五月橙却应时而生，填

情满绿水青山

补了新鲜水果暂时的空缺，自然身价百倍，极其珍贵了。

每当香溪河的桃花鱼汛来临，两岸橙林碧绿，金果清香醉人，妙在别的果树还在开花之时，它却在百花丛中笑，以金黄之果炫耀于人间，香飘三峡。令人情不自禁地惊叹：在昭君故里，春天与秋天早已一起相逢，春华与秋实正在交相争艳。这是奇妙的不断的创造啊！如果你是诗人一定会抑制不住滚滚的诗情迸发，站在长江边上放歌，乃至"立在地球边上放号"（郭沫若）！

长江嗬，母亲的河流！如今，高峡出平湖。三峡儿女将会撸起袖子加油干，脱贫致富，似乘着三峡"升船机"，步步高升，放眼万里长江，谱写伟大爱国诗人屈原的《橘颂》新篇！

江南采菊

深秋的一天，阳光温煦。我们兴致勃勃地去了江南，为的是采撷山菊花（俗名野菊花）。这是老伴最高兴做的一件事。每年她都要安排两三回，约我同行。

宜昌城区的江南，是指点军的农村。同唐代大诗人吟诵的"江南"那样，江南好，能不忆江南。那里的风景优美，农舍点点，掩映绿树之中，小桥流水，满山橘红，野菊金黄，空气里也带有一股清鲜湿润的香味。

徜徉江南，仿佛走进大自然的诗中。四周是寂静静、气爽爽的世界。小鸟在树林中婉转地啼鸣，好似欢歌。当听到我们的说话声，就像箭一样，灵巧地飞出树林。在空中转了几圈之后，又机警地栖落在苍翠的树枝上。它们生性欢悦，羽毛美丽，姿态可爱。真叫人不忍心去打扰那片宁静。

阳光下，黄灿灿的野菊丛中，蜜蜂忙着采花蜜，连嗡嗡声也无闲发出，更忘了勇敢的锋芒，与人和谐相处，沉浸在金黄的美丽中。而绽开的花蕊为蜜蜂流淌出甜美的蜜汁。蜜蜂的风格高尚。它们不辞艰辛地广采百花，酿出佳蜜，奉献给人类。

我们沿着长江胭脂坝的方向漫步，走过一段水泥马路后，斜插进谭家河乡的弯弯曲曲的山路。山道时而朝阳，时而又背阴，山坡上，路坎边，篱笆下，随处可见盛开的一丛丛、一串串的野菊花，鲜活而艳丽，动人心魄。我们满心喜悦地一朵一朵采撷。没有多久，手指就被菊花染黄了，指间溢着菊香。人在此刻，除了野菊花外，不会想起人世间的任何烦恼。

山路边上采得差不多了，老伴又向山坡上登攀，手伸出去采不到的，又捡来枯树枝来帮忙。我嘱她"小心点儿"。她忘乎所以，连说市场上买的杭菊、黄山菊等，光有名气，那有这野菊花香呢！在弯曲的小路上，时不时地碰上过路的老婆婆或中年妇女，她们总要驻足，同我们热情地交谈几句，问我们采摘野菊花做什么用呢？老伴便笑着说，把这野菊花洗干净，用锅一蒸，然后晒干。可以泡茶喝，既清香，又清热解毒，比买的名菊花好喝多啦，味道悠长。接着，还要热心快肠地宣传，采得多了，还可拿到城里去卖，以补贴零用钱。这热乎乎的话，博得对方乐哈哈的，连连点头。此刻，我们心里也乐开了花。我心想，在现实生活中，没有一个女人是不爱花的。老人也不例外。一束花，可以给人带来多少意外的快乐，诗意的温馨啊！于是，我又联想起女作家茹志鹃写的《百合花》来。在1946年战火纷飞的年代，一个前线的小通讯员，在执行任务中，在他背的枪筒里插了一枝野菊花，跟那些树枝一起在他耳边抖抖的颤动着。多可爱呀！后来，他虽牺牲了。但他在前线也不忘在枪筒上插一枝野菊花，以此来抒发他内心里那种生动丰富的情感，给人以不尽的余味……

在深秋，同老伴一起到江南采撷野菊花，感觉真好真美。其实，对于久居城市的我们来说，把菊花采回代茶而饮不是目的，而在山野间荡漾的那份韵致更让我们欢喜，仿佛生活迸发出一种浓浓的香气。

草埠之湖

一个世纪的三峡梦已经成真，它发出的强大电流照亮了半个中国。中国现代化的希望在这里燃烧，从这里腾飞。半个多世纪的草埠湖之梦，而今也已沧海桑田，建成为一个以粮食、油料、蔬菜种植与水产养殖为主的典型的农业垦区。在春天里，草埠湖麦苗青青，一望无际，碧绿连天；油菜金黄，蓬蓬勃勃，耀眼夺目；桃红李白，灿烂芳菲，为丰收的夏、秋季采集百花、酿成佳蜜，盎然出金色的诗意……

草埠湖地跨当阳、枝江与荆州三市（县）的交界处。新中国成立前，这里是人迹罕至的水洼湖地、芦苇窝子、害虫窝子与土匪窝子。因光绪三十四年（1875）的一场大水决堤，洪水泛滥，而经年积水，形成大小湖泊 37 处。1954 年 2 月，经国家批准把这 37 处湖泊围垦起来，创建成农业垦区，俗称"草埠湖农场"。总面积 100 平方公里，耕地面积 9 万亩，水面 2 万亩。若按一对一的湖面来讲，虽比不上昆明滇池之碧波万顷，杭州西湖的风景如画，但在千湖之省的湖北却是一道令人瞩目的靓丽风景线。

草埠湖曾留给我深刻的印象与记忆。大约在 20 世纪 60 年代的中期，宜昌二高组织师生一千多人到草埠湖农场参加"麦收四快",搭船到枝江,从七星台上岸后,我们背起被褥行李,浩浩荡荡地步行10多公里,来到农场参加收割麦子。一个"快"字就是动员令,要与老天抢时间、抢季节,快收、快晒、快耕、快种。生活节奏快,劳动强度大。每天凌晨,天色麻麻亮,星星还在闪光,镰刀声嚓嚓在响,太阳升起来了,顶着烈日,头戴草帽,汗流浃背,衣服湿了又干,干了又湿。收工之后,湖边成了快活的天地,大家争相洗一把脸,擦一次汗背,浸一回赤脚,女生还要对着碧绿的湖水偷偷地照一下"镜子"。一周时间飞快而过。师生共同贯彻落实"教育与生产劳动相结合"的方针,经受了人生历程中苦与乐的考验。每当我起身抬头张望时,那起伏的麦浪似金色长江的滚滚波涛,看不到头,望不见尾,一垄麦子上百亩。大大小小的草埠之"湖",不仅灌溉了宽阔无边的庄稼,也浇灌了我们年轻一代的心田。于是,草埠湖农场建场之初的情景,好像放电影似的一幕幕地映现在眼前,来自上海、武汉、宜昌等22个省、市一万名男女知青、复转退伍军人来农场安家落户,成家立业,住的茅草屋,睡的稻草铺……那37个碧波荡漾的天然湖泊,盛满了他们的汗水、眼泪与心血,而汇成哺育她们成长壮大的乳汁,既是昔日的生命之泉,也是当今的幸福之泉!

打个比方,辽阔的大地像一位母亲,一位伟大的女性,莫言笔下的"丰乳肥臀"诚然是一种美,一种成熟的美;而草埠湖的年轻模样更多了几分秀丽、几分俊俏、几分妩媚,一年到头都打扮得五颜六色,花枝招展,风情万种;那37个翠湖宛如一双双明亮的大眼睛,既流光溢彩又含情脉脉,留给我们想入非非之魅力。我头一次到草埠湖虽只有短短一周，只喝了她几天的乳汁，好似喝百家奶长大的人一样，她人的几次喂奶，也是人生中难遇的一种恩情。从此，草埠湖啊，我记住了你的恩情，我会长相忆的。

在一个村子吃过中餐后，我们经过一处湖畔，忽听到一阵蛙鸣，那悠扬的"咕咕咕——呱呱呱"的蛙声，响成一片，悦耳动听。"清明到，青蛙叫。"像春天的鼓点，似吟咏的诗歌，如音乐的天使，奏起美妙嘹亮的大合唱。正当大家驻足聆听之时，一位布谷诗人惊叫，快来看：一对青蛙躲在湖边深处，重叠一起，似在求偶，如痴如醉。令大家久久围观，会心微笑，情趣横生，那对可爱的小精灵似欲邀请人们发出赞美！其实，过不了多久，水面上会布满蛙卵，像黑芝麻一样大小，逐渐变成一片黑色的小蝌蚪，再由小蝌蚪长成为小蛙仔，还带上一个小尾巴，可爱之极。待褪去小尾巴后，就长成为小伙子一样的青蛙。它们活跃在水中、田里，专门捕捉蚊子、害虫，动作快捷麻利，而成为有益于人类生态环境、农作物生长的小动物。湖畔蛙鸣给我们带来了春的声音、夏的温馨、秋的丰收，怪不得南宋词人曾发出感叹："稻花香里说丰年，听取蛙声一片。"（辛弃疾）

草埠湖历史悠久，文化底蕴深厚，是楚文化的发祥地之一。声名赫赫的季家湖就坐落在这里。人说，"不到季家湖，就等于未到草埠湖。"季家湖位于草埠湖农场（三分场）楚城村境内，距长江15公里。早在1979年，考古大专家、北京大学喻伟超教授带队在此进行试掘，已初步探明季家湖城址，以季家湖古城垣和杨家山遗址、鲁家坟墓群为中心，周围分布众多的台基和古墓葬，为春秋时期楚国城址。"季家湖遗址"，2001年被国务院公布为第五批全国重点文物保护单位。我徜徉在季家湖楚国城址，听着专家介绍：该城址总面积 4 平方公里，北起鲁家坟，南至九口堰，东起季家湖西岸，西至新人工河东岸。中心城址南北长 1600 米，东西宽 1400 米，面积约 2.2 平方公里，呈不规则长方形，叠压在新石器时代晚期遗址之上。它对于探索楚文化渊源及鄂西地区原始文化的发展序列具有重要的意义。草埠湖母亲的形象再一次浮现在我的眼前，一位女性除了具有秀美妩媚的外表，更应有深厚的历史底蕴和文化内涵，才情出众，别具韵味，方才能被人众里寻她千百回。草埠湖之"湖"，更因此而骄傲、而自豪！

　　站在楚城古遗址季家坡远望，那悠悠蓝天，朵朵白云，那多情的春风，轻轻地吹拂，那草埠湖的湖泊，碧波荡漾，波光粼粼，鱼虾肥美，鹅鸭嬉戏，白鹭飞翔，宛如镶嵌在广袤田野上的一颗颗璀璨的明珠，伴随着农业机械化的脚步，飞奔在希望的草埠湖！

宜昌，飘出一道道彩虹

第一次看见长江大桥是在武汉。这是"万里长江第一桥"。1957年武汉长江大桥通车剪彩那天，我站在蛇山一端遥遥地眺望着，急切地寻找高地，踮起脚尖尖，久久地凝视，"一桥飞架南北，天堑变通途"。我眼前仿佛飞出一道亮丽的彩虹，那兴奋激动，那骄傲自豪，至今还记忆犹新。

在武汉读大学，也开始读长江。每次行走在雄伟的长江大桥上，感受那"龟蛇静，风樯动"，车水马龙的情景，我便情不自禁地做起了大桥的梦。分配到西陵峡口的宜昌之后，好多年过去了，浪涛滚滚东去，竟未见崛起一座长江大桥，于是对大桥的梦越做越多。

在我的心目中，长江大桥是中华文明发展和飞跃的一个长足脚印。中国古代的"九大古都"，大都建在长江以北的长安、洛阳、开封、郑州、安阳、大同、燕京（北平）等地，长江以南只有杭州与建邺（南唐偏安于南京），那是走投无路的无奈。其原因就在于浩浩长江横隔在中间，好像一条自然的天堑，令人望江兴叹！多少代多少载，长江以北交通便利，经济繁荣，孔子乘坐一辆马车，也能周游列国，华夏文化呈现出灿烂辉煌；而长江以南竟成了僻远落后蛮荒之地。一江之隔，天壤之别。在长江中、上游，从重庆至宜昌的沿江一带，比如长寿、丰都、万州、忠州、丰都、云阳、奉节、巫山、巴东、秭归、宜昌，其县城也都建在长江北岸，只有陪陵建于江南岸。论地理自然条件，江南优于江北。江北的城镇，前临长江天险，后倚连绵大山，空间狭窄，土地贫瘠，居住拥挤。为何取短而弃长呢？只因没有降龙锁蛟的跨江大桥。

长江大桥是沿江城市的灵魂，连接着江北与江南，她是一座连心桥、友谊桥、广福桥，也代表着一个城市的经济发展与精神高度，直接关系着国计民生。长期以来，江南广大老百姓要进城办事；孩子要去江北读高中；两岸青年男女结婚迎娶的终身大事等等，因为没有架桥，只有靠一只只舟船往来。久远年代，过江只有一叶扁舟，尤其在滩多流急的三峡，江水滔滔，惊涛骇浪，翻船人亡的悲剧是瞬间的事，随时都可能发生。后来，才有了机动船、轮渡船，安全系数虽大了一些，但难于抵御意外的事故与灾难。要说关注民生，当从关注老百姓的生命财产安全着手。而今，根据城市发展的需要，优选大桥地址，做好科学论证，采用先进的架桥技术，考虑环境保护、注重生态发展等条件，修建长江大桥，对一个沿江城市来说，既可促进大江南北城乡之间、城市与城市之间的交流，拓宽城市骨架，又可开发宽阔的江南城镇，共荣共富，以加快实现"城乡一体化"的发展步伐。

地处长江中、上游接合部的宜昌市，辖 14 个县、市、区，分布在大江南北。长江流经宜昌长达 237 公里。在漫长的历史长河中，宜昌迎来的第一座长江大桥是"枝城长江大桥"，1971 年 9 月竣工，全长 1742 米，火车、汽车两用。这是焦柳铁路的一座大桥，已经安全地运行了 40 多年了。20 世纪 70 年代初，我回阔别 10 年的湘西家乡，就是从枝城大桥通过的，车过长江，好像飞一样……

为兴建三峡水电工程的需要，在大坝下游不远，修建了"西陵长江大桥"，长 1118 米，宽 21 米，单跨 900 米，为当时国内大桥的单跨之最。1996 年 8 月通车，系悬索连续钢桁梁桥。屈原故里秭归县城整体搬迁至江南岸的茅坪镇后，西陵长江大桥是秭归县城的交通要道。过去，县境内南北岸靠舟船过江，交通不便，一年四季，险象环生，因水上事故而发生悲剧的事，不计其数。由于交通闭塞，经济落后，百姓生活贫穷。一顶"贫穷县帽子"压得 30 多万人民抬不起头、挺不直腰杆来，愧对伟大诗人屈原。从前，传说秭归城像一只葫芦，底部临江的城门叫"顶心门"。因此，金银财宝便从"顶心门"流走了，故秭归贫穷。其实是，秭归交通闭塞，江南江北没有一座大桥。西陵长江大桥通车后，我多次行走在大桥上，目睹火热的建设工地，远望高高的坛子岭，凝视长长的泄洪闸，豪情油然而生。从县城到宜昌市区不用一小时即到。屈原故里正万象更新。

"宜昌长江大桥"，长 1187 米，宽 30 米，双塔单跨钢箱悬索桥，净跨 960 米，居国内第三位。1998 年开工，2001 年 9 月通车。它把江南的五峰土家族自治县、长阳土家族自治县、宜都市、恩施自治州与江北连在一起。过去，猇亭渡口江面宽阔，过江的汽车，经常排成长龙，逢上下午高峰时，要等待一二个小时，再温和的人也会着急，出口大骂。我去五峰、长阳体验生活，每次出发前，都要做好充分的思想准备，带上干粮与茶水，以备等车需用，连心情也要事先放平和一些。如今，车过宜昌长江大桥，一溜烟就驶过了，连重庆满载长安轿车东下的大型货轮也来不及欣赏。五峰、长阳、恩施山清水秀，风光如画，四季游客不断。江南好，能不忆江南。没有长江大桥的日子，真难以想象啊！

宜昌城区地形狭长，像一块手表，市中区似表壳，两端如表带。进入新世纪后，从市区北山坡修建一座长江大桥，名称"夷陵长江大桥"。全长3246米，主桥长936米，宽23米，三塔单索面斜拉桥型，126米高，于2001年12月建成，荣获鲁班奖。大桥通车后，好像宜昌挺起了坚强的脊梁，又似伸出一双钢铁般的巨手，紧紧地握住点军区10万老百姓的双手。清晨，农民挑着筲箕、或骑着摩托车、或推着三轮车，装满鲜活的蔬菜，抢早赶集；晚归，无须害怕等轮渡，也不受轮渡收班时间的限制，披星戴月也可自由回家。江南的农民方便了，城市居民也方便了。尤其是节假日，城里人郊游或登磨基山晨练，更是惬意，农家山庄像满天星遍布，装点着江南农村的美丽。磨基山公园已成民众公园，繁华的江南点军指日可待。

我家住在两座长江大桥中间。上有"夷陵长江大桥"；下有"宜万铁路大桥"。推开窗户，可望见宜万铁路大桥横卧长江，长2446米，系预应力混凝土连续钢构与钢管混凝土拱桥组合结构，于2007年建成。那两道凌空的拱桥酷似彩虹，美丽极了。这是通向祖国大西南的一条大动脉，一刀割掉了宜昌铁路交通的"盲肠"。去年十一月，我到成都、重庆聚会、旅游，坐上西去的列车，风驰电掣一般，仅八个多小时就到达了。在没有修建宜万铁路大桥的漫长日子里，乘船溯江而上，行程约需40个小时。清晨，我站

情满绿水青山

三峡梦

在长江边上，看见从重庆或成都方向开来的列车飞驰而过，仿佛一条巨龙腾空飞跃，带去了我梦想成真的无限喜悦！

万里长江滚滚来。在流经宜昌的江域内，而今又动工修建"香溪长江大桥""至喜长江大桥""伍家岗长江大桥"。一个城市拥有如此多的长江大桥，铭刻着宜昌40年改革开放的光辉历程，更别有一番意味。明天，一定会更加繁荣、更加美好！

附 录

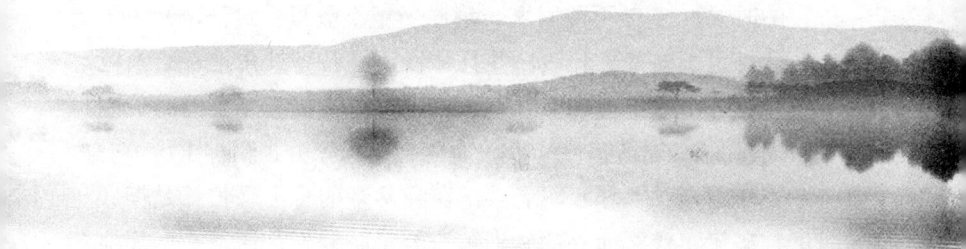

自赏文选

晚 景

前年春上，家里发来电报，父亲病逝了。我因公务缠身，没能赶回去吊丧，见他老人家最后一面。而远近的亲戚却都回去了，唯独我这个长子例外，颇有点未尽"孝道"之嫌。事后想来，确实感到不安，心里很不是滋味。因此，便常常回忆起父亲的晚景和往事，聊以宽慰自己的沉重心境，也寄托一缕哀思之情。

记得1978年十一届三中全会以后，党的政策暖在人心。父亲戴了多年的那顶"富农分子"的帽子，总算摘掉了。年过花甲的老父亲，怀着轻松的心情，连忙托人写信来告诉我这件事。我得悉喜讯，赶忙翻开台历，在日期上作了记号。顿感放下了背了许多年的思想包袱。

没过几天，忽又内疚起来。想起在"同家庭划清界限"的时候，10年不敢回家一趟，一年不敢写一封信，升了工资，也不多寄一分钱，并且那钱还是转弯抹角地寄给亲戚转交。"三年灾害"时期，我没有尽力接济家里的穷苦生活；"十年浩劫"中，我没有为他老人家分担精神重压……千年古训："养儿防老"，在我父亲的身上恐怕算是彻底打破了，代之而兴的新训："养子防修"，这又会增加他的许多思想压力和责任感。果不其然，"文革"中的造反派头头对他严斥："黑五类分子听着，你要放老实点，对你还在外地吸人民血汗的狗崽子，我们已采取了革命行动，写信要求遣送回原籍劳动改造，自食其力，以挖掉修根！"这真是晴天响了炸雷，震得父亲昏昏然，惶惶然，吃不进，睡不安，过一天比一个月还难挨。好心的学校（二高）领导悄悄告诉我：你家乡来函，要求把你遣送回家的事，我们已复了函：这不符合党的政策。大惊之后，连夜写信给父亲，"厄运"幸免，请他放心。每每想起父亲不仅自己默默承担各种训斥的压力，还要为远在外地工作的儿子的安危、荣辱担惊受怕，心里总有深深的负疚感。他一辈子活得真不容易、真累，实在是超负荷运行。这一桩桩往事，历历在目，多么难为了他啊！

1985年初春，在父亲病重的日子里，我曾告假回家探望他老人家。见他躺在床上，发烧不退，吃不进饭，又不肯花钱住院，唯一的心愿就是要人写信叫回儿孙们，让他好好看看。我跪在床头，轻轻地喊了两声父亲，他才睁开眼，久久地看着我，脸上浮起一丝淡淡的笑。

那几天，我东奔西跑，到区卫生院找熟人，请好医生给父亲看病，又打葡萄糖吊针，又吃药丸子。晚上，我坐在小木板凳上，一家人陪伴着他。他偶尔也讲几句话，声音微弱无力，但眼睛渐渐亮堂了。父亲的病情似在一天天好转，这使我们的心情也觉得轻松了许多。一家人说话也敢放大声音了，病床外的堂屋还间或传进了几声笑语……

有一次，医生给他打完吊针后，父亲临睡前又把我单独叫进房里。他侧转头看着我，还要抽出手来，我赶忙按住他那骨瘦如柴的手。忽地似有了"通感"，引起一阵心

情满绿水青山

酸。过一会儿，父亲轻声细语地对我说："顺儿，我感觉病轻多了。你不用再担心我。你已回家 10 天了。日子长了，会耽误党的工作……"还未听完他的话，我的热泪刷地一下子掉了下来。顿时，心里"五味"俱全，久久不能平静……

我哪里会想到，一个月之后，又突然接到了父亲病故的噩耗。我在小屋里出声地痛哭起来。想到父亲的晚景，心里重又充满了人生中那浓浓的"五味"！

未等到清明节，我出差绕道回了老家，以了却一桩沉重的心事。屋前长潭河边的杨柳，刚抽出一条条柔嫩的金丝，山上的野草正开始返青，桃花已含苞待放，我折了几枝桃枝，侄女提了一篮香和纸钱，带我匆匆上山去挂青（扫墓）。到了父亲的坟前，四周静悄悄的，山风吹来，乍暖还寒。我们点烧了香和纸钱，洒了三杯薄酒，还给坟上添了几捧新土。当我围绕坟茔转了几圈之后，直觉得它分外寂寞和孤独。于是，我问侄女："珍意，你们怎么把公公（祖父）埋在这个山顶顶上呢？怪孤零零的。"

珍意侄女答道："听娘娘（祖母）说，这块地势是公公生前嘱咐过的，他死后，要家里人把他埋在这个偏僻的高地，好让他得到心宁、安息，又可常望见自家的房子和菜园。"

我默默地点了点头。此时此刻，我理解父亲多年藏着的这个心愿……

（原载《散文百家》1988年6期）

开秧门

　　阳春时节，我千里迢迢地回到了阔别多年的家乡。村子因坐落在燕子岩的石门下，故名岩门村。这个名称已沿用了十几代人，至今没有更改。原先，有首民谣流传方圆几十里："岩门村，岩门村，乱石多像满天星，耕地耙田真要命。"做小孩时，跟着大人在乱石堆里割麦子，点包谷，往往是点一升，收半斗，只长石头，不长庄稼。此种情景，还仿佛记得。

　　这次回乡，我又爬上了燕子岩，登高处一望，眼前的自然环境全变了模样：山腰，层层梯田，就像祖宗额头上那一条条深深的皱纹；山脚，一丘丘水田，碧波粼粼，好似镶嵌在村里的一千面梳妆镜子，晨光映照，灿烂夺目，好看极了。

　　"四月八，秧门开。"一场春雨，犁耙水响，春潮滚滚，迎来了插秧栽田的日子。农忙时节，要起早摸黑，要抢农时，家家争先恐后，累得人腰发酸，背发痛。可大家又像盼望喜庆日子一样，盼着四月秧门开。因为，它栽下的每株秧苗是农民的一颗心，是农民一年的希望。有春种才有秋收。

　　三嫂家插秧这一天，天刚刚蒙蒙亮，母女俩就分头忙

情满绿水青山

开了。大女儿珍意搞后勤，赶场办酒菜。按照惯例插秧栽田要办招待、打牙祭。否则，是会视为小气的。三嫂自己当"先行官"，做好插秧准备工作。她顾不得冷水冻脚刺骨，先下秧田"怀秧"（拔秧苗），即把秧苗拔起来，洗净根部的泥巴，用稻草捆成一把一把的，然后装在高脚竹箕里，挑到已经耘好的水田去栽。好多年没看过插秧的热闹了，我也起早赶到了秧田，还跃跃欲试，试一试身手。可三嫂见势阻止我下田，话说是怕弄脏了我的衣服，其实是不让我下田。"怀秧"是技术活路，下手要轻，捆的秧把子要大小匀称。三嫂怀好了满满一担秧，就往责任田挑去。

我也尾随而去。只见她站在田坎上，一边往田里分发秧把子，一边对我说："既要摔得远，又要摔得位置适当，免得插秧人就近拿不到秧把子，在田里来回走动，脚印多了会影响插秧的质量。真正里手（行家）摔的秧把子，还要在水田站立起来。"我暗暗地佩服三嫂的熟练技术。水田中照出她的笑脸……

特意来帮忙的秧把式，是远房叔伯，虎彪彪的三条男子汉。他们下到水田，一字排开，人插五行，距离相等，手脚麻利。霎时，田里摆开了擂台，你追我赶。我瞅了个空子问："喜子叔，插秧有什么讲究？"外号"喜巴子"笑着说："嗨，讲栽田我比你学问多。栽下的秧苗，行株要匀称、整齐，横看一条线，竖看也是一条线。最怕插的'浮脚秧'。"他还示范给我看，五指要并拢，秧苗要竖着插进泥里，不深不浅。插得东倒西歪的，多半是"浮脚秧"。浮脚秧成活率差，难得苗壮成长。以后还要费工夫补秧才行……因讲话，喜巴子的进度拉后了。忽见插在前头的七叔，伸直腰，打起一声"啊——嗬"，高亢悠扬，它像风，飘过河，飘上山。听到"啊——嗬"声，喜巴子收住了话匣子，埋头追赶起来了。这种鼓劲的方式，别有一番家乡的风味。

两个时辰不到，水灵灵的秧苗已栽下了一大片，株成行，行成线，美极了。他们真正称得上是"高等画家"。一丘丘新栽的秧田，不就是一幅幅结构完美的水彩画吗！

三月四月，时晴时雨。突然，天色变了，飘洒起细微微的春雨。只见珍意侄女从远远的田埂上朝这边走过来了。她头戴一顶光油斗笠，身披一件粽皮蓑衣，手里还拿着几件雨具，走路一阵风，先声夺人："喜子大伯，给你们送斗笠、蓑衣来了。"

"珍女子，毛毛雨不当紧，淋不湿衣。中午准备了好酒好菜吗？"她笑答："酒、肉、鸡样样齐全呀！"逗得三位长辈大笑了，乘机伸直了腰杆。

"这回真难为你们发扬风格，急人所急，先帮我家开秧门。不好好感谢，对不起人呀！"珍意的声音，像银铃一样脆亮。

三嫂抬头揩一把汗，也向她招手："珍女子，快下田来，跟大伯们学会插秧，往后靠你开秧门！"

珍意听出妈妈的话里有话，你爸爸过世的早，今后的好日子指望你。

霏霏春雨里，我望着她那苗条的身姿，裤腿卷的高高地站在秧田中间，多像一株水灵灵的秧苗……

243

（原载《经济日报》星期刊1989年7月，《散文选刊》1990年1期选载，入选《中国散文百家谭》续编，四川大学出版社2009年出版）

情满绿水青山

心中的凤凰

——访沈从文故居

　　凤凰的南华山，依旧那样苍苍翠翠，巍然雄峙；凤凰的沱江水，依旧那样豆绿的颜色，不舍昼夜地流淌；那曲岸两边的吊脚楼，在烟雨迷蒙中依旧飘摇。然而，新建的凤凰桥，凌空飞架；重修的南华门，雄伟壮观；临江的万名塔，更添几许山光水色，扶地脉，换人文……啊，我眼前的凤凰城，一半依旧，一半崭新！

　　我怀着崇敬的心情，轻轻地踩着狭窄的石板路，仔细地查看着小巷的门牌号，中营街24号到了，大门上挂着一块大横匾：沈从文旧居。这是一座平常的门户。

　　凝视片刻之后，我便急忙跨进大门。接待我的肖苹女士大叫一声："婆婆，来客啦！"只见一位从房里走出来，身材单瘦，满头银丝，精神健旺。她就是沈从文的亲弟媳，名叫罗兰，八十有二，溆浦县城里人。沈从文的胞弟沈荃，曾任国民党军队中校团长。解放后被镇压了，但第二年就平了反。罗兰中年丧夫，终未改嫁，拉扯大了女儿沈朝慧，真不容易。女儿现在中央美院工作，外孙女刘兰也在北京就读大学。

沈从文先生是中国现当代大作家、考古学家与历史学家，1902 年 12 月 28 日诞生在这里。他的童年和少年时代是在这边城故居度过的。现在的故居是按照历史原貌整修的，整修方案是经过沈老和夫人张兆和共同审定同意，然后按图进行施工的。拜谒故居，给人以一种真实和亲切之感。

　　沈从文为人作文是讲究朴实的。走进堂屋，两边的卧室、地板和天花板都油漆一新，木窗子仍为四方格子，古色古香。右边的卧室，墙上挂有沈从文和张兆和及儿子龙朱、虎雏的放大照片，1944 年摄于昆明桃源新村，一股浓郁的家庭生活气息扑面而来。两个儿子现在北京工作。左边的卧房，挂有沈从文 6 幅放大照片。一张是 1934 年写小说《边城》时摄于北京中山公园的；一张是 1947 年与兆和、长子沈龙朱摄于北大宿舍的；另一张是 1949 年与表侄黄永玉先生的合照等。窗前的一张写字桌，桌面子中间嵌有一方大理石，有的地方已经破损、斑驳了。这是沈从文在昆明时购置的，后来随他搬运到北京。这次又从北京搬回了凤凰故居。我抚摩着桌面，触景生情。沈从文一生，历尽艰辛，一张写字桌用了半个世纪还舍不得更换，那斑驳的桌面子饱浸着一代文豪的多少汗水心血，留下了沈从文坎坷人生的条条痕迹。这张写字桌陪伴沈从文度过了多少不眠之夜。他同主人的命运和品格一样，一生占用人民的地方很小很窄，可奉献给大众的却是很多很大。他的 1000 万字的著作是何等宝贵的精神财富！

　　从堂屋出来，下几级石阶，便是小天井，四周摆有花木盆景，几株山茶花红艳艳的开放，似在笑迎八方来客，颇增添了几分盎然生气。天井两旁的厢房是沈从文先生的

情满绿水青山

书房，玻璃柜里陈列着国内外专家学者研究沈从文的多种学术著作。墙壁上挂有沈从文80岁回家乡照的几幅相片，《畅游沱江》拍摄了沈老偕夫人、黄永玉等人坐小木船、手握桡片划船的情景。这该是沈老在重温儿时的旧梦吧。

我同罗兰老人、小肖围坐在火盆边，老乡遇老乡，极随便地叙着家常，木炭火正红。我轻轻地拨弄着火，浮想联翩，这一块块燃烧的炭，多么像沈老那颗火热的心。他为了发展边城凤凰县的教育事业，各尽所能，慷慨地把在香港出版的10卷《沈从文文集》的一万元稿酬全部捐献给家乡，其真心实意感人至深。

沈从文晚年，为了填补我国物质文化史的一项空白，在周总理的关怀下，尽管身处逆境，仍甘于寂寞，潜心研究。他的《中国古代服饰研究》一书，堪称一部巨作，深得国内外读者、专家的广泛好评和高度重视。写作这部大书时，沈老克服了种种困难，既没有像样的写字间，生活条件也很差，精神压力也不小，但沈老那颗爱祖国、爱人民的责任心，一直是火红和炽热的；为了弘扬中华民族文化的优秀传统，他默默地奉献出自己的全部智慧与精力。沈从文就像那盆燃烧的木炭一样，燃烧着自己，温暖了大众。其品格之高尚，令人敬仰！

"沈从文故居"（原名沈从文旧居）是在沈从文逝世周年时对外开放的，前来参观、拜谒的人络绎不绝。沈从文先生好似涅槃的凤凰，永远活在凤凰百姓、中国人民的心中！

（原载《文汇报》笔会1990年6月28日）

海　韵

　　北戴河之夏，同杭州西湖之春，北京香山之秋，海南三亚之冬一样，令人心驰神往、魂牵梦绕。

　　到北戴河中国作家创作之家的第二天，我俩便匆匆忙忙兴冲冲地去了"老虎石"海滨。放眼望去，只见一溜长长弯弯的海滩上，太阳伞林立，五彩缤纷，绽放出一朵朵鲜活的蘑菇。每把太阳伞下，都有人或坐或躺，潇洒自在，有的男女半个身体埋在沙里，有的正用沙子慢慢地流向身上，悠然自得，快活如仙；大海澎湃，汹涌似潮，一片汪洋，水天相接，涛声节奏分明，韵律流畅，水色湛蓝湛蓝，蓝了眼睛，绿了心扉。看大海，人的视野无比壮阔，无比悠远……

　　扑进大海，始而冷浸浸的，继之凉悠悠的，别有韵味。凭着从小游泳的功底，我绕过一个个漂浮的游泳圈，自由自在游向远方，迎着海浪，心中重新涌出青少年时代到淑水中流击水的豪情。啊，好大的风，好大的浪！人生难得几回搏，更喜青春重焕发！回游时，看见文学前辈张光年（光未然）同志"泡海"的身姿，老当益壮。心想，他的生命之光依然在闪亮！

　　畅游一阵后，我爬上一丛礁石，眼看少男少女欢声笑

情满绿水青山

语，相依相偎，那一个个的狂样儿，不是轻浮，而是青春之美；那一张红红的脸蛋，黝黝发光。有人调皮地逗我：大叔，好看吗？好看。我打心里羡慕！那袒露的腰身，曲线分明，似行云流水，独具一种魅力。只有到了大海，才能受此恩惠，才能有这眼福。

我走在黄金似的沙滩，脚板心温热热的、柔软软的。我同夫人回眸一看，沙滩留下我们一串串深深浅浅的脚印。可未来得及遐想，"哗"地一声潮涌，把那深深浅浅的脚印荡得平平坦坦。不由生出感慨：大浪涌来，浪淘尽千古风流人物。历史原本就是如此的。谁要是惋惜自己的脚印不被抹平，那只有止步不前了。我忽然敬仰起"赶海者"来了，只有他们勇往直前，不回头，不留恋，不悲伤，才终究赢得了未来，拥有着汪洋大海！

北戴河海滩上有许多拾贝的人，那专心，那执着，不由得不叫人称赞。倘若拾得一枚或几枚心爱的彩贝、海螺，那兴奋，那喜悦，又不由让人替她们祝福。贝壳海螺是拣拾不尽的，难得的是拾得几枚称心如意的，以一当十。记得一次游大宁河小三峡，一位女作家刘真说得好，"小石子大世界。"这自然要拾贝、拣石人有耐心、有恒心，要有机遇，更要有眼光。由此引申开来，岂不也蕴含着许多人生哲理吗！

我凝望着湛蓝的大海。

夫人问我傻看什么呢？

我回答说，看潮。

瞬间，正是难寻的风平浪静。

"潮"在哪儿？

我故作神秘地说：潮在每个"泡海"人的胸中……

大海啊，白浪滔天，你是那么壮阔，那么浩瀚，那么深湛，那么美丽，那么迷人，那么富有！我赞美大海！

北戴河啊，你留给我多少遐思、多少韵味！

（原载《文学报》1994年10月20日）

三峡的滋味

千秋万代，不尽长江滚滚来，流至三峡，绝壁对峙，雄奇险峻，峡谷幽深，峰回路转，滩多流急，惊涛汹涌，呼啸东去，数山水世界之最；而名胜古迹，风土人情，文化遗产，源远流么，沉博绝丽，乃举世闻名。

长江三峡之奇山奇水，孕育了屈原诗魂，昭君丽质，哺育了历代名人大家、勤劳百姓。他们莫不品尽了三峡的滋味。曾记否，三国时期诸葛亮驰驱过峡，退守夔府，巧布水八阵、旱八阵；刘备困住白帝城，托孤永安宫，机关算尽，用心良苦，功绩卓绝，到头来，"江流石不转，遗恨失吞吴"（杜甫），无限心酸在心头。唐代诗人杜甫流寓夔州花溪，蘸三峡水，吟秋风诗，"夔府孤城落日斜，每依北斗望京华"（《秋兴八首》），饱尝人间萧瑟孤寂的滋味。在三峡的两个年头，他体味尤深，写诗最多，却依然"归心异波浪，何事即飞翻"（《长江》），于凄清哀怨之中，寄寓着诗人沉雄博丽的心境。李白流放夜郎，途经三峡，突然遇赦，欣喜若狂，写下了千古绝唱《早发白帝城》，被后人称赞为惊风雨而泣鬼神矣。另一位白居易从江州谪徙忠州，怀才不遇，满腹惆怅，行之西陵峡口，与其弟白行简、友人元稹相会于下牢溪，策步幽径，始游山腰一古洞，"三游洞因此得名"。诗人触景生情，借眼前"斯境胜绝，天地间其有几乎"的古洞无人涉足、无人游览，寄托自己的缕缕情思。无疑白居易是尝够了三峡之况味的。宋代的欧阳修生性旷达，贬谪夷陵（宜昌古称）当县令，因此踏遍了西陵的山水，以写景而抒情言志，流露出"万树苍烟三峡暗"的愁肠哀绪和愤懑之情。屈原大夫行吟泽畔，昂首天问，慷慨悲愤，而三峡又是他的出生地，满腹深情郁积于胸间。王昭君别乡入宫，后风雪出塞，泪洒香溪、草原，眼泪化作桃花鱼，乡愁化成鸽子花……那种种滋味足够她品味一生一世。历史上这许许多多的名人大家，都同三峡结下了悠长深远的缘分，千丝万缕的情结，种种人生"五味"，尽在各自的心头回荡翻腾……

人民创造历史。沿着三峡走的历代船工、纤夫、舟人，他们品出来的三峡滋味，更具普遍之共性。从前人的诗文中，从流传的三峡民谣中，可以窥见其一斑。比方"水从天上来，船向地中行""船头半没船尾高，水花作雨飞鬓毛"等等，举不胜举。那一首首民谣，字里行间无不是血泪凝成的。"巴击三峡巫峡长，猿鸣三声泪沾裳""打青滩，绞青滩，祷告山神保平生，山神如要动肝火，人船定要上阴间""一进南津关，两眼泪不干。心想回四川，背个破沙罐""望天一条线，看地一条沟，山鹰飞不过，猴子也发愁""青滩泄滩不算滩，崆岭才是鬼门关"等等，不一而足。三峡民谣，虽已远逝，但至今触目惊心！三峡啊，不废江河万古流，可流的都是千年万代三峡儿女的血和泪！

长江流过悠悠岁月，三峡穿过漫漫历史。中国人民经过 100 年的探求奋斗的历程，把驯服三峡、开发三峡的梦

情满绿水青山

想变成了现实，百年三峡梦成真，宏伟的三峡工程正式动工兴建了。举国欢腾，世界瞩目。短短几年，涌现出三峡考察热，三峡投资热，三峡旅游热。在这种种热风的吹拂下，却引出一个最热门话题：三峡移民、三峡百万大移民。据专家论断，移民是世界政治、经济形势的晴雨表。因此，三峡移民是决定三峡工程成败的一个关键。多少年来，三峡移民梦绕魂牵着党和国家的高层领导，机遇与成功并存，困难与信心同在。在这中国现代化之希望与宏伟的经国大业面前，他们将要操尽心，倾尽力，在日理万机之中，必有三峡议题。个中滋味，自非一般百姓所能品味得出的。梦想的三峡，希望的三峡，决战的三峡，辉煌的三峡！

春来冬去，万千游客纷纷赶来游三峡，也有一番告别三峡的滋味、依恋三峡之真情。殊不知，告别了旧三峡，更有新三峡，"神女应无恙，当惊世界殊。"而三峡考察的有志之士，以其睿智的眼光，居高临下，雄视万里，放眼百年，既有惊喜，也有顾虑，运筹帷幄，成竹于胸，久久回味着三峡这块油流的硬骨头。海内外的投资者，匆匆而来，匆匆而去，怀着淘金梦，发财梦，开发梦，兴奋一时，思虑再三，然后明智地一锤击在"西江石壁"上！

100万移民中，生在三峡，长在三峡，世世代代，祖祖辈辈，既吃尽了三峡之苦，经受了三峡之难，但又渴望三峡之甜，圆三峡之梦。明知道先苦后甜之理，但真欲先尝苦头，又谈何容易啊！苦，意味着要告别生养自己的一片热土，谁能不依恋？苦，要拖儿带女去重新安家，心里能不窝火？苦，要丢掉飘香的橘园菜地，重走愚公移山之路，能不心痛？一句话，三峡100万移民儿女要牺牲自己利益，牺牲眼前利益，服从百年千年大计，服从全国大局需要，舍小家，为大家。人都是血肉之躯，说不流泪是假。但三峡100万移民即使是流着泪也要挺身走、唱着走，快步走。党有号召，政府有政策，不能不走。哪怕矛盾重重、困难多多，心如浪咬，也要奋然前行。三峡移民就是通情达理，能以国家长远利益为重。

三峡坝区约五万移民，是排头兵、先锋队。在屈原故里，我有幸参加欢送一批移民，那长龙似的卡车，贴着标语，插着红旗，装满家具，包括坛坛罐罐，在欢呼中向移民新村银杏沱出发……他们或由低山搬至高山，或由县镇迁移他乡，或由田头走进车间，重新安家，重新创业，重新开拓。这前所未有的开发性移民，是一条艰辛的路、开发的路，也是一条致富的金光大道。三峡移民已奏响了序曲，威武雄壮的交响乐将随之而起，响彻七百里三峡库区，响彻神州大地！我们向三峡移民致敬！

伟大的造物主，造就了长江三峡的雄奇、秀丽、惊险，黎民百姓曾受害于三峡，也寄希望于三峡。三峡给百姓带来过悲哀和黑暗，也将给百姓带来喜悦和光明。三峡以其宽博的胸怀融会了人世间的百般滋味，留给中华儿女以无穷无尽的品味！

（原载《广州日报》1996年1月11日、《散文选刊》1996年6期选载，入选《中国散文百家谭》续编）

253

情满绿水青山

附　录

三峡背篓女

　　三峡，那些背背篓的女人，是我心中永远的风景。

　　好多年前，我们几个业余作者打起背包走三峡，走一站，歇一歇，采一采风，又朝前走。记得头一回到兴山，这个地名引起了人的兴致。兴山者，多山也。据说，县境内海拔 1000 米以上的山峰就多达 1000 余座，与茫茫林海神农架毗邻。中国历史上的美女王昭君就出生在香溪河边的兴山宝坪村。绿水青山滋润人。于是便想入非非起来，兴山可能就是个美人窝子。香溪的碧水依旧潺潺地流去；"明妃桥""望娘滩""珍珠潭""望乡台"等民间传说，依旧还在流传。但岁月流逝，当年浣洗香帕的美女王嫱已经远去。人称王昭君七十二代后裔，我们寻访过后，也不过是个相貌平常的女工而已。想象同现实是总会相隔一段距离的。

　　沿着悠悠香溪、弯弯山道步行，前面就是香溪镇。远远望去，香溪河与西陵峡江水划出一条界线，碧绿与浊黄分明，似一刀截割开了。古镇很小，几爿破旧的铺面，零零星星，连不成一条街道。天上灰蒙蒙的一片，地上也是灰蒙蒙的一片。古镇坐落峡口上，风吹的蛮大，呼呼地叫；长江的涛声蛮响，惊涛拍岸；煤炭堆成一座座小山，煤灰黑压压遍地。香溪产煤。既是生命亟需的能源，也是有害于生命之污染源。

站立码头，人工装煤炭上驳船正忙。只见两行背篓像两条长龙，从上蜿蜒下河，又从下逶迤上坡，背篓连着背篓，脚印踩着脚印，打杵发出有节奏的叩响。背篓是山里人的一大发明，山高坡陡，用扁担箩筐挑东西极不方便。背篓的篓口扁圆，篓底呈长方形或正方形，落地稳当，也许是织进了竹子特有的气节，格外坚实耐用。男子汉背的背篓同女人们背的背篓，形状相似，但从篓口的大小、打杵的长短是可以分辨出来的。凝望背篓女人的背篓上，那装煤炭的袋子横搁的像条岭，竖放的似一座峰，爬上坡时脚肚子青筋暴暴神；下坡时两只腿抖抖神，极其艰苦难受。男子汉上下坡带来的是轻捷的风；女人上下坡呼出的是沉闷的雷。我真担心把背篓女压坏了，压趴下去再也爬不起来。手心捏出一把汗，心里一阵战栗。她们的脸上煤灰掩盖了红润，超负荷压弯了身腰，一头秀发失去了飘柔，一副削肩勒压成宽平衣架子。看一路背篓女谁似昭君？她们的青春是风尘仆仆的，她们的日子是风吹日晒的，他们的人生路是弯弯曲曲坎坎坷坷的，那远非被别人抬着走的虚空，而是用自己的脚板丫和打杵夯出来的坚实。我看着看着，眼睛模糊了，心同背篓一样沉重，一样忧伤。趁她们歇息时，我赶快走上前去。采访嘴角上长有一颗黑痣的背篓女，中学毕业后做了码头搬运工。她见我羞涩一笑，说出的话深深地打动着我：人一生都在同自己的命运搏斗，人生的价值不就体现在同命运搏击的过程中吗？！

七百里峡江自古从不夜航。此刻，香溪的夜色是静谧的，那轮圆月先挂在山上，慢慢地又映在碧波里，江风吹

255

情满绿水青山

拂，月亮在水上荡漾，碎了又圆了，圆了又碎了。我想起那些劳累了一天的背篓女是不是已进入了梦乡？她们的梦是甜甜的，还是苦苦的呢？

　　大自然中，没有一片树叶是完全相同的。人世间也不会有完全相同的形象与命运。曾被誉为中国古代四大美人的王嫱（昭君）姑娘，从香溪走向长安，在汉宫孤苦多年；然后抢抓机遇，挺身出塞。她的命运同样多舛：有太多的眼泪；有被打入冷宫的孤寂；有出塞风雪途中的艰辛；也有经历过委屈忍辱的痛苦。终于，她通过搏击，赢得了机遇，最后才走向荣华富贵与辉煌。兴许这才是一个人的真实人生。倘若联想起王昭君，三峡背篓女也完全用不着悲观，用不着糟践自己。你们虽没有昭君的花容月貌，婀娜多姿，但骨子里同样蕴含着不屈不挠的品格。这是追求美好人生和幸福生活最宝贵的东西。

　　我们也发现三峡的背篓女有开心和快活的日子。每逢节假日或赶集的时候，她们放下沉重的、背缆磨得光溜的大背篓，换上小巧的花背篓，装入几捧枣、几个橙、或几斤土鸡蛋，以及一颗欢乐的心走亲戚、回娘家、赶乡场。那轻巧，那愉悦，那标致，那风采，无不叫人夸赞。此时此刻，她们青春的梦、岁月的梦，幸福的梦，统统都装在花背篓里了。倘遇上说得来的姊妹伙，便各自流露出少有的娇态，格格格地笑，如山泉一般叮咚叮咚地响；如约会刚对上象的男朋友，便现出姑娘的羞态，羞答答、红润润的脸庞，就像刚美过容似的。古话说，"女为悦己者容"。谁要是有眼福，能瞥上一眼，便会终生难忘。

　　翻山越岭，人烟稀少时，男女情不自禁地对唱三峡民歌，更飘出浓浓的情调——

隔山叫你山答应，
隔河叫你水压音。
刀子剖开我的肚，
情系在我心里头。
人说三峡江水恶，
莫教风浪打郎船。

山桃红花满上头，
峡江春水拍水流
花红易衰似郎意，
水流无限似侬愁……
行人莫笑女粗丑，
儿郎自与买银钗

　　人与身为父母所生，女儿的美与不美是个存在。但美
的标准不尽相同。楚王好"细腰"，爱"高髻"。仕女弱
不禁风是美。但山妹子也自有她的健美。读过《红楼梦》
的人便知，贾府的焦大是不爱林妹妹的。只有情人眼里出
西施。

　　乡场上人头攒动，热闹异常，花背篓五颜六色，阳光
下花背篓变成一片花的海洋。我挤在人流中有意地寻找那
个在码头上认识的背篓女，发现有好几个熟悉的面孔与背
影，犹疑后打问，她们摆摆手、摇摇头，然后一阵风似的
"格格格"笑着走开了……顿时，我心里怅怅然，脑海中
久久地映现出那个三峡背篓女的身影，默默地祝福她一生

情满绿水青山

好运！一生平安！像香溪的月亮圆满皎洁，成为峡江月夜
通航道上的一盏标灯，在平凡的岗位上闪闪发光！

（原载《散文百家》1998 年第 10 期，入选花城出版社
《淑女的味道》）

三峡雄鹰（外三章）

高阔的长空，深沉的江波，任你自由飞翔。右岸的奇峰，左岸的悬崖，筑起你起飞的跑道。雄鹰在三峡展翅，一个盘旋，一种风采；一个畅飞，一派潇洒；一个飞升，一层境界。那娴熟的技巧，那矫健的雄姿，那灵性的翔飞，胜似最精彩的航空表演。

夔门的惊险，你敢飞越；

巫山的云雨，你敢剪碎；

西陵的波涛，你敢傲视。

三峡的儿女，历经了百年风雨沧桑过后，一个个都像展翅的雄鹰！

山路弯弯

一条山路，挂在山崖，穿过峡谷，笼罩云雾，也许印有你的脚印，我的脚印和他的脚印，重重叠叠，坎坎坷坷。岁月蹉跎，变成了一条生命之路。

我们用双脚丈量过大路与小路，丈量过平原与高山，丈量过江河与小溪……但回过头来看看，自己所留下的这许多脚印，不也丈量着自己脚力的强弱和人生的高度呢？！

情满绿水青山

附 录

走前人没有走过的路，走自己的路。每个人的一生，向前看，任重而道远！不停步，兴许有一天走向辉煌、走问崇高！

竹　韵

古往今来，竹子的高风亮节成了人品的标志，这已经家喻户晓了。

每当我穿越故乡蓊郁的竹林，总是被那蓬勃的生命，袅娜的绿竹，婆娑的竹影所打动。竹子摇曳生姿，楚楚动人，十分可爱；竹子翠色如洗，新鲜空气，净化环境，真是造物主的艺术创造！

啊！我赞美竹子的高风亮节，这正是革命者高尚品格的象征；我喜欢竹影的柔美多情，洋溢着竹韵，这是诗意人生的写真。

刚是美，柔也是美，既刚且柔，达到刚与柔的和谐，那就称得上人生美的极致了。

水中之鹰

鸬鹚，水中之鹰。凭着水性好，眼睛尖，嘴巴坚硬，动作敏捷，水阔百里千里，任你巡游，追捕那天真、灵性的游鱼。

每当回归小船，渔人让鸬鹚吐出猎物，即使是气得脖子再粗，你也只好认命。可是未等消除疲劳，渔人竹篙高高一扬，你又出发跃入江中。

鸬鹚啊，英雄的水中之鹰。

（原载《散文》2000年第2期）

记忆烘桶

　　人的一生就像一个圆，从起头慢慢地走呀走，最后又似回到刚开头的地方，常常对此十分感慨。前几天在街上闲逛，发现一处人丛中选购之风蔚然。走过去打问，原是高效节能电暖箱。样式有长方形、正方形和小长方形，价廉物美。产品出自湘西怀化市，倍感亲切。一时兴来，便购回一台小长方形的。置于书桌下，红外浅暖脚，随意调温，不似空调胜似空调。一下子，点燃起我对湘西老家回忆的思绪……

　　记得在湘西平常百姓家，寒冬腊月时节，几岁的小伢大都是"站烘桶"的，大孩子和上年纪的人"捂烘笼"，人多时便"烤火塘"或"烤火盆"。我印象中最富情趣的要数"站烘桶"。"烘桶"是木制品，圆桶形状，上圆口小，下圆口大，稳稳当当，踏板下放一小盆炭火。人站立桶里，浑身暖洋洋的，在限制中且可灵活旋转身体。

　　小伢子站烘桶，一举数得。一是小伢子过冬暖和；二是大人轻松，可腾出手来劳作，出门少个累赘。家大口阔的农家，父母亲忙于干农活，往往是五六岁的哥哥姐姐背二三岁的弟弟妹妹，一怕小伢子受冻，于是家家户户都备有烘桶。邻里多的人家，有时聚集几家的烘桶放在一处，由一个人照顾即可，既安全又热热闹闹。

　　我也是站烘桶长大的。现在回想起来简直就像童话世界，拾回一个甜甜的梦。那梦境颇有几分朦胧的美在其间。俗话说："三岁看大。"从三四岁小伢的现状，可以看出他的未来。开初，我有点将信将疑，后来慢慢地有所认同了。有一年回家乡过春节，偶然碰到好几个曾在我家站烘桶的青梅竹马的伙伴。有做了一辈子农民的，有参军当上军官的，有做教师的，有当工程师的，等等。老人们高兴地数落起我们儿时的情状来，记忆犹新，历历在目。

　　老人们说得有鼻子有眼。比方，参军的那位伙伴，小时站烘桶，硬是不本分，手脚总是不停地乱动，调皮死了。后来果然参了军，驰骋战场，做了军分区司令员。他笑着否认，老人们硬说千真万确。那位当了音乐教师的伙伴，老人们说他站烘桶时爱哭爱闹，嗓门儿大，是唱歌的料子。说到我的时候，当年站烘桶不声不响，子子本本（方言，即本分）、本本分分，脾性就是好，现在还是这个样儿。唯独我的文章阿哥例外，他儿时眉清目秀，连哭喊的声音也很轻很细。五伯给他取名文章，指望他长大后从文，以光宗耀祖。不幸的是，五伯过世太早，家境贫苦，初中未毕业就辍学务农。人到中年，适逢改革开放，他想做生意发财，可每每都蚀本，亏空不少，人也见老得快……我前思后想，历代相传的某些俗话，也有些说得不准的，"一分为二"更科学些。就好比神秘的湘西既是落后封闭的土地，但也出现了一大批著名人物。如政治家熊希龄、向警予，历史学家向达，教育家、辞海之父舒新城，经济学家武育干，法学家杜元载，文学家沈从文，画家黄永玉，军事家粟裕等等，不胜枚举。

早在半个多世纪前，沈从文先生曾说过："湘西人欢喜朋友，知道尊重知识，需要人来开发地面，征服地面，与组识大众，教育群众。凡是来到湘西的，只要肯用一点时间先认识湘西，了解湘西，对湘西的一切，就会作另外看法，不至于先入为主感觉可怕了。"同时，他也指出"湘西人民常以为极贫穷，有时且不免因此发生'自卑自弃'感觉，俨若凡事为天限制，无可奈何。"而今的湘西，已不再偏僻，物产丰富，交通方便，人才济济。从烘桶里走出了中国人中"最勤苦、俭朴，能生产而又奉公守法，极其可爱的善良公民"；走出上一批又一批国内知名的专家学者，对社会主义作出了巨大贡献。

当我脚踏在湘西怀化的电暖箱里，回忆着孩提时代的烘桶，直感到无比的温暖，无比的欣喜。曾被历史习惯所范围的湘西，如今正在日新月异地前进着。

（原载《散文百家》2003 年 8 期，选入《2003 年我最喜爱的中国散文 100 篇》）

从文让人

　　沈从文先生的名字，是在我读过《湘行散记》《湘西》和《边城》过后才引我瞩目的，并油然平添钦敬之情。他就像一只多彩的凤凰展翅飞翔在神秘湘西的蓝天，也扑闪在我的湘西梦里。他谦卑地称自己是"乡巴佬"。其实，沈从文因湘西神地而滋润；湘西也因有这位世界级的作家而出名、而骄傲。

　　年轻的沈从文凭着湘西人特有的向外闯荡的性格，只身到了北平，可考大学无门，为"稻粱谋"计，想靠发奋写作生存下去。可投稿初始，退稿不断，不断地写呀写，终于被编辑关注，其作品才得以问世。从 1924 年开始发表作品起，在 20 世纪的 20 年代到 40 年代，他曾用不同手法写出了大量小说、散文和评论，出版作品集多达 70 余种，蜚声文坛。

　　新中国成立之前和之后，他曾遭到过残酷的批判，被人斥之为"反动文艺"。沈从文惹不起躲得起，从此他离开了文学界，被迫转行到历史博物馆工作，做了说明员，默默无闻地干了 10 年。以后，几经坎坷曲折，风风雨雨的人生。直到在周总理的关心下，得到了中国历史博物馆和中国社科院历史研究所的大力支持，依靠王亚蓉等两位助手，积几十年的收藏爱好和丰富的知识积累，呕心沥血，终于在1981年完成了《中国古代服饰研究》这一部大书。沈从文的名字像"出土文物"似的，重新又在中国和世界轰动起来，"长立于中国文物学界，乃至中国文学艺术界"。

在阅读沈从文中，我读到晚年沈从文曾在湖南所作的三次讲演，以及他与美国学者金介甫的访谈录，不仅内容丰富深刻，而且鲜为人知。我们可以从中找回一位大师的音容笑貌，尽享他的人生感悟。

沈从文原名沈岳焕，苗族，1902年12月28日出生于湖南凤凰县。十三四岁当兵，流荡在沅水流域和湘川黔边界。有一次，他军队里的一位上司，是个胖子军阀官，一时心血来潮，便按照孔子的"郁郁乎文哉，吾从周"这句话，帮助沈岳焕改名沈崇文。后来他自己又改为沈从文。这就是沈从文名字的由来。直到1980年6月，在与金介甫对话时才公开出来的。他幽默地说："其实我是不文不武的。"然后呵呵一笑，"我又住在崇文门，一种巧合吧！"按照中国的传统习惯，给孩子取名儿，大多寄托着父母亲的一种心愿：孩子长大后欲改名字，也寄寓着人生的某种理想。沈从文这个名字就有一种浓浓的味道在其中。因为这个名字，我重又去了湘西凤凰古城。在拜谒沈从文墓地时，我心有一种感触总是挥之不去。那座坟茔极特别。实际上就是一块自然天成、未经雕琢的花岗岩。在岩石背后，镌刻着张充和女士（沈夫人张兆和之姐）的一幅敬诔：

不折不从　　尔慈尔让

星斗其文　　赤子其人

　　字里行间嵌藏着"从文让人"四个字。我一边诵读，一边轻轻抚摸，从手感中发现已被许许多多双敬仰者用手、用心把它摩擦得光滑发亮了。我被深深地感动了。"从文让人"，在很大程度上概括了沈从文一生为人的个性特点和人格魅力。

　　"上善若水"。我记起1953年的一件事来，那一年，沈从文的大部分书的纸型，突然被书店所烧毁，开明书店通知说，他的书"过时了"。祸不单行，在台湾也被禁止出版。面对这一残酷的打击，沈从文表现出极为罕见的平静，其忍让之心真是超人。他喃喃自语："我也觉得烧掉倒省事。国内我倒没觉得惋惜，国外嘛我也没寄托希望。因为，我已有新的工作（做说明员——引者）。但是，现在国家又有新的文艺政策，有机会让我旧作一部分再印出来……我仅仅剩下一本样本，一下子不容易找。"沈从文对于遭遇的不公平，总是心态平和，默不作声，更不敢生气，他的心静似秋水一样。

　　当美国学者金介甫问沈从文，苏雪林曾写文章批评你、骂你……沈从文回答："她不认识我，她说的地方还是有点对啦。说我的作品很粗糙的，没有组织，文字浪费是对的。因为我那时并不成熟啊！"后来，苏雪林再认真地读我的作品，"看法就改了。对我蛮好的。"其心地之善良达到了极致。

　　年轻的时候，沈从文与丁玲、胡也频是要好的朋友，没少帮助过她们。1931年1月，天寒地冻，胡也频找他，沈从文见胡也频穿得很少，就把自己新做的棉袍给他穿上。胡也频后来被秘密枪杀。沈从文在悲痛中写出了《记胡也频》；1933 年，丁玲被人出卖，也神秘地"失踪"和逮捕。沈从文在白色恐怖中，不顾个人安危，迅速地写出了《丁玲女士被捕》和《丁玲女士失踪》，公开揭露，表示申援和抗议。不久，又写出了《记丁玲》长篇纪念文章，洋洋几万言，都是关心丁玲，充满友好善意的。尤其是为丁玲的自由四处奔走、呼吁，竭尽全力。可是，因为在《记丁玲》中涉及她与冯达的事，这是丁玲的"伤"，所以她不高兴，翻脸骂沈从文，恨沈从文。沈从文尽管很伤心，仍胸怀宽广，非常宽容。他对金介甫说，"让她骂骂，我也不要紧。"从文让人真乃大家风范！他始终相信：论公平还是读者公平。

在 1987、1988 年，沈从文被提名诺贝尔文学奖候选人，而且基本倾向于沈从文。后来因为某种原因，最终没有评上。当时，私下为沈从文打抱不平的人很多。可他本人对此没有太大的反应，依旧以平常心态，处之淡然，就当未有此事一样。即使是对身边的助手和接近的友人，也从不说及这次评奖的事。对待这一人生的殊荣，他没有斤斤计较其得失。当然，也不是说他连"殊荣"都已麻木了。据一位学生观察，"沈先生从此身体好了起来。"个中似乎也透露出沈从文内心世界的一点隐秘。谁不为荣誉而心动而欣喜呢？

沈从文的一生，是曲折坎坷的一生，是饱经沧桑的一生，但也是光辉灿烂的一生。他以高尚的人格和不凡的成就，长留在中国和世界读者的心中。他晚年的口述和讲演，其言也善，其意尤真。沈从文甘于寂寞而终不寂寞！

（原载《北京文学》2009年第5期）

书评选粹

故乡永远是最广阔的叙事空间

——李华章散文集《江河长流》读后感

杜　鸿

　　华章先生一直潜心散文，默默创作，长年不辍。人们常常挂在嘴上的"坚持、专注和独守一域的孤独"，在他身上得到了最坚实的印证。他为人处事从不张扬，从来有一说一、实事求是。他以文学之名写下第一个字开始，一直贯穿到现在，始终以一种近乎苛严的实在精神饲养着他的文字和自性，并以此构成其散文创作与他人明显的区别性。华章先生的散文集《江河长流》同样非常分明地承载了他有关故乡以及创作的全部风骨。散文集于 2016 年 9 月由现代出版社出版，遴选了华章先生 2014 至 2016 年期间散文随笔 80 篇，分为《沅水心影》《三峡情怀》《最美之缘》《品书读人》和《自赏文选》五辑。在创作成就上，湖北大学文学院教授涂怀章对华章先生的散文作出了中肯评价——"不浮不躁，不俗不腻，纯朴自然，显示出平易亲切的素质，达到了难得的高雅境界。"而我，从华章先生这部散文集，读到的更多是，他文字的骨骼里光耀着故乡带给他的心灵和情感的光芒。借此，华章先生让故乡成了他的散文创作最为广阔的叙事空间。

一、乡愁：溆浦、沅水及记忆

《沅水心影》是作者对原生故乡溆浦为代表的故土所进行的生命触探。在这里，作者无论是读沈从文的沅水之行，还是书写自身的采风亲历，始终都围绕着魂牵梦萦之地溆浦那块既亲切又陌生，既伸手可触又遥不可及，既亲晰可感又依稀朦胧、如同隔世的故乡，以不同视角、不同层面和不同思悟进行最为深情的抚触。正是这种抚触叠加成作者的异常繁复的心灵镜像，将沅水这条美丽的河流以让人心动犹怜的母亲形象呈现出来，从而成为作者对故乡及其乡愁累积总和的载体。在《沈从文心中的沅水》里，作者一句话"千里沅水，滚滚奔流。这是湘西儿女的母亲河。她有天生成的美丽和温柔"，就点题式地将乡愁附着在阅读审美与乡愁诉求幻化成的母性形象身上，然后以一系列女性形象和细节，进行了深情呈现。这些女性形象中，有一代文学大师沈从文的母亲和妻子三三（张兆和），"孤独地坐在冰冷的船舱里，一心挂着两头：一头牵挂着病在家中的母亲，归心似箭，如火如焚；另一头思念着北平的妻子，离开爱人一日比一日渐行渐远，眷恋之情，如丝如缕。"继而，因为沅水的缘故，"他把眼中的所见、心中的所喜，故意以轻松的笔调写信告诉妻子三三"。还有在沅水上生存的底层女性，"从窗口伸出女人的头来，正嗲声嗲气喊着船上的人：'再来，过了年再来。'这是吊脚楼人家送水手下河，声音缠绵死了。"本身，这样的女人头，这样的嗲声嗲气，这样的过了年再来，就已经构成了一副绝美的水上风情画。但是作者并没有善罢甘休，而是由表及里，将笔触层层深入到吊脚楼灯光下那些"扯得眉毛极细的妇人，或是大脚妇人、年轻女子"身上，她们"唱着曲子，每首曲子里，无不流露出这些人的哀乐"，从而"令人有点忧郁，真是一辈子也忘不了的。"可以说，正是沅水这条母亲河及其河上生存的女性，让作者和沈从文的审美，由自己的亲人到河上的风情，最后到吊脚楼里的曲子，可谓直抵人心及其骨髓。也正是在这种抵达的过程中，作者无以排解的乡愁块垒得到了消解。与此同时，"坐船的客人夫妇间若撒了野，还得买肉酬神，才能消灾免祸"的禁忌，让沅水与女性一样有着某种与生俱来的贞节底线。

　　当然，任何一位作家的阅读都不是被动的阅读和审美。华章先生更是这样。他一边阅读着沈从文的逆水而上，一边放逐着自己的情感和心境，随着大师的笔触时而心领神会，时而心潮起伏。在有的地方，他甚至超越大师已有的审美体验和感受，以自己与故乡深切的审美视角和情感融合，情不自禁地跳出来，直接以自己的文字摇笔书写起母亲河来，"那条河流清明透澈，沿河两岸是绵延不绝高矗而秀拔的山峰。善鸣的鸟类极多，晴朗朗的冬天里，还有野莺和画眉鸟群集在黛色庞大的石头上晒太阳，悠然自得啭唱着悦耳的曲子。"这是作者赋予沅水的整体写真。接下来，"水底全是各样的石子。石头上全是细草，绿得如翠玉，上面盖了雪。人坐在船舱里，可听得出水在船底流过的细碎声音。"从水底到石上，从细节到春雪，从船舱到船底水流的声音，作者将这些真切而富有叙事伦理的环境观察得如此细致入微，无疑是浓浓的乡愁使然。紧接着，作者通过河滩上许多等待修理的小船斜卧于干涸河滩石子间，有工人正在船边敲敲打打，用碎麻头和桐油、石灰嵌进船缝里去，"在如此景物明朗和劳动场面中，却似乎蕴涵了一点儿凄凉和寂寞"，由此点出作者内心深处的意旨。进而，"这种深深的印象不时地触及到他的灵魂"，以至"美丽总是愁人的"，从而完成具有互文质性的表达，既跳出了解读大师作品带来的局限，又印证和强化了乡愁主题的表达效果。

在《沈从文流泪听"傩堂"》里，作者的乡愁符号则借助对沈从文回乡的情景再现，特别是一个个对大师流泪的细节的描写，直接就扣住了读者的心弦。一方面，作者如同祥林嫂式的叙述过往的记忆，本身就是一种深情的乡愁表达。"他重回念过书的文昌阁小学，在教室里坐了一会儿；在校园背后的兰泉井边，他俯身喝了几口井水；还执意去赶了一次乡场，喝了一碗豆浆，吃了几砣狗肉；他游览了黄丝桥石头古城；在悠悠沱江上划船荡桨；在破旧的老屋中堂，扶壁张望……"在这里，沈从文近乡情怯的情态，痴痴傻傻的模样，完全和作者的内心情态合二为一了。与此同时，主人公的情感无疑就是作者心灵的物化和再现，"沈从文也跟着轻轻哼唱起来，尤其是聊发起少年狂来，手舞之、足蹈之，待唱到动情处，他跟着一边轻哼，一边流出眼泪，那眼镜片后，一双眼红红的，噙着泪水。"到了这里，沈从文的眼泪，何尝不是作者注视和眷恋着故乡的那双眼睛里所含的热泪？

在传统乡愁符号里，除了老树昏鸦、小桥流水人家，还有炊烟、家畜、小船和木排等在现在看来不可多得的元素。在《洪江风采》里，作者再次运用呈现式的叙事，以最能打动人心的，木排、竹簟、牲猪和炊烟等，铺排成一副江上人家落日熔金的画面，还原出具有陌生化效果的江上乡愁，"木排、竹簟铺满半条河，排上还修有小木屋，住有船家，养有牲猪，傍晚时分，炊烟袅袅，落日映在江面，比绘画还漂亮几分。"在《双井》里，作者的记忆则停留最热闹的七八月酷暑的夜晚，那时的双井，"满天星星，闪闪烁烁，月光皎洁，撒满池塘，与田间地头的萤火虫交相辉映。"因为双井离老大门有两三丘稻田的距离，房子和围墙挡不住吹来的凉风，好似离村的一座孤岛，双井的夏天就格外清凉，"月光下，有喜巴子专卖凉粉的摊子，打的是祖传的招牌。这是用纱布包住'石花籽'搓出的浆汁，凝成透明的豆腐块状，用井水浸泡着，给人盛一碗，加三条匙红糖水，二条匙陈醋，进口凉浸浸的，又酸又甜，爽口解渴"，以致"井台边的凉粉摊，吊一盏玻璃马灯，被围得里三层外三层……"。在《田野的声音》里，作者的记忆又是那么幽美而沉重，"牛在前头拉耙，人在后头双手扶耙，身体前倾、埋头，典型的脸朝黄土背朝天。"继而，这种混杂的情绪，暴露了作者对故土的眷恋之情和对父亲的怀念之情，"人在泥水里行走，热汗在水中流淌，激起一层层浪花，发出一阵阵水响，溅得人满身泥水点点，而扶耙的双手还要掌握耙齿入泥的深浅，上下沉浮，泥水荡漾出的声音，急促与舒缓有致，富有韵律感，既用力又用心，艰辛之极。那犁耙水响融入了父亲沉重的、湍急的心声，那希望的田野成为父亲一生的梦……"父亲用一生的劳动所编织的梦境，也永远定格在作者的心田里，生根发芽，如今以文字的方式生长成一棵乡愁大树。

不过，在作者明亮的心境里，乡愁不仅表现为离愁别绪和触景生情的泪花，还更多地表现为风情各异和栩栩如生的家乡美。在《花瑶梯田，壮丽的画》里，这种美丽，就是那壮丽的花瑶梯田和劳动者。作者以极简洁的文字，素描出花瑶梯田的前世今生，"支系花瑶（现全国约七八千人）与汉族黎民百姓，把一个个山包、一条条山湾、一片片山坡开垦成大大小小、长长短短、弯弯曲曲的农田，坡与坡相接，丘与丘相连，由山脚至山顶层层叠叠，错落有致，千姿百态，形成诗意的美丽梯田，有如高等画家绘出的一幅幅国画。"及到秋收时节，"放眼望去，上万亩梯田的稻谷，如金带盘绕，似金龙腾飞，像金蛇狂舞，整个山背金黄遍野，山风吹拂，如海似潮，一派浓浓的山背秋韵。"而个中最为动人心弦的是"离几栋木楼不远处，有七八上十个花瑶妇女，头戴圆圆的火红太阳帽，身穿翡翠色的衣服，脚上裹着绑腿，光彩照人，妩媚而潇洒，正在稻田中抬头拭汗。"原来在作者心里，这才是最为美丽的风景。在《龙潭，最美的缘》里，"眼睛里珍藏着花瑶女人在梯田收获、服饰靓丽、欢声笑语的倩影"再次印证了这种美丽。

　　除此之外，作者的一组让人印象非常深刻的叙事性文本，通过人物形象和老家故事的描写更加深刻地锁定了记忆里的乡愁。在这组文章里，印象最深的是《留守小兄妹》。主人公是作者的两个小外孙，父母出远门打工，留下八岁兄和五岁妹。见到他这个爷爷级别的亲戚，连少儿天然的"人来疯"没有了，"他俩在一旁的条凳上赶作业，机灵地偷看几眼电视，或你打我一下，我还一下手；或我抢了你的笔，你拿了我的本子，一心多用，小动作不断，有时跑进跑出，有时在沙发上摸爬滚打……"如此这般，算作是他们作为少儿的全部童真与快乐。于是，作者主动打破这种僵局，试探地问，"有一个芒果是不是你吃了？她连连点头，小苹果似的脸上添了一抹红。好吃吗？她又点头：味道甜甜的。见我亲切和蔼，没有责怪她，便燕子似的飞出门了。"天性的流露加上亲缘的力量，僵局被打破，继而"她主动乖巧地喊我们舅婆、舅公，举止也慢慢地无所拘谨，有时还撒娇似的往怀里钻"，直到最后"那闪亮的大眼睛，薄薄的小嘴唇，白净的圆脸庞，天真美丽可爱"。整个文章的笔墨并不多，但是小妹妹的形象鲜活地跃然纸上。读完这篇文章，里面的人和事久久挥之不去。

在《顺木匠》里，作者讲述了一个文"文革"后期发生在家乡的往事。战士舒昭杰回家探亲，归队急命速归。路遇渡河洪水，叫渡船不应，便对着船老板发了一通火，说了句"如果因此延误军机，你要负责任的……"半个月后，便被状告他一个地富子女用枪威逼船老板过河，请部队严查遣返回乡。后来虽然已然澄清是非，但是"顺木匠从儿子家信中得知此事之后，受到不小惊吓，连做几回噩梦"，以致"顺木匠连说：好险呀，我这一回躲过了一劫，重复了好几遍"。可见，文革往事并不如烟。《一床棉絮》里的母爱更写得极具爆发力。作者通过一床棉絮，将如棉絮一般深沉繁复的母爱，通过一连串絮语表现出来，"说是特意给我弹的，用的是自家产的棉花，颜色洁白，雪花似的；棉纤细长，没有渣滓，蓬松柔软，手感舒服。一个人上了年纪，比不得后生，身体上的毛病处处冒头。寒冬腊月身上不多穿衣服，床上不盖厚棉絮，就容易患这病那病的。所以赶着弹了一床加厚的棉絮，重12斤，反正是自产的棉花。弹匠师傅也是你的堂哥，手艺远近出名，做工细致……母亲说了这一连串亲切温存的话语，眼睛微笑地看着我，生怕我嫌麻烦、不愿带回。其实，那字字句句都温热着我的心窝，那嘱咐声比加厚的棉絮更加厚重，比蓬松的棉花还要温柔。"其实，作者早就从妈妈额头上的皱纹里读到了母爱的真谛，"宛如棉絮上密密的线网。错综之中无不浸透着浓浓的母爱。"

　　像这种叙事性文本，在华章先生的《自赏文选》也有体现，《梦里的淑水》就是其中的代表作。首先，作者以自己的动态视角，将竹乌蓬里的器物进行了生动地介绍，"头就顶着竹乌篷，后舱底层是铺着木板的，板子涂了桐油，擦得亮光光的，晚上打开铺盖就是船老板的床，两旁挂有生活必需的用具。有一样与坡上不同的是，煮饭、烧水用的是鼎镬，圆圆尖底，深深的，盖子也是铁制的，悬吊着煮饭，煮出来的饭格外喷香，不用好菜，一土碗腌了二三年的酸菜"，接下来，作者将这种叙事推进到一种半主观半客观的状态，"一边吃一边看船工们喝酒。酒是本地造的甘蔗酒、高粱酒。少则喝一碗，多则喝半葫芦，用以驱寒解困，舒筋活血。酒后那半醉的样儿，令滴酒不沾的我，心里也似乎微微醉了。"最后，作者的主观感受全部笼罩住竹乌蓬里里外外的世界，"叫喊声惊醒了我的梦，我揉了揉眼睛，小船仍在前进，天上是金色的满月，江面波光粼粼……"文章的意境与梦境由此融合在一起，共同构筑出作者魂牵梦萦的故乡最为迷人的情态。

情满绿水青山

二、抒怀：景物、故事及互文

生活本身就具有极强的戏剧性。因为读书和工作，华章先生在经历了大学岁月的短暂过渡之后，从沅水河边辗转到峡江宜昌，在这里以 50 多年的时间扎根生长，并成长为宜昌文艺界的领军人物。就是在这漫长的时间，让他的内心和情感发生了难以言状的嬗变。一种在情感上近乎"双城"的模式，让作为作家的华章先生经历着其他作家所无法体察的心路历程。此时，用"第二故乡"来定位他和三峡的关系似乎已经不够准确。在我看来，他在这种双城两地故乡之间，既有融合又有悖论，如同两个异地相恋的情人，"双城之恋"既是发酵相思的温床，又是催人老去的病毒。因此，"日久他乡即故乡"便成了华章先生发自内心深处的感佩。也因此，三峡宜昌在华章先生心里始终显得既坚硬又柔软。也正是这种柔软催生了他在《三峡情怀》里明显带有地域印记的文本，从而成就了他与溆浦处在同一高度的关于三峡的一系列作品的情感支撑。

如果说，华章先生对溆浦的书写是一种行吟，那么他于三峡的笔墨挥洒无疑是一种歌唱。而他歌唱的方式主要表现在景物、故事和互文抒怀等表达方式上。当然，个中也有交叉与混杂。但是无论哪一种表达方式，它们都和华章先生溆浦的亲缘散文一样，具有与他人散文创作非常明晰的区别性。

在华章老师《三峡抒怀》的系列作品里，借景物抒情类的作品可谓数量颇丰。《远逝的三峡民谣》就是其代表作。作者单挑西陵峡青滩老纤夫的一根老纤绳，然后给予足够专著的凝望，然后从色彩和模样上将它历史全部锁定，"竹缆上涂抹的桐油已呈黑褐色，形状似琵琶的模样"。然后，留给读者关于主体事象以无限想象的空间。在《三峡，永远的风景》里，桃花鱼和点水雀成了作者爱不释手的表达事象，并以此浇灌自己对三峡的热爱之情。作者开篇就点题道，"香溪河依旧流香，依旧漂浮着桃花鱼。"桃花鱼顿时就在作者笔下游弋起来，"依然五彩缤纷，呈乳白色、淡黄色、桃红色，像一把把小降落伞，又似一朵朵桃花，约古铜钱大小，柔软透明，一闪一闪，随波荡漾……"然后，作者的通感接踵而来，"那形状，那颜色，那姿态，那灵性，无不令人新奇，美丽之极"。作者把桃花鱼写活了，一张一翕游走了，点水雀又像精灵一样飞到了作者的笔下，"双脚纤细灵活，身子小巧玲珑，羽毛乌黑发亮，尾巴上似涂抹一点红，叽叽的叫声悦耳，蜻蜓点水式的跳跃，宛如轻歌曼舞一般的轻盈舒展，又像行云流水一样的飘逸灵动。"但凡有过水边生活经验的人，此刻一定会被作者这一连串的文字唤醒记忆从而获得美丽的觉受。在《永驻心中的"天官牌坊"》里，一座古老的牌坊，承载了作者乡愁思接千古的记忆，"迎面为长方形两层楼房，砖木结构，滚三层长条青石作墙脚，进门上两级青石阶梯，便是一条幽深的走廊，光线暗淡，左右两边洞开四扇门，两房之间又有一扇小门，用锁锁死，三四家分而住之。"一开始的客观呈现带着近乎冷静的理性。可是转眼间，"天官牌坊里的那间窄窄的屋子，也寄托着我浓浓的'乡愁'，在长江滚滚的波涛中成为了恒久的定格与牵挂"，作者的情怀得到了排山倒海式的表达。

借景抒情也是作者的拿手好戏，所以作品数量也不少。像《待到巫山红叶时》，作者以红叶之美，抒发了对峡江

情满绿水青山

附　录

的爱恋。在作者眼里，"巫山红叶满山遍野，一片片，一丛丛，一团团，火红火红的，蓬蓬勃勃，生机盎然，灼灼耀眼，壮丽无比，令人想象那是一幅幅的国画，一首首的唐诗，一篇篇的美文"，继而，这种鲜红"让亭亭玉立的神女满脸绯红，红光闪闪，诗意盎然，好像装扮好了、正欲上花轿的新娘一样"。此时，看似作者在写神女的万千妩媚，其实更在写红叶的千姿百态和缠绵悱恻。像《香溪缘》以拟人化的手法，把香溪写得惟妙惟肖，"与过去相比，香溪长胖了，长高了，性格也变了。……像个成熟的女人，丰腴沉静，举止端庄……"像《幽幽桂子香》以拟物化的技巧，达到了一箭双雕的效果，"眼前的她已幻化成一枝金黄的桂花……暗香却藏于星星点点之中，其质朴、清纯和淡雅是与生俱来的品质，即使枯萎落在地上，也让人争相拾捡，用以酿出佳蜜来。"像《情满山楂树》熟稔地将比喻——"树上的山楂果皮呈青绿色，向阳处已略带一丝丝淡红，像少女脸上涂了一抹淡妆，那圆圆果实底部开一个小口子，似少女张开小口对人微笑，越看越笑容可掬，露出永远的魅力"和诗意——"若躺在床上听雨，时而大弦嘈嘈，时而小弦切切，嘈嘈切切错杂弹，大珠小珠落玉盘，声音脆响悦耳，诗味隽永"融合在一起，从而将山楂果写得活灵活现，极尽了作者的喜爱之能事。

借故事抒怀的作品，于华章先生而言更是得心应手、诗意灵动。在《神女峰，永远美丽》里，作者将叙事——"我推开窗子，半窗阳光，半窗山花，半窗山风，半窗涛声。山色入眼，山风贯耳，江涛动心"与拟人化写景——"她亭亭玉立，含情脉脉地似朝我走来……天上的五彩祥云，好像招之即来；峡中清凉的风，又像是挥之即去。她摘下一片云，当作轻柔的面纱；她追赶一阵风，沉入岁月沧桑的回忆中"两种手法叠加起来，将目之所及，耳之所闻，肤之所触，顺手拈来，化作灵动的叙事，将自己对三峡及巴楚故土的深沉爱恋无以遗漏地呈现在读者的视野里。在《"跳龙门"》里，作者以"浓重的寒气直灌进领口、袖筒，手也冻，脚也麻，冰冷的风似刀子在脸上刮，生痛生痛的难受"铺垫出自己的情感，"在路上，我只轻声地说了一句：小心冻手啊！明天还有笔试！在昏黄的路灯下，我的心发痛，泪水湿了眼角……"那种长辈的怜悯之情犹如清晨绿叶上的露珠纤毫毕现。在《神秘的佛地》里，作者通过速写信徒行大礼以表达人物的虔诚，书写自己的敬畏，寥寥几笔，便活脱而出，"下山时，我选择走骡马道，一路上两次遇到行大礼的香客。一位是身穿僧人长衫的中年人，走三步，仆伏地上，双手前伸，额头叩地，如此往复艰难地前行，他浑身沾满泥土，额头微肿，目不斜视。"

与前人的文本在思想、情感上进行互文互动，从而抒发自我内心的块垒，也是作者较为别具一格的地方。在《像流水积下了层叠的悲哀》里，作者抓住过往骚人墨客的足迹和感受，层层进行思辨和审视。既有卞之琳先生的"古代人的感情像流水积下了层叠的悲哀"；又有历代咏三峡的古诗词，绝大多数也都"指向个人的生命和情感体验，以独立品格与自由性灵，寄情于山水"，并且"无不闪耀着人性的光彩，至今仍保持着独立的审美价值。"在《舒新城"滟滪堆"之恋》里，作者借助舒新城的遐想，"若能在堆上建一座小屋……对着青山流水阅读，暇时垂钓荡舟，或至白帝城中闲游，至少可将我脑中所有的尘俗思想涤清"，从而书写出中国知识分子的共同情感。在《沈从文过三峡》里，作者借沈从文对三峡的感动。即"那保存太古风的山村，那在江面上下的帆船，那三三五五纤夫在岩石间的走动，那江上已经起了的薄雾，那江边货船上的装货呼唤，那弄船人的桨橹咿呀声、船板撞磕声，还有那黑苍苍的大鹰就（即岩鹰）在江面上啄鱼的雄姿，一切都自然综合成为一个整体，融合于迫近薄暮的空气中，动与静契合，雄与秀并存，而与环境又如此调和"，表达出自己的心声。甚至在《沈从文乘船过枝江》里，作者互文式地表达出和沈大师同样的痴迷——峡江泛舟的迷人景象——"漂浮着星星点点的小渔船，弄船人迎着晨光撒网，载着落日归来，白花花的鱼儿装满舱，那优美的自然生态，至今令人神往！"

三、启悟：叙事、情感及心态

故乡背后，永远站立着人最为深沉的情感。情感背后，又隐藏着太多的故事。故事里面，自然隐含着生命与人生的诗意。诗意里，绝对隐埋着思想、文化、伦理和人的心灵根系。所以，故乡和文学一样，一直是人活在这个世界上因果和根源。基于这一点，基于有着两个故乡的华章先生比其他人有着更加深切的感受。华章先生的原生故乡在湖南水乡溆浦花桥，生存故乡在他与之耳鬓厮磨了50多年的三峡宜昌。所以，在华章先生的生命里，关于故乡这个母命题所主宰的情愫，始终处在一种双城游移的境遇之中。在他的生命和潜意识里，人在溆浦时，宜昌是他的故乡；人在宜昌时，溆浦是他的故乡。正是这种双城故乡的处境，催生和加重了他对故乡的认知和感触较之其他人要深刻得多、浓重得多。所以，故乡在成就了他的丰富的内心之后，更加有力地成就了他的文学创作特别是散文创作。所以，华章先生顺手拈来地说"故乡留给我广阔的叙事和心灵空间。"当我读到他的这句话时，心不禁为之一震。这句话就像一座轰然而立的碑一样，一下子突然矗立在我心里，久久挥之不去。由此可见，故乡是华章先生毕尽一生伏飨的主题。

纵观《江河长流》，华章先生以溆水和三峡这两大包含了故乡和情感板块的创作主体，既渗透了自己深沉的眷恋和情感，又水乳交融地呈现出自己的创作风格和才华，并带给读者以审美上的巨大享受。同时，我觉得，作为一个散文创作的富裕地区，我们广大散文作者，还必须从华章先生的创作实践里得到了几点创作启悟，以引导我们在今后的创作实践。首先是叙事性的重要性。叙事性对散文创作的切入，特别是对散文创作的突破具有十分重要的作用。华章先生的叙事性散文作品虽然在他的创作里比重并不大，但是像《留守小兄妹》《一床棉絮》《"跳龙门"》等作品，让人触摸到了作者身上那种潜在的天赋性的叙事能力，并且让其作品给人留下十分深刻的印象。其次是大情感的重要性。从作者在溆浦和三峡两大亲缘题材散文创作的成功实践来看，再次有力地证明了大情感在散文文体创作中的重要性。三是开放心态的重要性。近些年来，以我与华章先生的交往，感触最深的，就是他一直以一种开放的心态，虚怀若谷的心境和创新不止的精神，不断行走在探索散文创作新方法的路上，以至他的作品的原创性越来越鲜明，文学性越来越强大。以他现在的年纪所付出的

281

情满绿水青山

努力与收获，再次证明文学创作不存在年纪大小、地位高低和出道早迟，而是与作家的心态、精神和境界有着密不可分的关系。一个永远的作家，必须永远学会对自己习以为常的进行颠覆，将自己习以为常的细节和意境，一定要用锤子锤破，然后重构。对自己所依赖的构思方法和内在结构，要勇于全面解构并打碎重组。对自己固有的创作伦理和逻辑，要进行富有锐度的切割和转接，直到抵达到创作的真相之核。与此同时，还要强化阅读以厚重思想、拓展视野、磨炼思维，强化观察以丰富载体，达到陌生化效果，从而真正实现一位作家的眼到、手到、心到、情到和魂到，从而完成自我和文体具有深度、密度和情感度的多维度创作。

> 2017年4月14日一稿
> 2017年4月15日二稿
> 2017年4月18日三稿

（杜鸿，中国作协会员，著有长篇小说《石牌保卫战》《琵琶弦上说》等，散文集《怀想三峡》《峡江号子》等，现供职于宜昌市文联。）

清凉的风　温暖的火

——李华章散文集《江河长流》欣赏

张道葵

炎夏吹来一股清凉的风

欣赏李华章先生的新散文集《江河长流》，宛如炎夏吹来一股清凉的风，叫你浑身舒坦。作者以其生花妙笔，传神地描绘出湘西沅水的旖旎风光，风土人情；描绘出瞿塘峡的雄奇惊险、巫峡的幽深秀丽、西陵峡的滩多流急。一句话，沅水的优美、三峡的壮美的多卷图画扑面而来。如果你到过这些地方，就会钦佩作者的审美眼光和艺术功力；如果你没有到过这些地方，则会心向往之，恨不得立即前去欣赏。不是吗？千层碧波的辰河、陡峭的绝壁箱子岩、处处可见的悬棺葬，不是很吸引你的眼球吗？又如环环白玉直砌云端的花瑶梯田，令人叹为观止。梦里溆水中的过虎跳滩，惊险而有情趣。色彩艳丽的巫山红叶、无比秀丽的大宁河、惊心动魄的崆岭滩……无不耀人眼目。西陵峡峡中有峡，石牌、灯影峡、黄牛峡，景色壮丽。一条

情满绿水青山

香溪河，流淌着王昭君的故事传说，美不胜收。其中，有趣的桃花鱼，会给你带来惊喜。至于全书对风土人情的描写，不亚于对山水自然风光的描绘。如溆浦的粽子，就有三角粽、背儿粽、船儿粽、秤砣粽、枕头粽等等，你见过吗？我是没有见过的。湘西过年的礼性，独特而又新奇。还有王村镇的古朴民风，土家族的织锦西兰卡普……无不令人情趣盎然，那造型优美、古色古香、色彩艳丽、花鸟虫鱼，栩栩如生，体现了浓郁的土家气息和鲜明的民族特色。读着这些美文，无不令人身心愉悦，妙不可言。

还应当指出的是，作者又是与时俱进的。他满怀深情地歌颂湘西的新貌，满腔激情地讴歌宏伟的三峡工程建设，展现长江三峡壮丽景观的新变化，为美丽的桃花鱼仍在飘游、为三峡又闻猿猴啼鸣而欣喜。

寒冬送来一团温暖的火

更为令人欣赏的是，《江河长流》并非纯客观地描绘山水自然美和塑造人物风貌，而是字里行间蕴含着真挚而深厚的情愫。这情愫，不是狂热的豪情，也不是无病呻吟的矫情，更不是虚情假意的煽情，而是建立在生活真实的基础上、与客观景物相融合、与生命体验和精巧构思相统一，在文词佳句中汩汩涌动的深情，是与真善美相结合，能够引发广大读者共鸣的情愫，是以美动人、以情感人的，宛如寒冬送来一团温暖的火，暖和着人心。

请看《田野的声音》中对父辈一代农民的歌颂："在祖祖辈辈务农的火辣辣的人生中，战烈日，斗风雪，面朝黄土背朝天，是伸不直腰板的一代穷苦百姓。于是，我常常怀想父亲那脚踩耙架、挺直腰板耙田的形象，那是一幅多么壮美的油画！"《一床棉絮》中的那床重达12斤的厚棉絮，寄托着多么深厚的母爱。无怪乎作者要将它"延年益寿"，以珍藏对母亲永远的感恩和敬爱之情。而《仗筒而哭》尤为感人至深。那滚滚的眼泪，那低沉的哀乐，是孝心的表达，是对死者的深沉怀念，对生者的莫大安慰，也是自己心灵的净化和升华。正如作者所说："世界上最能打动人的还是情。"

《江河长流》中所表达的情愫，具有自身的特色：一是不作纯粹的抒情，而是与客观景物相结合，借景抒情。如对巫山神女的歌颂："她以一颗纯洁、善良和悲怆的心，铸造一种崇高不朽的大美大爱，温暖着我们的心房。神女峰啊，她不仅是巫山顶上一块普通的岩石，也不仅是一块独具人形的奇石，而是我们心中相思的真、善、美的女神。"二是与景中人物相一致，人在景中，景美化人，人寄情于景。又如写舞水："400多里的舞水穿山越谷，峡谷幽深，弯弯曲曲，湍急奔流，两岸青山，绿意盎然，美如画廊，'行人在山景在溪'，'昂首但见山插天'；船只上下舞水河，古朴的船俗，闯滩的号子，张扬出五溪湘西强悍坚韧的霸蛮精神。"霸蛮二字写出了闯滩人的英雄豪气。三是抓住重点，写出情趣盎然的景物。如对大宁河"点水雀"的描写，美丽极了。真是景、情、趣三者的巧妙融汇。作者的喜悦情感深藏于景物描写之中，含蓄精当，情趣无限，颇有诗意。四是与所忆念的人物相一致，并把这种情思生发开去。如《梦忆枣子坡》："从枣子坡溆浦一中毕业的成千上万的学生，一个个都像一株株枣树在阳光下，在风雨中茁壮成长，开了花结了果，哪怕枣子红了，

情满绿水青山

附录

也甘愿让人用竹竿子浑身上下扑打（收获枣子的方法），撒落一地，金黄璀璨，而造福于百姓"。它不仅意象优美，并且在文意上生发开去，富有象征意义，引人自由联想。

无尽阐释的审美空间

　　李华章先生的散文，大都是精短、凝练、含蓄，言有尽而意无穷的，追求诗意化的表现。既继承了中国古典散文和五四以来新散文的优秀传统，又融汇了时代精神和创新意识，给读者留下了空白，也就是留下了无限阐释的审美空间，让读者自由联想，在联想中获得无穷的审美愉悦。什么是空白？我曾说：空白就是给读者的联想创造空间。由于空白的含意带有不确定性和广阔性，所以能够最大限度地启迪读者的联想，把潜在文本转化为现实的文本，和作者共同创造艺术境界。既参与了创作，自己又陶醉在创作的愉快之中。读者与作者，也就构成了一种双向交流的关系。在此，我们不能不提到《千年屋》，它确实给读者留下了无限阐释和想象的空间。千百年来婆媳关系是对立冲突的，才造成了《孔雀东南飞》诗中焦仲卿与刘兰芝的悲剧和《钗头凤》中的陆游与唐婉的不幸遭遇。而《千年屋》中的母亲却将自己费尽心血准备的上好棺木让给了先逝的儿媳。这是何等广阔的心灵，又是多么伟大的母爱，表现出和谐的婆媳关系。还可以联想到在新的时代传统的观念得到了根本的转变。当然，矛盾是永恒存在的，只要换位思考，互相关心和爱护，总的倾向是会走向和谐一致的。

　　"空白"不仅应当留足，而且应留得适当，方能引发和启迪读者的联想。《江河长流》是做到了这一点的。如在《神女峰，永远美丽》一文中，作者在描写神女亭亭玉立、妩媚动人的神态之后，恰好插入了周总理生前一次陪外国某元首过神女峰时的情景："恰逢遇上细雨霏霏，云雾缠山，周总理指着神女峰对外宾说：神女见到陌生人，真还有点害羞哩……""害羞"二字，可以引发读者的无穷联想，从中获得审美愉悦。《顺木匠》一文给我们讲述了一个令人啼笑皆非的故事。顺木匠为什么难以平静？是希望的幻灭？是两代人的观念冲突，还是城市与乡村的差别？传统与现实的纠结？作者没有言明，只是留下空白，让读者去联想。《神秘的佛地》也达到了这种艺术效果。散文创作应当排斥虚构，却并非排斥想象。文贵含蓄，给读者留足空间，是散文创作不可或缺的。

　　我们相信，李华章先生一定会笔耕不止，更行更远，继续写出有生命力的好散文来！

2016年12月18日

　　（张道葵，三峡大学文学院教授，文学理论家。著有《少年美育知识大观》《自然美的特征与欣赏》等。）

287

情满绿水青山

附　录

在文化的江河里行船

——读李华章散文集《江河长流》

张　同

　　认识李华章先生十多年，常在报刊中看到他的散文，也读过几本他的散文集，对他的文风和情怀似乎很熟悉了。收到这本《江河长流》时，既有新鲜感，也有亲切感。

　　这本书中的"沅水""溆水""洪江""安江""龙潭""香溪""峡口""清江""枝江""长江"等是自然的江河，读者却可以透过这些自然的江河，看到沈从文、舒新城、屈原、昭君、鲁迅、徐迟、鄢国培等这些文化江河中的脸谱，他们为这些自然的江河赋予了某种灵性。在《江河长流》这本散文集里，我读到了沈从文对故乡的真眷恋。《沈从文流泪听"傩堂"》一文中，"听到这里，他和另外几位朋友都哭了。眼里噙满泪水，又滴在手背上，他仍然一动不动。"对家乡戏的爱恋之深，泪水是最好的解读。作者写道："他的流泪正是对故乡山水花草的眷恋，对故乡父老乡亲的感恩，对故乡古老传统文化的致意！"可以说，李华章先生既走进了沈从文的内心，也道出了读者读到这里时想表达的心语。这本书所蕴藏的文化信息量之丰富，读后感到收获满满。正是在《沈从文行船过枝江》一文中，我们了解到更多的关于枝江的文化信息。1951年10月31日，沈从文《致张兆和》中写道："船刚过枝江县，江边大县，已起始见到山头，树木郁郁森森，使人想到二千四百年前泱泱楚国景物，犹如逼近目前。江流壮丽，岸边航船如蚁，其实大多是过千石双桅大船。也有小渔船在江边漂浮。气候还如八月间北方。已见到江边大祠堂和油坊一类建筑。远山有如崂山重叠作浅蓝峰岭的。极壮丽感人……"这一段，作者选自《沈从文全集》第19卷。如果没有作者的博览群书，又如何能知道沈从文行船过枝江时看到了什么，想到了什么。从这篇散文里，我们还知道了"枝江县域内，占有95.5公里长江岸线，上达重庆，下通武汉、南京、上海，不愧为大城镇"。古人说得好，胸中无三万卷书，眼中无天下奇山水，未必能文，信然。当今时代，资讯丰富得有些成灾，一方面是海量的读物堆积如山，一方面是生存的奔波忙碌辛苦。在我们没有多少时间来静心阅读《沈从文全集》时，能从李华章先生的文章里知道一些关于沈从文的片段和信息，也能获得一点点求知的满足感。

　　李华章自己是写散文的大家，他喜欢的散文是："于平实丰富中见真切，于清淡优雅中出境界，于随意漫步中显活力，从独特的感悟与自由的抒发中，获得审美的欣赏和创造的愉悦。"这正是他散文作品风格的体现。在读《江河长流》之前，读过他的《更行更远》《李华章散文选集》等，其文风一直保持了这种真切、境界、活力与愉悦。2014年夏天，我和李华章、甘茂华、温新阶等宜昌散

情满绿水青山

文界老师们一同前往兴山参加宜昌市散文协会成立大会，不久便读到了他发表在《三峡日报》副刊上的《香溪的散文树》。我认为这篇亦是"于清淡优雅中出境界"的代表作。书中也收录了《美丽董市之恋》这篇散文，那是2016年初夏时节，我们邀请了宜昌一批文艺名家来董市采风，华章先生写的作品。董市是长江中游的千年古镇，在这部《江河长流》里，是一朵充满激情的有温度的浪花。

看完《江河长流》时，我在书的扉页上写上读完时间，12月11日。这与李华章老师赠寄书时在扉页上的签名时间正好一个月。回想这一个月的业余时间里，一直在文化的江河里行船，看两岸不同的风景，结识不同的人物，体会另一种山水风情，不是熬夜的辛苦，而是对匆忙生活的调剂和滋养，在文化江河里漂流与旅行，其心境如此高远与辽阔。

"唯愿有生之年，继续笔耕不停，保持一种向上和向前的精神状态，倾注自己的毕生精力，再出几篇有生命力的好散文来，在文学创作道路上更行更远。"这是李华章先生在《后记》里的心愿。我想在这里给他改一个用词上的"错误"，是希望他再出"一系列"有生命力的好散文，而不是"几篇"，以飨更多的如我一样喜爱这种文风的读者。

（张同，女，湖北枝江人，枝江酒业集团宣传部部长。中国作协会员，枝江市作协主席，出版散文集《孤洲心语》等，报告文学《梯田里的守望者》影响深远。）

江河长流耀华章

韩玉洪

　　人们聆听一首歌，没有人报出唱歌人的姓名，就能猜出歌手是谁，那么，这个人就是歌唱家。读者看一篇文学作品，先不看作者姓名，就大致知晓作者是谁，那么，这个人就是作家。只有形成一种独特的风格，才能成为大家。我对李华章就有一种真作家感觉。

　　我每次看到赞美三峡或湘西的散文，不看作家姓名，看到文中把峡谷流水当作一本书，就感觉有位慈祥聪慧的学究在讲课，将课文的内容循循善诱娓娓道来，甚至还听到溪河的流水声，看到峡谷的深沉。那么，这个作家就可以肯定是李华章先生。

　　李华章每年发表散文二三十篇，三年精选出一部集子，《江河长流》主要遴选李华章2014—2016年期间撰写的散文随笔，于2016年9月由中国出版集团现代出版社出版发行。全书共分为"沅水心影""三峡情怀""最美之缘""品书读人"四个部分，收录散文71篇，另附录作者9篇"自赏文选"。取名《江河长流》，是因为作者所入选书中的散文，绝大多数是围绕着沅水与长江三峡这两个

情满绿水青山

作者生命中最重要的地理范畴进行创作的,所涉猎的历史、人文、情感、风情丰富宏大,文思细密,学养深厚,反映了散文这一题材当前的发展水平。

我第一次拜访李华章老师是 30 多年前。1980 年我刚从部队复员,找到宜昌市文学创作组的李华章先生,向他汇报我在部队创作的电影剧本《无人区探险》,请先生帮忙指导。我看到他文文静静,说话客客气气,就感觉到他是一个和蔼可亲的先生。

2013 年我的的第一部文学作品《鸽子花开》出版,请李华章写序,李先生写到:第一次见到韩玉洪的时候,他还是个小伙子,高高的个头,文艺青年的模样。送稿子给我时,却一脸的腼腆。弹指一挥间,30 多年过去了。出乎意料的是,他还一直坚持着业余文学创作,似乎"万物招引",他都"无动于心",视文学如生命。这种执着的文学精神,的确令我感动。遥想当年,同我一起在文学道路上起步的朋友,如今大都昙花一现了,惜乎哉!

原来,我们早就有相互敬慕之心。

时光老人似乎有禁止时间流逝的功能,当一个人到了一定的年龄,就让他停止变化。李华章就是这样一个被时间凝固了的老人,好让学生们向他看齐。日子过着过着,我也老了,原先一直称被作长辈的李先生,现在看起来就像我憨厚的大哥。原来,对李华章先生来说,写作还是一剂返老还童活力涌现的灵丹妙药。

李华章家乡湖南怀化的媒体率先介绍:《江河长流》多是短篇文字,真实地记录作者的人生经历和生命体验,以及时代的主流声音。他的语言清新、明快、典雅、凝练,其多数作品从选材到立意,从章法到技法,具有与他人散文的明晰区别性。

摘选李华章《难忘雪峰山》，可窥其作品的风格："那天清早我从娄底上车，经洞口、过塘湾，至雪峰山下，夕阳已经落山，夜幕即将降临。翻山的那条老公路曲折盘旋，仿佛百步九折，窄得似一副羊肠，好像一条鸟道，司机的方向盘不停地左转、右转，惊险之极；眼前群峰叠嶂，悬崖绝壁，树木参天，枯松倒挂，瀑流飞湍，溪水潺潺，鸟鸣林间。可是，再雄奇壮美的风景，我也无心观赏，吓得几乎是全闭着眼睛，心里暗想：一个穷学生的生死都交给命运的安排了。忽然一个急刹车，我眼睛猛一睁开，惊回首：山中舞动着一条长长的龙灯，好像头咬着尾，尾衔着头，迤逦而上，车灯闪烁，辉映星光，宛如在茫茫云海里起起伏伏，颇有看相，别具魅力。"

湖北大学文学院教授涂怀章评价："读《李华章散文选集》，我的第一感觉是心情愉悦，进而有所体验，有所领悟，直至赏心怡神，获得精神享受。这就是被艺术唤醒的足以提高生命活力的美感。金闪闪的灵魂跳动，使内在世界跟外在世界发生特殊的认识关系：审美。人与世界的这种关系，主动权在人。只因有了人，世界才显得如此光辉，优秀的艺术创造便是明证。李华章的散文不浮不躁，不俗不腻，纯朴自然，显示出平易亲切的素质，达到了难得的高雅境界。"

李华章把涂怀章7000字的评价选择了一部分，作为《江河长流》散文集的序。

李华章在《梦怀过年》一文中表述："雪花纷纷扬扬的时候，在我的湘西家乡是快过年的日子，落雪和过年常常连在一起，哪怕在寒冷中，人也感到很快乐。尽管岁月

情满绿水青山

流逝好多好多年了，却依旧那么缠人，像冬日的浓浓云雾难于散开，如思绪缕缕萦绕不去。屈原流放寓居九年的溆浦是橘乡，也是盛产甘蔗的地方……"

很自然的，李华章把宜昌三峡的屈原和湘西家乡联系到一起，这是他写作的最大特点，别人很难有这种淳朴的体验。屈原流放来到溆浦，李华章从溆浦来到屈原故里工作，经常奔波两地，思绪也常在两个故乡之间徜徉，激发出《江河长流》一篇篇美文。

书中值得注意的是作者9篇"自赏文选"。这些散文读起来非常亲切，似还带有作者的体温，仍还有一种呼吸的起伏感，给人几缕思想的光彩，入乎其内，似有深情，出乎其外，尚存高格，仍有生命力。李华章说："难免生出几分自我欣赏之情。"

看到"自赏文选"中《滩多流急西陵峡》一文，我就想到以前和李华章一起经常到江边看西陵峡的工人装卸，听峡江号子。文中的句子，李华章30多年前就有构思，没有想到，成了本书的自赏文选。

真可谓江河长流耀华章！

（韩玉洪，原供职宜昌港务局，曾在《人民日报》等报纸杂志发表小说、纪实文学、散文、影视作品300多万字，出版科幻小说《鸽子花开》等。）

含英咀华　湘楚乐章

——读李华章散文集《更行更远》

尹均生

　　甲午之夏，散文家李华章寄来了最新一本散文集《更行更远》。收到华章兄的散文集已记不清多少本了。但每收到一本，总要花上几天工夫拜读，品到击节赞赏之处，便呼老伴一起欣赏，如分享饴糖之乐。

　　华章是湖南人，但负笈求学、半生工作却在湖北。他一遍又一遍地吟唱湘西的山水和故人，鄂西的美景与建设，是一位不倦的歌者，唱不完湘西和三峡。所以我说他是湘鄂两省的儿子，一生演奏着湘楚的乐章。

　　华章的散文，处处流露着对乡土、乡亲和家人浓郁的眷念之情，湘西年味、客家土楼、古镇遗韵、染匠阿哥、外婆家的廊桥和阁楼……无不显现出作家的乡情、乡恋、乡思。《外婆家的小阁楼》不仅描写了建筑在山岩上那座连着廊桥的三层木楼的形态，更回首了外婆宠爱的甜蜜，打枣子的快乐，吃腊鱼的香味。然而三年自然灾害时，外婆因饥饿病逝，"大恩未报"，怅然愧疚。爱、甜和思念揉在一起，读之令人唏嘘不已。《沅水河边辛女情》是将神话、民俗、风情融汇在一起的佳作。沅水边的辛女岩，犹如僮族传说中的"望夫石"；辛女村的男女世代虽然清贫，生活冷寂，却勤俭为安；村民每年十月举行的"跳香"活动，以歌颂劳作、丰收为主题，同湖北土家族的"撒叶儿嗬"如出一辙；村民对辛女的虔诚敬仰，使作者顿悟"人死并非万事空"，留下精神与后人最为可贵，意在言外。《海南岛的梦》虽写旅游，实写亲情。作者第一次到海南岛，爬上三亚的"海角"，无一点天高海阔的"狂欢"之情。因为他的二舅曾是国民党的营级军官，解放战争溃逃海南岛，几十年没有音讯，以为战死海南已成孤鬼。然而两岸"三通"后，二舅回大陆探亲，相见甚欢。所以第二次游海南岛，竟在蓝天白云下，"张开双臂，仰头放声，请人拍了一张'少年狂'的照片"。真是"境由情生""物皆著我之色"的鲜活写照。

　　华章的散文，将真、善、美融合到极致。他有一双特别善于发现美的眼睛。在他的笔下，溆水、沅水、武夷山，三峡、沱江、张家界，无不被他描绘出大自然的鬼斧神工，秀媚而神秘，读之如身历其境，玩味无穷，不由心向往之。这些景区，我也去过一些，然目过心忘，没能留下什么文字。这究竟是一双眼睛的不同，还是雅与俗的区别，不得而知。总之，他的文笔之美，记忆之深，令人倾倒。读其散文，如含英咀华，味甘如饴。华章的散文将朴实、雅致、平淡、热烈、崇高和谐地融为一体，文如其人，所以湖北文学界有"好人李华章"之誉，不为过也。

　　我和华章在桂子山同窗读书。当时，我们都是山区来的孩子，瘦弱矮小，一点也不起眼。工作后时有往来，君子之交淡如水。他虽然官至宜昌市文化局副局长、市文联主席，至少算县团级吧，但他回校总是一袭中山装或学生装，内穿一件手织的毛线衣，近年才穿一件夹克衫。从未见他用过一次公车到武汉，也未花一分钱公款宴请宾客。到我家吃一碗饺子还连赞"好吃"，哪有"县太爷"、市文联主席的派头？华章朴素平淡一生，毫无骄矜伪装之色，但他的内心仍燃烧着不显山露水的正义之火，对许多受过苦难的文友、老师、同学充满同情、敬惜之情。如对我省的大书法家吴丈蜀，对一生坎坷的"小人物"作家沈大熙，均不吝笔墨为其记事作传，感叹、崇敬、爱怜之情溢满笔端。

华章的平静与坦诚也是交织在一起的。他总是面带微笑，但并非内心没有波澜。他对我从不谈自己的辉煌与坎坷，但有一次他说："我退休时，领导找我谈话，问我还有什么困难和要求？我工作几十年，没有一个领导来关心过我的困难和要求，退休了却来问我。我连说没有，没有。"可他哪里知道，我退休时，竟连抚慰我一声的领导也没有啊！另一次，说到他母亲的去世：母亲住在湖南老家，他每年寄钱奉养老母，听说母亲倏然因病故去，他回家后问一下侄儿为何没有照顾好奶奶？侄女竟说："只听说'孝子'，没有听说过'孝孙'的。"噎得他半天说不出话来。世态炎凉，世风日下，我等皆亲有感受，何其奈尔？！近期，中央强调公平正义，大力开展群众路线教育，也倡导孝道为先；习总书记勉励北师大学生说，处世要有"仁爱之心"。华章一定也和我一样，会以手加额，为之称庆的。假以时日，社会风气大变，"芙蓉国里尽朝晖"，作家那"更行更远"的散文必将谱写出更美更好的华章。

2014年9月14日于陋室

（尹均生，华中师大文学院教授，华师出版社原总编辑，湖北省散文学会原副会长兼秘书长等，中国作协会员，出版《报告文学纵横读》《斯诺评传》《新中国报告文学五十年》等20部。）

李华章散文集《更行更远》读后

李友益

　　上学时，写作老师告诉我们，散文的特点是"形散而神不散"。这就是说，散文一定要有"神"，否则，就会像人没有灵魂一样。这"神"可以是思想、观点乃至哲理；也可以是某种感情，或爱或憎；也可以是某种情绪，等等。这"神"可深可浅，可强可弱，可显可隐，但一定不可或缺。它必须像红线穿珠一样，把各种"形"联系起来，凝成一个有机的完整的体系。这"形"无论是描写，还是抒情和议论，如果没有"神"把它们贯穿和融合起来，即使是晶莹的珍珠，也只能是一盘散沙。

　　这虽是文学常识，但丝毫不容忽视。常识之所以成为常识，是因为它是永恒的真理。散文创作成就的高低，除了别的原因之外，作家是不是记住了这个常识，往往是个关键。

　　散文集《更行更远》的开篇《诗意乐平里》，虽只是千字文，但读起来却感到神采飞扬，诗意盎然。云南的云五彩飘逸，庐山的云苍茫飞渡，黄山的云翻卷奇诡，那

情满绿水青山

么，屈原故里的云有何特色呢？那便是翻腾徘徊，缠绵妩媚，风吹不散，风驱不走，厚重而壮丽。何以如此？因为这云既是屈原形象之衬垫，又是屈原形象之化身。它似乎意味着屈子的英灵永远停留在和护卫着他的故乡。于是，作者感叹道："似乎只有这屈乡的云，才能托得起屈原的伟大。"古人云：地灵人杰。正是以云为象征的地灵，孕育并永存了屈子的人杰，而屈子的人杰反转来证明并强化了屈乡的地灵。人由地育，地因人显，二者互为表里，相得益彰，它给予读者以深刻的启示。我们热爱并尊崇屈原的伟大精神，也热爱并珍惜屈原故里的绮丽风光。我们不一定能成为屈原式的伟人，但我们可以作为屈乡的云，屈乡的泥，为孕育屈原式的伟人而尽自己绵薄之力。可见，这篇短文是可以而且值得不断咀嚼和反复回味的。

《走进杨守敬故居》是一篇参观记。可贵的是，作者在记叙参观时所见所闻的同时，揭示了人物的精神世界，为读者写出了一位可资效法的名人形象。在参观杨守敬的古色古香却显得窄狭而幽深的故居时，作者从中看见了他"博大的胸襟"。在记述杨守敬的履历和学术成就时，作者不仅写出了他治学之严谨，著述之丰富，尤其是《水经注疏》的学术价值，以及为长江三峡定名的科学精神；而且强调了他甘于寂寞、甘于孤独的高贵品格和风骨。遗像呈现出学者的风范，书斋散发着扑鼻的书香。最后，作者走出故居凝视江水滔滔东去，它意味着杨守敬先生的精神将像长江一样奔流不息，永垂千古！读这样的文章，读者尽管记不下文中的具体的事物，但杨守敬的崇高品质，将会像点滴的雨露滋润着读者的心田，让它开出美丽的花，结出善良的果。古人云：得鱼而忘筌，遗貌而存神，此之谓也。

如果说，《诗意乐平里》是以地灵人杰为神，《走进杨守敬故居》是以名人精神为魂的话，那么，《宜昌，飘出一道道彩虹》则是以作者的热情为帅了。该文记述宜昌七座长江大桥的建设、身姿及作用。这种题材的散文写得不好的话，往往会成为历史资料的罗列，统计数字的堆砌，然而，本文介绍七桥的文字，却显得如此的心潮澎湃，热情洋溢。

散文开头从远处着笔，先写武汉长江大桥通车时作者骄傲自豪的心情，反衬来宜昌后未见长江大桥而产生的遗憾和对大桥的梦想，两种感情形成了强烈的对照。叙述简洁，但情渗于其中。接着，作者放眼于长远的时间、辽阔的空间，说明无桥之弊，具有理性化的色彩。这里显示了作者的远大眼光、广阔胸怀，是本文中或许本书中十分闪光耀眼的精彩段落。再接着，作者从正反两面用力，以具体事例说明无桥之害和建桥之急，继续强化着作者的大桥之梦。可谓步步深入，极尽铺垫催生之能事。从 1971 年 9 月开始，至今已建成七座长江大桥。记述之中，赞美之情，溢于言表。本文以梦想始，以梦想成真结；始终都以情为帅，以喜为神，形神兼备，堪称美文。

当然，《更行更远》也不免有参差不齐的文字。例如，《黑妹》就写得比较松散。文中虽不乏精彩之处，但缺少一条主线，使之构成一个有机的整体。

如今，李华章先生虽年逾古稀，但身心俱健，笔锋正旺，而今而后，定当有更多的美文问世。我衷心祝愿他的

情满绿水青山

散文越写越好，更行更远。

　　（李友益，系三峡大学文学与新闻传媒学院教授，有《钱海拾贝》《钱钟书〈管锥编·毛诗正义〉导读》等问世。）

后 记

　　本来，书前已写了《自序》，书末就不想再写《后记》了。兴许是习惯使然，我过去出版的10多部散文集都有序言与后记，为何这部书例外？于是补写了这个《后记》。

　　其实，作者编好一部新散文集后，个中艰辛不少，创作体会也有，受人帮助亦很多，约略说几句，也不是画蛇添足。

　　读书和创作伴我一生，"两条河流"也写了一生，文学永远是我的精神家园。无论今后还能写多少、写多久，只要生命一息尚存，我的笔就不会放下，我的文学梦还会做下去。

　　继续深入生活，贴近人民群众，作家要走出"象牙之塔"，"行万里路"。文章均得江山助。《情满绿水青山》就是这方面的艺术结晶。

　　一部书的命运不会因作者而存在或变成废纸；而是因自身的价值而存在或速朽。作家要力争多出好书，以无愧于伟大的新时代，为中国人民服好务。

　　每个作家的作品各有各的风味，各有各的读者群喜爱。我总是相信质朴的力量。文贵于质朴、真诚和自我的思考。让往事与人生故事在记忆中沉淀、发酵，凝结成一篇优秀之作。

附录几篇作品评论，不是为了炫耀，而是衷心表达作者对他们的感激之情。除少数几位是文学评论家外，都是他们读过作品后的心得和感悟，让人十分感动。

我的电脑技术差，在这部集子编选中，曾得到我的孙子的大力帮助。

《情满绿水青山》的出版发行，九州出版社与责编给予了热情支持和帮助。

在此，一并表示最诚挚的谢忱。恳请读者朋友批评指正！

李华章

2018年1月于三峡荷屋